汉园新诗批评文丛
洪子诚 主编

俄尔甫斯回头

宋琳 著

图书在版编目(CIP)数据

俄尔甫斯回头/宋琳著. —北京:北京大学出版社,2014.8
(汉园新诗批评文丛)
ISBN 978-7-301-24256-8

Ⅰ.①俄… Ⅱ.①宋… Ⅲ.①诗歌评论-世界 Ⅳ.①I106.2

中国版本图书馆 CIP 数据核字(2014)第 104493 号

书　　　名：俄尔甫斯回头
著作责任者：宋　琳　著
责 任 编 辑：任　慧
标 准 书 号：ISBN 978-7-301-24256-8/I·2769
出 版 发 行：北京大学出版社
地　　　址：北京市海淀区成府路 205 号　100871
网　　　址：http://www.pup.cn　新浪官方微博:@北京大学出版社
电 子 信 箱：pkuwsz@126.com
电　　　话：邮购部 62752015　发行部 62750672　出版部 62754962
　　　　　　编辑部 62756467
印　刷　者：北京大学印刷厂
经　销　者：新华书店
　　　　　　880 毫米×1230 毫米　A5　10.125 印张　218 千字
　　　　　　2014 年 8 月第 1 版　2014 年 8 月第 1 次印刷
定　　　价：40.00 元

未经许可,不得以任何方式复制或抄袭本书之部分或全部内容。
版权所有,侵权必究
举报电话：010-62752024　电子信箱:fd@pup.pku.edu.cn

汉园新诗批评文丛·缘起

北京大学中国新诗研究所 2005 年成立以来,重视新诗研究刊物、研究丛书的编辑出版工作,先后出版了"新诗研究丛书"和集刊性质的《新诗评论》,受到诗人、诗歌批评家、新诗史研究者和诗歌爱好者的欢迎。

从今年开始,在"研究丛书"之外,拟增加"汉园新诗批评文丛"的项目。相较于"研究丛书"的侧重于新诗理论和诗歌史研究的"厚重","批评文丛"则定位于活泼与轻灵。它将容纳诗人、诗歌批评家、研究者不拘一格的文字。这一设计,基于这样的认识:在诗歌研究、批评领域,重视理论深度、论述系统性和资料丰富翔实固然十分重要,但更具个性色彩的思考、感受,和更具个人性的写作、阅读经验的表达,同样不可或缺。在力图揭示事物的某种规律性之外,诗歌批评也可以提供个别、零星、可变的体验——这些体验与个体的诗歌写作、阅读实践具有更紧密的关联。也就是说,为那些与普遍的规范体系或黏结、或分离的智慧、灵感,提供一个表达的空间。除此之外的另一个理由,是诗歌批评"文体"方面的。也许相对于小说研究、文化批评,诗歌批评、阅读的文字,需要寻求多种可能性和开拓,以有助于改善我们日益"板结"、粗糙的"文体"系统和感觉、心灵状况。

俄尔甫斯回头

写作这样的文字,按一般认识似乎比"厚实"的研究容易得多。其实,如果是包蕴着真知灼见和启人心智的发现,透露着发人深思的道德感和历史感,并启示读者对于汉语诗歌语言创新的敏感,恐怕也并非易事。

这样的愿望,相信会得到有相同期待者的理解,并获得他们的支持和参与。

洪子诚

目 录

汉园新诗批评文丛·缘起 ················· 洪子诚/1

代序:诗人与时代 ································ 1

第一辑

诗与现实的对称·· 3
主导的循环
　　——《空白练习曲》序····················· 19
朱朱诗歌的具相方法 ······························ 38
精灵的名字
　　——论张枣·· 44
内在的人
　　——在渤海大学的演讲····················· 88
感通于语默之际······································ 100
俄尔甫斯回头·· 104
废名的《掐花》及其他··························· 114
诗学通信两封·· 121
无花果树的技艺······································ 131

诗歌招魂术 ································· 135
反对死亡之诗
　　——《过渡的星光》序 ··················· 138

第二辑

谛听词的寂静
　　——关于艾基的沉默诗学 ················· 147
幸存之眼
　　——读策兰的诗 ························ 158
歌者最后的武器
　　——读《曼杰什坦姆诗全集》 ·············· 174
无人居住的城
　　——卡夫卡的《城堡》与布拉格 ············ 181
科塔萨尔 ··································· 190
傀儡的仪典
　　——巴尔蒂斯的视觉诗性 ················· 194
忧郁者的礼物
　　——关于本雅明的《单行道》 ·············· 204
来自隐秘的另一个
　　——读《世界美如斯》 ··················· 209

第三辑

城市诗和我
　　——兼答曹五木先生问 ··················· 217

诗的青鸟,探看着回返之路
　　——马铃薯兄弟 Vs 宋琳 ·················· 223
答法国 *Poésie* 杂志问 ························ 246
逍遥即拯救,而不是其反面
　　——张杰 Vs 宋琳 ························ 252
域外写作的精神分析
　　——答张辉先生十一问 ·················· 278

后　记 ······································ 312

代序:诗人与时代

有时诗人和他的作品之间的张力大得足以表征一个时代,他甚至被当作时代的代言人,成为公众注意力的中心。那样的时代似乎一去不返了。朦胧诗之后,公众对中国诗人的身份认同仿佛经历了从"未被承认的立法者"(雪莱)、"化名微服的王子"(波德莱尔)到"词语造成的人"(史蒂文斯)的变迁。这是否意味着由于时代的变迁,人们希望诗歌从过往那种虚张声势的高蹈还原日常诗性的本真状态呢?抑或市场意志已经再度将诗人的声音放逐到利益的喧嚣之外?从社会反映这一角度看,或许没有哪个时代比现时代更不利于诗歌,更忽视诗歌的价值的了,但还在写作的诗人依然坚持着诗歌不会消亡的理念,面对权力与资本结合之后全社会对人文精神和诗性创造的冷漠,真正的诗人关心的是如何使诗歌自身重新振作——这样的反差恐怕反映了我们这个利益至上时代的最深刻的悖谬。

我想起波德莱尔的《信天翁》,那只被绑在甲板上供人嘲弄的大鸟难道不也是当今诗人的肖像吗?高贵与卑微对立于他之身:一方面受雇于记忆女神或自然女神,另一方面天才、使命感与桀骜不驯往往使他见弃于时代,被视为不合时宜的人。韩愈早就说过:"志乎古必遗乎今",他的个人生活甚至因此充满了不幸和屈辱,

俄尔甫斯回头

我以为存在主义者郭尔凯戈尔正是从自身的经历中洞见了他的同类的命运:"做一个诗人是什么意思?即是说他个人的生活与他的诗处在两种完全不同的范畴中,他仅在想象中与理念的事物相关,因而他的个人生活或多或少是对于诗及他自己的讽刺。"(《日记》)生活和诗之间这种"古老的敌意",在诗人的意识中实际上是由诗人的职业性决定的,因此,哈姆雷特式的个人不幸几乎成为幸存者的职业秘密,此即为何每个时代都有自隐无名的诗人,他们的诗与现时的整体氛围格格不入,却因精神的不屈不挠和诗艺的精益求精而准确地表征了自己的时代。这样的诗人虽受同时代的冷落,却注定为将来的人们所尊重,因为他们是在为未来而写作。

在诗歌退出公共生活的今天,"诗人何为?"这一问题变得比浪漫主义时代更为迫切了,尽管诗人已不再拥有公共代言人的身份,但自觉做一个"大乘艺术家"的诗人不可能只为自己而写作,如果你心甘情愿地做一个孤芳自赏的自了汉,你当然可以只为自己而写作,那是你的权利;如果你相信救赎,相信写作与蜜蜂的工作有相似之处——诗歌这一心灵工程的步骤与那勤勉的昆虫的劳动是同构的:它转移、加工、存放、分享;它明夷待访,持而不有——那么你的语言将不会止于一己之悲欢,所谓"个人写作"也不会蜕变成幽闭症写作。我猜测艾略特对叶芝的著名评价——"他在开始作为一个独特的人说话的同时,开始为人类说话了"(《叶芝》)——是20世纪90年代,无论"知识分子诗人"还是"民间诗人"都主张告别"集体写作",转向"个人写作"的理论参照。为人类说话是诗歌精神的伟大,但不具备独创性的个人无法为人类说话,他甚至无法以诗的方式为自己说话。或许不完全是个人趣味

代序:诗人与时代

决定了诗歌言说的基本形态并产生雅俗之别,发生在写作现场的雅俗之争最终将超越美学范畴,而把那悬而未决的问题带入精神领域。语言之路乃救赎之路,这条路"明明在下,壑壑在上",有开端而无终结。

诗人的写作一定程度上是在语言中栖隐,然而正是向语言这一古老之物的栖隐,诗人有可能在更本真的向度上回归源头性的东西,语言这一古老之物也是变化莫测之物,它曾灌注着神性,在历经各种以革命的名义对它施行的破坏之后,语言曾经沦为告密者或作伪证者的工具,在资本万能的今天,语言这一"危险的财富"正在某些人那里沦为为所谓"必要的恶"和不公辩护的工具。在如此现实面前,选择站在清流一边的诗人不可能不与人多势众的浊流抵牾,这并不意味着需要把笔当作投枪,笔是用来挖掘的。泉水就在地下,我们必须找到水源,找到存在之根。那么诗人在现今的职责,与其说是与某种势力的对抗,不如说是对隐而不见的东西的见证。什么是那隐而不见的东西?荷尔德林在一篇残稿中写道:"人借语言创造、毁灭、沉沦,并且向永生之物返回,向主宰和母亲返回,人借语言见证其本质——人已受惠于你,领教于你,最神性的东西,那守护一切的爱。"

成为一个诗人不仅是天赋使然,还取决于主体对天命的感知。一个伟大的诗人必然怀有悲天悯人的胸襟,对自己所处的时代有透彻的理解,并且善于对个人遭际或社会变迁作出敏捷的回应,杜甫的诗为什么被尊为"诗史"?与他以"随时敏捷"为诗歌信条有很大关系,他的诗歌秘密之一即"感时"。如果说"登高必赋"主要是针对诗人的职业性而言,那么"随时敏捷"主要反映了诗人的历史意识。对所处时代的见证即是良知与历史意识相互作用于写作实践的一种行动,它是语言的行动,是借语言实现的精神行动。当一种语言的诗性被意识形态化和追求速度的技术主义的重复生产耗尽时,向原初之物的归根复命就成为阻止精神向更深处堕落的必要的转折。朦胧诗时代,历史事件或日常生活的悲剧性体验与汉语书写的宿命在同代诗人的精神生活中被广泛联系起来,而在当下,如果说"普遍话语"已经失效了,并非就应该放弃诗歌的普世关怀,把诗歌这一既感应当下又关怀具有普世价值的终极事物的常新的心灵感应器与意识形态的同一性话语机器混为一谈不啻为历史的诡计。阿多诺关于"在奥斯威辛之后写诗是野蛮的"那个著名公案,在中国已不可避免地产生了回响。诗歌从集体狂欢之后的失语转向稳健的个人心灵叙事,表面看来是修辞策略的调整,其实语言内部已发生了深刻的变化,某种坚实的东西正在出现。个人,只有个人,才可能成为"种族的触角"(庞德语)。然而,作为隐微书写的个人叙事在形式上即便是微型的、轻逸的、片断的,亦不可能不吸收时代的消极因素,不可能不折射历史巨兽的表情,恰恰是在时代的消极因素中成长出哀歌诗人,"歌者必忧"——诗人张枣如是说。我读到的 90 年代以来的佳作,至少在高度尊重诗歌的抒情本性并引入叙事这一新维度方面是更微妙的,而不是流于"口水诗"的无节制或"学术诗"的做作。

或许"普遍话语"即巴赫金所谓"单向度话语",只有当对话成为诗性言说的一项原则被重新发明出来,那种强制性的话语方式才真正失效了。真理只有在对话中存在,在万物的相互吸引中以咏唱的方式流淌出来。诗歌的真理产生于心灵与心灵的相遇中,一旦我们将心灵同宇宙等量齐观,我们就会赞同"心外无物"之说,一旦我们思考语言之本源,我们就将触及诗性之根,因为诗歌这"语言之花"既灿然目前,又与心同寂。"言立而文明"——诞生文明的语言始于原始的寂静,而引向天人之际,诗性与神性交融的契机就发生在那极处。著名汉学家宇文所安认为《尚书·尧典》舜命夔典乐的记载,是"关于诗是什么的一个经典陈述":"八音克谐,无相夺伦,神人以和。"想一想作为汉语诗人原型的夔与西方诗人的原型俄尔甫斯(Orpheus)的相似是一件让人欣悦的事,后者的歌声同样能够感动鸟兽,唤起原始倾听的力量,然而他被遗忘得那么彻底难道不是匪夷所思的吗?诗性在进步论之迷信支配的时代远离神性的后果是显而易见的,此处借庄子以寓新说:诗教已为天下裂。

学术界一度在讨论现代性与汉语性的关系。"汉语性"这个概念我个人认为比"中国性"要准确,前者是纯粹的诗学术语,后者关涉国家认同等意识形态。谈论汉语性,就是在谈论诗人和母语的关系。诗人能否超越国家认同,而在以母语为载体的诗性言说中确立自己从比国家更古老的传统那里承接下来的文化身份?这是一个存在分歧的问题。但个人想象与国家想象的差异应该是诗歌得以生长的必要空间,所谓"世界诗歌"的责难可能强化了本土意识,然而强调汉语性或地方性写作,主要是重塑传统美学气质,而不应因限于地理因素或题材类型。母语的慰藉力量作为汉语性之谜,被各种伪真理遮蔽着,要求诗人们从受惠与领教的回报中去亲近那守护者。我在别处引用过苏珊·桑塔格富有启示性的一句话,这儿我想再引用一次作为本短文的结语:"每一个时代都应为它自己重新启动一项精神性计划。"

第一辑

诗与现实的对称

一

2008年10月,我应"帕米尔文化艺术研究院"之邀,与十几位中外诗人在黄山开了两天会,专门讨论了"如何回应现实?"这一问题。我赞成美国诗人哈斯先生的观点,现实无所不在。但在这里我们遇到了困难,即现实是可定义的吗?我想我们称之为现实的东西主要是指作用于主体的东西,它具体到遭际、事件、时代语境对个人语境的影响等。现实无所不在,但现实境遇却因人而异,因文化、政治,甚或语言态度而异,不存在一种无差别的现实,或对主体而言,不存在衡量现实的同一性标准。举例来说,与会的每一位诗人都只能根据个人心灵成长史及诗学观对现实作出自明性的阐释。

什么是当今中国的现实?或什么是当今世界的现实?我想没人能够回答,因为此类问题过于宏大了,但这样去设问又是必要的。问乃是思的开始。我们无法回避的,来自物质世界、人类制度和政治现状的压力与限度,对诗歌原创力的挑战愈来愈严峻,而市场经济的潘多拉魔盒打开之后,诗歌自身的关系体系和评价体系受到了巨大的冲击,我担忧,诗歌的生存已进入了新一轮的危机。当代诗歌同现实之间关系的张力,使得"如何回应现实?"的设问变得急迫,我再重复一遍:它既涉及对现实的评价,又涉及对诗歌自身价值的评价。在像人口一样高度密集型的、复杂、活跃、混乱、多变的现状面前,诗人的选择主要有两种:其一,成为新的隐逸派,"不事王侯,高尚其事"(语出《周易》),以便在语言中自处;其二,向屈原和杜甫学习,关心天下事,且能够"随时敏捷"(语出杜甫),从而不使亲历者的历史记忆与见证散佚于语言之外。二者的交互影响或许还产生出第三种,即着眼于启示未来的,更博大的综合,它们取决于诗人个人的抱负与时代的机遇。

　　诗歌要在现实之上建立一种更高的秩序——这是我所理解的超越。但词语的世界是否如瓦雷里所言,是"与实际制度绝对无关"(《纯诗》)的世界?如今我不再信奉年轻时信奉过的纯诗理论,唯美主义也不再能吸引我。洞见纷繁现实中被遮蔽的真,忠实于内心的感受,在诗意魅力被用罄的地方,重塑语言的诗性品格是诗人更重要的使命。无疑,儒家诗学中的美刺观念依然适用于回应现实,但赞美不是粉饰太平,批判也不是情绪的放纵,诗歌的核心价值体现在将现实中的否定因素最终转化为肯定因素,还给人以尊严。

　　"试着赞美这个遭毁损的世界"——波兰诗人扎加耶夫斯基这行诗表达了人在苦难的现实面前最基本的优雅,而优雅乃是人类精神中勇气、牺牲和高贵的最美的体现。

二

我们对诗歌与现实的关系的看法，最终是价值观在起作用。一直存在着两种不同的判断，持诗歌有用论的观点认为诗歌是一种有为的艺术，郭店楚简中"诗，有为为之也"的残片，似乎是这种始于先秦的观点的新证据；持诗歌无用论的观点则相反，认为诗和美的事物一样，惟其无用，才带给人愉悦。

当我们思考诗性，我们就是在试图给诗歌一种适合于我们所处时代的定义，而处在一个中心离散的时代，诗的定义只能从个人的角度作出，正如巴门尼德所说："思想是多出一点的东西"，关于诗的个人理解对于以往的定义而言也是多出一点的东西，如果它不是重复或因袭了传统观点的话。对现实的思考这一方面也具有同样的针对性。

重建诗歌与现实的关联，是当代诗歌写作的一个重要向度，它首先是克服"语言幽闭症"的一种努力。"语言幽闭症"是不及物写作的习惯性后果之一，自从罗兰·巴特说出"写作乃是一个不及物的动词"这样的惊人之语，发端于俄国形式主义的诗歌自足性理念也被提升为一种天堂体验般的文本欢愉的个人乌托邦之境。不及物写作在罗兰·巴特那里是与个人写作立场紧密联系的。他在《声音的种子》中写道：

> 两百年来，由于哲学和政治文化的影响，我们养成了过分推崇笼统的集体主义的习惯……我想，我们恐怕不应该被社会上广泛流传的这种集体超我道德以及它的责任、政治介入

这些价值吓住吧！我们可能更应采取让人不快的个人主义立场。

或许是不谋而合，或许是对一种影响的积极呼应，"个人写作"理论在90年代中国内地的诗歌写作场域中业已成为主导的声音。诗人欧阳江河的话很像是罗兰·巴特的回响："在转型时期，我们这代诗人的一个基本使命就是结束群众写作和政治写作这两个神话：它们都是青春写作的遗产。"尽管在语言策略上与知识分子派相异，关于个人写作，民间派诗人也持有肯定的态度，于坚认为："从意识形态的说什么，向语言的如何说的转换，写作成为个人的语言史，而不是时代的风云史。个人写作是从语言的自觉开始的，第三代诗歌通过语言在五十年代以来第一次建立了真正的个人写作。"(《穿越汉语的诗歌之光》)

这种对个人性的辩护也呼应了美国诗人史蒂文斯的观点："把诗歌定义为一种非官方的存在观。"(《必要的天使》)在史蒂文斯看来，哲学的真理即官方观点，我想他是就官方意识形态的普泛性和强制性而言的，诗歌作为一种生命自由的允诺，通过书写赎回了它的基本权利，或者说书写本身是对生命自由的纯粹个人的看护。我想史蒂文斯的观点可以引申为：哲学的真理是抽象的、普遍的，而诗歌的真理则是具体的、个人的。进一步的问题是，诗歌的个人定义是否不受历史语境的限制？换句话说，以文本欢愉的快乐原则为旨归的诗歌能否在历史的痛楚面前安然自处？个人写作是否理所当然地属于不及物写作？

这里，我们再一次接触到诗学的核心问题，即诗的精神性是具体行文中"变言语信息为艺术作品的特性"(雅各布森)，还是美学经验与现实经验在言说中最大限度的对称？当代诗歌写作在援引西方虚构论诗学和儒家有为论诗学时在此遭遇到两难。虚构的诗学功能在于凸显诗歌作品的生产，即诗成其为诗的经验转换的技艺过程这一方面，对于任何一个成熟的诗人而言应该不存在多大的争议，然而，在以虚构为首要原则的诗中，如果恰如雅各布森所说，"为日常语言和情感语言所共有的交际功能，被压缩到最低限度"（转引自《热奈特论文集》，百花文艺出版社，2001年，第95页），那么，是否意味着现实因素及其对日常语言和情感语言的渗透也被最大限度地排除在这种极端形式的文本之外呢？我们知道语言净化是"纯诗"的目标，而且当代汉诗写作在此向度上确实大大得益于马拉美，然而恰恰是马拉美忠告说，他那一代人的努力，年轻诗人应该转移方向了，尤其是，在虚构论诗学被结合进重建本土诗学的迫切需要加以考虑的当代语境中，从诗歌的梦幻功能这一乌托邦的背面回到诗歌的见证功能之现实条件，我想是一个必要的重临。

三

诗歌拥有某种见证功能，就是说，诗歌这种无用的艺术在超越实用主义的倾向上对我们正确感知世界是有用的，诗人感知世界的方式来源于世界赋予他心灵的无穷奥妙，诗人恢复感知世界的完整性的努力，校正了我们对世界的日益破碎的感官印象和沉沦于日常性中的混乱的经验组织。见证是对现实的灵视，是穿越恶统治的黑暗地带抵达善统治的光明地带的一项使语言得以幸存的运动,现实主义的机械反映论不足以揭示见证这一在20世纪背景下具有特殊意义的作为幸存者的诗人的特殊使命,我想同样不能适应已经到来的21世纪。米沃什在《诗的见证》中说,见证是一种诗歌的目睹,这意味着诗歌在本源上是对现实的隐微之物的深切洞察,用儒家诗学的表述即"诗可以观"。

这一来自孔子的观念曾经被传统现实主义理论所夸大,例如,汉人将"诗可以观"的要义解释为"观风俗之盛衰"(郑玄),结果是诗学的进程被纳入史学的进程,这一占统御地位的思想建基于诗人的原初身份与史家不分的上古文明状态,所以直至晚清仍有"六经皆史"之论(参龚自珍《古史钩沉论二》),而梁启超曾强烈批评明道、经世的主观之运用使两千多年来"史家之信用乃坠地"。诗学言说与历史言说的差异是后者以信用为唯一的尺度,故不应该有主观之运用,尽管从主体的角度看,"一切历史都是历史学家的历史",历史学家与王国维所谓"客观之诗人"相似,而抒情诗的作者这一"主观之诗人"不受历史事实的限制则是理所当然的。然而,诗学言说同样存在信用的需要,"美言不信,信言不美"的悖论可能既是语言也是诗歌的悖论,这就提出了古老的真实性的问题,如果从诗歌的立场为诗辩护,说诗歌的真实性不同于历史的真实性,显而易见,是强调诗歌的主观之运用,诗人享有此自由,虚构论诗学从亚里士多德"诗人的职责不在于描述已发生的事,而在于描述可能发生的事"(《诗学》)的经典定义开始就已为此自由提供了理论基础。但诗人总是具体时代中的个人,经由历史事实激发的情感,即美刺的主观反映,在诗篇中可以被敏锐的知觉所辨识,"乱世之音"、"治世之音"或"亡国之音"虽不能涵盖诗歌中的个人的声音,因为诗歌中的个人的声音并不是时代的声音的简单回响,但如果我们赞同"任何语言都是一种反射行为",我们就会从发生学的角度重新思考"物不平则鸣"这一类比性的诗学起点。集体记忆作为潜存的普遍经验是通过个人记忆的怀旧式反思来构建的,个人记忆更是对集体遗忘的最后的提抗。

正如策兰的诗因"奥斯维辛之后还能写诗吗?"的质疑与一个特定的历史时段对应起来,杜甫的诗也因安史之乱后的个人命运而同"世运"交织在一起。两位诗人对自己所处时代的现实感受均属于"穷于时,迫于境,旁薄曲折而不知其使然"(钱谦益)。诗人的历史意识在中国诗学史上的重要性可以从杜甫的诗歌作品被尊为"诗史"见出,晚唐孟棨的《本事诗》称杜甫"逢禄山之难,流离陇蜀,毕陈于诗,推见至隐,殆无遗事,故当时号为诗史"。明末清初文人钱谦益也认为像杜诗那样"诗中之史大备"的古今之真诗,乃是"萌坼于灵心,蛰启于世运,而苗长于学问"(《题杜苍略自评诗文》)。大凡处于社会动荡和转型时代的诗人,在现实的巨大压力下,对"世运"的关切,都会促使他们的写作从冥想的类型转向感时的类型,杜甫安史之乱后所作诗歌的自传性,的确承载了历史记忆,使诗歌成为心灵敏捷地回应现实的一种特殊的证言,杜甫的高贵体现了儒家有为论的诗学精神。

从冯至到我们这一代中的许多诗人,以杜甫的作品作为诗歌的见证功能之伟大的古代范例,并不能说,这是一种回归现实主义的倾向,而是一种更大的整合。我不是说现实主义错了,而是基于现实主义对诗歌自身特性的排斥,至少当它被冠以革命和批判的名义时,它几乎成为官方意识形态对被挑选的"现实"和首肯的诗歌的定义。"以诗证史"不妨作为"诗可以观"这一儒家诗学重史观念的另一种表述,但我们毕竟不能将诗人之言等同于直陈其事的历史言说。诚然,诗歌中的情感事件渗透着历史——不仅是作为最近的历史的现实内容,还有作为风俗的长时段的历史,不过,历史叙事或神话传说中的原型若不经过常规经验向美学经验的转换就不能成其为诗学言说,所以,"以诗证史"或它的现代表述的实质,并非意味着将诗歌降格为现实的脚注与标签,而是对遮蔽于纷乱现实中的真相的揭秘,忠诚于感受和忠诚于技艺两者确保诗人完成在诗中重构历史真实的职责。

四

扎加耶夫斯基在题为《在雅典和耶路撒冷之间》的访谈录中说:

> 我想我尽力所做的,是利用历史,以及通过某种方式将历史涵盖到抒情的时刻里。我想我的诗多是截取历史的事件或历史的疼痛,然后试着从中找到某种人性的东西。因为抒情总是人性的。所以,它最后也许会揭开难解的历史;这是一种打开历史的方式,将历史转化为悲剧性的愉悦时刻。

同一篇访谈录还提及了茨维塔耶娃的一篇文章《有历史的诗人和无历史的诗人》,扎加耶夫斯基将自己归入"有历史的诗人"一类,这使我想起经历明朝覆亡的大历史的钱谦益的"有诗"和"无诗"之说,他认为我们在谈论诗的技巧之前先需谈论"有诗无诗",来自个人身世的复杂经验从而"盈于情,奋于气,击发于境"的文字是"有诗"之作,不体现个人的"灵心"与"世运"之关联的文字只不过是无病呻吟,所以称之为"无诗"。他还提出了"诗之义本于史"(《胡致果诗序》)的命题,以"千古之兴亡升降"的历史关怀为诗学言说的本源,在此观念的基础上,进而将只讲性情的诗归入"诗人之诗",而具有历史意识的,综合性情与学问的诗归入"儒者之诗"。值得关注且可能并非巧合的一个现象是,90年代末发生在中国内地的那场诗歌争论似乎重现了这两种诗歌类型在价值观上的交锋,我猜测"民间的诗"和"知识分子的诗"或许可同"冥想的诗"和"感时的诗"相类比,引申言之,它们之间的差异大抵相当于王维和杜甫的诗与他们同时代的关系的差异,最终是诗学理想的差异。

  历史意识不同于怀旧,虽然怀旧的情感会强化历史意识并将它延伸到更久远的过去,但历史意识同时是对现实的意识,主要是现实的忧患、焦虑或具深度的抵抗。当代幸存者诗人的一项道义承担与历史上的"遗民"诗人一样,是致力于修复历史记忆。法国年鉴学派历史学家布罗代尔曾经强调:"历史纯粹是重建——重建,这是一个关键词"(《历史科学与社会科学:长时段》),重建意味着作为历史中的个体和历史事件中的亲历者对历史叙事的介入,否则,历史就可能荒漠化,处于转型期的诗人尤其面临着历史记忆被篡改所导致的伴随巨大虚无感的心理现实。西川的文章《文化记忆与虚假的文化记忆》涉及这个问题,他说:

> 在中国历史上,过去和现在,出于政治的需要,对于记忆的篡改屡见不鲜。经王莽篡改的儒家典籍甚至已经生根在我

们的文化记忆当中。既然过去被篡改的记忆对我们文化的走向产生了深刻的影响,那么我们现在对记忆的篡改将来也定会产生同样深刻的影响。

这里传达的是对一种隐患的关切。治统凌驾于道统之上并利用权力使得道统变成了伪道统,这种历代"人主"以篡改的方式抹去记忆的"苦心奇术",龚自珍曾经有所发现,并感慨地指出"论世者多忽而不察"。哪怕是圣人的历史叙事,例如《春秋》,也难以像先儒所期待的那样,真正做到使"乱臣贼子惧"。诗人个人的声音在我们的时代与公共事务如此疏离,要求诗干预实际的历史进程肯定是一种虚妄,何况诗的伦理从来就不是政治伦理,诗人只能在"诗人何为?"这个从浪漫主义时代开始的追问中继续写作,用词语抓住曾经震撼我们心灵的过去,因为一切启示都来自过去,"通古今而观之"的诗人之眼很像本雅明的历史天使,"他回头看着过去,在我们看来是一连串事件的地方,他看到的只是一整场灾难"(《历史哲学论纲》),过去正是通过历史中的个体的记忆而活在当下,对过去的召唤并不是抓住某些历史事实不放,而是要将历史的反思上升为智识,从而探究它对未来影响的深度,《易》言"智以藏往,神以知来",藏往即知来,致力于"将历史涵盖到抒情的时刻里"的诗歌,是治疗心灵伤痛的挽歌,只有在对灾难的不断的勘探中,人性才有望从放逐中回归。"抒情总是人性的",在我看来是对在语言和心灵中幸存的诗歌的最富人性色彩的辩护。

当代诗从追求极端的先锋立场后退,转向重建语言与现实的关联,的确是带有紧迫性的新发现,而不是向缺乏美感和抽象能力的现实主义的回归,也不像一些论者所说的那样,是对"抒情立场"的舍弃。叙事只是抒情诗的一种技巧,为文本提供一个深度模式或结构性的框架,使行文达到与真实经验平行的稳定,摹拟性叙事是将历史寓言化的方式,应该有能力处理与人性相关的主题,以及与时代良知的主导方面相关的精神性主题。词是对物的测量,对灵魂的存在和可能世界的勘探,诗人的工作与土地测量员的工作有其相似性。诗作为纠正的力量,在与现实的抵牾中,尤其在悲剧性体验中才有高贵可言。

五

　　词与物的关系让我联想到阿喀琉斯与乌龟的赛跑那个著名的芝诺式悖论,词指向物,但永远不可能抵达物,换句话说,写作永远不可能追上现实,因为现实总是变动不居——从寓言的意义上说的确如此。"语言幽闭症"就像一个穆比乌斯怪圈画出了书写行为自身的限度,"指不至"——这个庄子早已发现的命名学难题,意思正好也是词到达不了物。然而,从相反的方向,即从写作发生学的角度看,现实不仅渗透到文本中,而且经常是写作的动力之源,当现实的否定因素强大到对表达自由构成威胁时,个人写作这个常识被重新提出并获得广泛认同,意味着以个人神话取代意识形态神话的内在诉求,在我看来,多少是从80年代的反英雄回归到诗歌精神的英雄主义,写作作为个人救赎在此向度上重新确立了心灵合法性。"语言幽闭症"很可能是欧洲唯美主义运动的后遗症,当虚构世界被视为最高真实并与生活世界失去关联,写作的不及物性也就成为金科玉律。词与物关系的悖论或许可以这样去理解："写作"这个动词是不及物的,但写作行为则是及物的。虽然"语言的自治王国要过它自己的特殊生活"(曼德尔施塔姆),并不妨碍诗人在诗中或直接或间接地表明他对语言和现实的态度,我猜测这也是西川将他的新诗集取名为《个人好恶》的一个原因。

西方虚构论诗学重视诗与思的关系,大抵在现代哲学的语言学转向中,经由海德格尔等人对诗歌的新阐释,重现了诗与思的同源;中国有为论诗学则将诗与史并举,"诗之义本于史"的观念自先秦始已形成一种诗学传统(《管子·山权数篇》干脆称"诗所以记物也"),欧美诗学中处于主导地位的虚构观念长久以来被认为是与中国诗学之美刺、教化观念相对立的,从"上以风化下,下以风刺上"(《诗大序》)到"文需有益于天下"(顾炎武),儒家道统始终将诗学言说当作关乎伦纪的救世论工具来看待,所谓"风发乎情",故寄望于诗的教化。主张诗歌价值自足的虚构论诗学与着重于匡时经世的有为论诗学的根本差异或许是前者关心语言的内部关系,而后者关心语言的外部关系,一种综合的新诗学应该既关心语言的内部关系也关心语言的外部关系。而从发生学角度看,"怎么说"并不能取消"说什么"。

当模仿被翻译成虚构,诗语自足的纯诗理论终于在20世纪的西方被发明出来,瓦雷里的下面一段话总结了虚构论诗学的基本态度:"诗人的使命就是创造与实际制度绝对无关的一个世界或者一个秩序,一种关系体系。"(《纯诗》)正是在这里词与物被分离为两个世界。于是,能指与所指的断裂被视为现代性的标志就是顺理成章的了,词成为能指的剩余,环绕自身空转,在这一朝向极端的进程中,词由于丧失了命名的能力而沦落为物,我之所以使用"沦落"这个词,是因为物的原始状态即无名,而当一个不恰当的比喻被运用于某物时同样不能将它从无名状态中拯救出来,不恰当的比喻作为半词半物的混合体,充其量不过是人的精神在歪曲性想象的机制中上演的变形记而已。福柯指出:"人们也许甚至可以说,词在变得恰当之前是形象化的;这就是说,在词被一种自发的修辞力量散布在表象上之前,词几乎不拥有作为特殊名字的地位。诚如卢梭所言,我们可能是在指明人类之前谈论巨人。船最初是被帆所指明的,而心灵,'灵魂'则一开始就获得了蛾的比喻。"(《词与物》)但词与物之间的"譬喻学空间"并不会在首次命名之后而不再拓展自身,词的命名冲动——当我们把词理解成历史和文化的主体——就像一种乡愁冲动那样具有自运动的连续性,无限地接近着有待被命名的可见世界和不可见世界,"灵魂"这一物不会因为"一开始就获得了蛾的比喻"而不再现身于别的词语。恰当的命名不是在能指链上增加一环,而是对中断的能指链的一次修复。陆机所谓"恒患意不称物,文不逮意"的三段论,在词的命名行为"文"与命名对象"物"之间设立了一个必要的中介"意",这一作为意指结构的三项结构,处于中心位置的内项"意"是将外项"物"转换成另一个外项"文"的中枢(参看宇文所安《中国文论:英译与评论》),我认为陆机标举的"意"就是"譬喻学空间",它的转换生成在中国古代诗学传统的理解中是不可穷尽的。而"语言幽闭症"是脱离词与物转换生成的循环之后的一种失语症,因此所谓"不及物写作"要么是一个错误的命题,要么终将在"譬喻学空间"远离具体语境限制的道路上耗尽词语本身。

六

将亲历者的历史见证"毕陈于诗,推见至隐,殆无遗事"是一种诗学难度,历史上可能只有杜甫等极少数诗人真正追求这一难度。追求难度也就是追求伟大,"至隐"当然不会出现在平庸的作品中。沿着孟子"以意逆志"、"知人论世"的思路,我们今天依然可以推见过往的伟大诗人个人心史中的至隐,因此可以说至隐乃真诗之宅。在中国"隐曲的写作传统"(哈金语)中,诗歌是历史记忆在语言中的珍藏,伟大作品能够获得同步性资格而继续对千岁之下的我们说话,这业已证明灵魂工程的超时空性,它不会因为一个诗人之死而终结,恰如王夫之在《诗绎》中朴素的议论:"天情物理,可哀而可乐,用之无穷,流而不滞,穷且滞者不知也。"

而以当代的立场观之,诗与现实的对称亦是历史经验(包括写作传统中的经验)在当下的重临,所谓"主观之诗人"的"主观之运用",一方面表现为,诗人写诗即是为诗辩护;另一方面则表现为,对任何个人介入历史叙事的合法性的辩护。我们只能从这两个层面上去理解王国维所谓"邻于理想"的诗,否则,想象性的虚构在文本效果上努力制造的逼真性依旧会被轻易地误解为诗的真实本身。形式有好坏而无真假,作为整体呈现的诗则有真假。我想王夫之对"现量"这一引自佛典的诗学概念的三种基本义的阐释值得推荐给当代读者:"现者有现在义,有现成义,有显现真实义。现在不缘过去作影,现成一触即觉,不假思量计较;显现真实,乃彼之体性本身如此,显现无疑,不参虚妄。"这里他将无时间性、直觉和主客妙合无间的参禅方法运用于参诗,"不假思量计较"之说是与司空图、严羽等人的诗学观相承接的,但王夫之倾向于诗人运用主观尺度对世界进行的"现量",本质上是主客体的相遇,只有在"不参虚妄"的相遇中,真实才得以显现。这使我想到博尔赫斯在解释贝克莱"存在就是被感知"命题时所打的比方:梨子的滋味不在梨子本身,也不在味蕾,而在于两者的结合。诗人观照世界的"主观之运用"是有其限度的,语言的机境固然与事境不同,但机境必然是心境(传统诗学称之为"志"、"情"、"意"者)与事境的邂逅,所以一首诗的机境以"身之所历,目之所见"为其限度,工夫之称此为"铁门限"(见《夕堂永日绪论》)。

在上文提及的黄山会议上,美国女诗人希尔曼(哈斯先生的夫人)谈到"现实"一词的拉丁语词源 res 意为被给予的事物,她还认为维特根斯坦"语言是现实的边界"的观点颠覆了柏拉图"现实是理念的影子"的判断,但现实本身有其神秘的一面,诗是与为现实的表象所遮蔽的不可见事物、神秘事物的对话。引申而言,诗人的职责是潜入存在的深处探测"现实的边界",并为未曾命名的陌生的边界地带设立标志。文本中的现实与实际生活中的现实可以相互渗透——这只不过是一个被重提的常识,完全不具备现实针对性的虚构就有可能成为孟子所说的遮蔽真相的"诐辞"。我所读到的东欧诗歌在处理现实时将历史叙事寓言化的方法是有观念作为基础的,说到底,现实的态度不可能不影响文学的态度。例如,下面这句斯洛文尼亚诗人托马斯·萨拉曼的诗是虚构的："托马斯·萨拉曼说，俄国人滚蛋！他们就滚蛋了"（《箴言》），但不能说诗中的情感也是虚构的，因为没有作为亲历者的真实的情感经验，就不可能说出这样的话，它表明，诗歌既是外部事物的见证，也是内部事物（不可见事物）的见证。对《圣经》语式的摹拟增加了这句诗的情感强度，有教养和正义感的读者会被某种瞬间拓展的"譬喻学空间"引向积极联想，并在价值认同方面产生情感呼应。

现实的未来向度取决于转机，有为的诗歌应该是变化之转机的发现和预示。与王夫之同时代的文人方以智将历史学命名为"通几之学"，当代诗学中的历史个人叙事，也是与未来那可能的现实之未知事物的对话。《周易·系辞》有言："知几其神乎！……几者，动之微，吉之先见者也"，本雅明的向后看的历史天使是对总是向前看的乐观主义的必要的纠正，致力于重建敏感性的诗学言说，在后集权时代和全球化语境构成的现实压力下，将良心与政治融入美学领域，并非不需要可以观测天道与人道之变化的灵视参与其中。

2009 年 10 月

主导的循环
——《空白练习曲》序

《空白练习曲》是《今天》十年诗选90年代卷（1990—1999），书名取自张枣的一首同题诗作。有一句诗："那从未被说出过的，得说出来"，诗歌的秘密全在未被说出的，已说出的就不再是秘密，正是怀着第一个去猜解未知之谜的抱负造就了诗人。未知之谜即元诗的能指意蕴，空白则是它的一个换喻，空白不是什么也没有，相反，它带有主导性，是写作这一行为的本源召唤。空白练习乃是一种朝圣般的练习，包含这样一种认识：写作既是朝向终极事物的运动，又是自我完成的运动。虽然它不像"筷子指向食物"（罗兰·巴特语）那样以及物性为目的，也不会一劳永逸地完成，总是处于准现在的未完成状态，处于词语的缺席与在场的张力中，声音与寂静交汇的中间地带，但作为练习的写作既是一种词语的炼金术——它意识到表达的困难，关注语言的自治，也是一种心灵的炼金术，需要建立与现实的关系，并将心灵对现实的感应投射到文本中去。进入20世纪90年代，当年的先锋诗人多数选择个人的或边缘的写作姿态，观念与言说方式发生了深刻变化，这些变化的主导方面或可概括为：从介入现实、回归传统与心灵勘探中接近难以企及的元诗之核。

自朦胧诗以来,汉诗的内部运动对写作所产生的深刻影响,可以用惊心动魄来形容。第三代诗(后朦胧诗)在经历一个短暂的集团性宣言的时期后,随着乌托邦理想的破灭,完成了向个人写作的转型,从此写作开始了自我救赎的孤寂历程。如今,又一个十年过去了,它的硕果的一部分就呈现在这本书中。但是在写作愈加个人化的今天,通过一本诗选建立新的诗品等级大概是很难实现的。至少,我尚未看到哪一个当代选本体现了那种高度秩序的原则。不过那样一本书是存在的,迟早会出现更严格的选家,来满足刚刚提及的期待。这本书受到了两重局限:首先是编者的趣味,尤其当编者本人亦身兼诗人;其次是作品来源,它们全都是从发表于《今天》刊物的诗作中选出的。如果一个诗人十年来写出了一首好诗,且碰巧发表在《今天》上,那么这首先是编者的幸事,它与读者再度邂逅不过体现了诗无达诂这一古训对阅读乐趣的允诺。

这里容纳了众多的声音:50位诗人的近二百首诗篇。诗人的嗓子和格调各不相同,境况也差异甚大:生活在国内或国外;继续写作或已然弃笔。对于文学而言,也许个人的风采才是最重要的,它是一个有待读者去辨识的文本标志,任何文本都会留下作为心灵见证的书写记录。恐怕没有哪个时代像我们这个时代一样充满了变化的因素,诗未必是这种变化的反映,但诗的活跃本性喜欢将一切变化引向自身,因此其复杂性是难以描述的。诗人企求诗意言说的复原与突变或许在任何时代都一样。

现代汉语的百年史与对现代性的追寻密切相关,从胡适《尝试集》开始,中国诗歌的言说之路可谓曲折迤逦,迄今依旧没有抵达先行者所预期的诗艺高峰,而诗艺的无涯又决定了尝试的永恒未完成。随着对进步及与此相关的意识形态的怀疑,对现代性及其最近的特征——后现代性的反思业已成为一些诗人关心的新课题。孟明在一封诗学通信(《作为历史记忆的诗歌》)中提出了"逃离"的策略,他认为只有回到母语文化语境,中国诗歌才有望确立可获得公认的身份。该文也触及了身份危机和写作焦虑的时代征候。事实上,身份危机乃是语言危机在诗人意识中的反应,是现代性与传统在当代汉诗中的双重缺失造成的。我无意于在此评价新文化运动的功过,但我感到有必要回头审视它对后世诗歌命运的影响。早期启蒙思想家对所谓"白话"写作的文从字顺的片面强调,经由革命的强力作用,使从中形成的毛语体在全民范围内传播并制度化了,于是,王国维所批评的"政治家之言"的狂风暴雨几乎断送了"诗人之言"。那场对文化造成不亚于秦火之毁灭的"文革"去今也不过三十多年,而朦胧诗一代正是在这样的废墟上崛起的。朦胧诗人作为抗议的代言人的使命感和悲愤情怀为诗歌恢复了尊严,诗歌回到人、爱情、正义的主题,在我看来是朦胧诗为诗歌史做出的不朽贡献,有了这个新的出发点,稍后几年出现的第三代诗才能在语言的层面上展开各种形式的实验,第三代诗是一场波及全国的运动,实验的方向各不相同,尽管实验阶段后来中断了,但至少为日后的写作开拓了诸多可能性的空间。少数几个无法归类的诗人对待传统的态度,以及怀旧的、唯美的、高古的抒情不啻为一种吉之先见。90年代,诗学发生了一些显著的变化,叙述受到强调,意识的最大化、具体性、对现实的介入成为被广泛谈论的话题。1999年关于知识分子写作与民间立场写作的论争,实际上从一个侧面反映了对诗人身份的歧见。这说明身份危机的焦虑自五四一代以降一直是中国诗人未曾克服的，无论出自何种实用目的而人为地中断与过去的联系，都将导致文化身份的丧失，因为众所周知，现代汉语的滥觞正是在外来的现代性的强大压力下"逼迫在场"的，它的不得已和忧患总会时不时地发出民族主义呻吟，而不是更谦逊、更具智识地返回源头寻找原型。那么现在重新审视诗人与母语文化语境的关系无疑是时候了。这意味着，我们已来到两大文明的交汇处。

　　一种文化在接触其他文化以前对自身文明高度的估价多少带有假设的成分。发轫于欧美主要文化都城的现代主义运动，其最显著的特征是国际性，内部的异质碰撞和交流是异常活跃的，这使得乔伊斯可以与普鲁斯特、海德格尔可以与策兰对话，正如早先，在荷尔德林的诗中，希腊诸神的世界与基督的世界可以同时被咏唱一样。碰撞导致的诗学结果之一，是对文化接触以前古老事物的再命名。名与命在汉语中本是同一个词，而命在先人的宇宙观中则是天赋予的——"命自天降"，"有天有命，有物有名"（见郭店楚简《性自命出》），可见命名与创生可以类比，而再命名就其与命名的本源关系而言即意味着复命（Renaissance）。《易》言："复，其见天地之心乎？"，返回母语文化语境，或者说重建对作为家园的精神源头的信赖，不就是曾经被诗化地表述为天地之心的神性复现吗？语言乃公器。写作若渴望获得全部文化的依托，有待"通古今（中外）而观之"的双重视野。

　　我无意在这篇序言里谈论当代汉诗继朦胧诗之后的整体成就，因为太近的事件反而不具备揭示真相的条件，只能显现其模糊的外观，里尔克所谓"一代人的真实性"必须留待后人去评价。是的,我们尚未写出"举世公认"的作品。但是我们这么说时无形中已参照了西方标准(或更虚幻的世界标准)。来自影响的焦虑纯属正常,尤其是"折磨人的大师"的影响,至少,译语的影响。仅举一个例子,被鲁迅热情称赞为真国学大师的王国维早在1911年就意识到"学问之事本无中西"(《国学丛刊序》),甚至其诗学的中心概念"境界"一词,据考证亦来源于佛经译语。我们的语族血缘是不纯的——承认这一点需要勇气。当然,这仅是第一步。汉语的拉丁化给这种古老的语言带来了新的生机,透过迻译得以用仓颉的文字命名中土以外的世界,同时使世界成为观照对象,由此而获得的世界性视野终将帮助我们深化对禹贡山水的认识。诗歌的运思何尝不可越界而宁宥了一隅?博尔赫斯就认为诗是"混血的艺术"。他在论及阿根廷作家与传统的关系时声称:"应将整个宇宙看作我们的遗产。"

关键在于文化品质而不是题材范围。对历史的考古学问知与当代生活的诗性把握,借助一佛学术语,即不二法门。困难的是对常态的领悟。法国年鉴学派历史学家所关注的长时段(la longue durée)在我看来,乃是一种处于绵延状态的、极度缓慢的人类境况的诗化历史,福柯所谓"缓坡历史",以记忆的形式留存的文献、实物、习俗既是史学的对象,理所当然,也可以成为诗学的对象。这就是为什么杜甫的诗被冠以诗史之称并且被越来越多的当代诗人所谈论。诚然,诗学关注的主要是心史即对古人精神的传继而不是编年史的事实,因为诗艺最终有赖于虚构。钟鸣、胡冬、孟明、梁秉钧、陈东东、萧开愚等诗人都对重演古人诗心这一领域有所涉猎。钟鸣区别了两类诗人:气质性诗人和观念性诗人,他把自己归入后者,在当代诗人中他无疑是最复杂的,我认为这与他的博学有关,说到底也还是与他不断规避风格化的气质有关,他用典不是镶嵌式或拼贴式的,而是戏剧化的,他深谙激活一个原型需要设置内在场景,需要放弃单一角色的语式,而采用复调的、多声部的语式,由于主题性写作不能满足他天马行空的想象和观念漫溢的活泼机趣,他经常从被遗忘的历史残片中提炼细节,从人们视而不见的常态中发现寓意,他在诗与随笔两种文体中自由出入,同时展示天赋,将诸多异质性的因素带入诗中,这使得他的诗有时显得驳杂。钟鸣说过"很少的人能意识到只有诗以外的东西才能救诗"(《中国杂技:硬椅子》自序),这话可以理解成他对自己的诗下的笺注,也是为什么当多数诗人埋头营构精致的形式时,他却转向外部,勘探无人问津的历史记忆断层。《与阮籍对刺》表面上似乎是与这位"大人先生"比剑法(动作性的确为这首诗的可读性增色不少),其实不仅不是与之分庭抗礼,恰以"挑战"的方式实现了与这位古代先驱精神上的呼应,并且部分地吸收了这位以诗、玄学和酒为幸存之技艺的大人的魔法。"某些可怕的习俗,只有剑能防范";"来呀,来呀,让我们相互划破手掌"。高强度的语势得力于辞气的完足,不是"外易其貌,内隐其情"(阮籍《大人先生传》)者所能道。在研究曼德尔斯塔姆的同时,钟鸣完成了一组以曼氏命名的诗,我们选了《曼德尔斯塔姆在彼得堡》一首。他自己称这组诗"诗行里充满了原文引述,所以,我宁肯称它为'诗体随笔',或'诗体杂记',那是我早期嗜好'叙事诗'的回光返照"(《广阔的希波吕托斯之风》),我们或许可以从泛诗观念的影响,从神话学和心理学,从诗人与祖国的非选择性关系的不同角度去读解。

西川90年代以来的诗多运用破体,他的《鹰的话语》也是泛诗观念的产物,形式上更像"诗体随笔",方法上他称为"综合创造",出于对纯抒情诗体的不信任,他和其他提出"知识分子写作"的诗人一样转向拓展诗的综合心智。比较《夜曲三章》和《鹰的话语》我们不难觉察文本策略的变化带来的风格的显著变化,他对这种诗学转向所做的辩护体现在下面这段话中:"既然生活和历史,现在与过去、善与恶、美与丑、纯粹与混浊处于一种混生状态,为什么我们不能将诗歌的叙事性、歌唱性、戏剧性熔于一炉?"(《大意如此》自序)与此相呼应,欧阳江河的"异质混成"说不妨说是换了一种措辞,不过他在写作实践上,常更侧重于异质文化地理空间的蒙太奇式剪接,对后现代思想和全球化现象的敏感使他的一些诗结构上大开大合,西川的语式不含欧阳江河的修辞强迫性,而较多地倾向于自我辩难。相对而言,陈东东的诗是较为淡化意识形态色彩的,《八月》将某种来自"政治琴房"的高昂音调处理成一个时代的枯燥的喜剧,我认为要求语言自治的"第三代"诗人的普遍理想在他身上有集中的体现,在致力于让现代汉诗获得某种自发的音乐性力量方面他走得比谁都远,由此他也承担了比谁都多的封闭性写作的风险。我想在"没有了灵魂涉险的高难度"(《旅行家》)的今天,这样做是值得的。

地理经验,或位置感对于一个诗人的重要性与基准线对于绘制地图的重要性颇相似,诗人聚焦一个地区、一处山水、一个城市或村庄的深度与广度不仅是想象力的结果,也是情感驱动力的结果。一首体现与"地方神祇"心灵互动这一地理诗学原理的诗,无论方法上是地面透视(即纵观的),还是远眺极点(即平视的),或引颈高瞻(即仰望的),美学效果如何取决于是否实现了"本地的抽象"(史蒂文斯语)。佛禅所谓"触境皆如""总在这里"大体可以喻本土化之诗。我记得韩东在某处谈到吕德安的写作时说:读他的诗就知道他来自哪里。我想这话也适用于于坚、翟永明及韩东本人,他们对90年代诗歌的影响显而易见。同样写纽约,我们不会将《曼哈顿》与《咖啡馆之歌》的作者混淆,除了性别因素,盖因闽音与蜀腔本自不同。早慧的诗人朱朱,在他的第一本自印诗集中就展露出感知区间与位置的才华,他透视南京这座代表南方的"失败的古都"的甜蜜方式;小海对北凌河流域土地形象的近取譬;臧棣对燕园的精雕细镂都使那些地方变得像预言一样神奇。而朱朱逃避风格化的努力也使他尝试把握跨地域文化的主题,《我是弗朗索瓦·维庸》就是一例。柏桦的《苏州记事一年》形式上取《夏小正》《月令》等古历书的体例,记苏州地方一年的农事、俚俗、节庆,所谓记事,当然是一种戏仿,即摹拟叙述。就我所知,这首诗尚未有批评家分析过(恕我寡闻),然无疑属于几乎绝迹的、最后的农事诗之一。布匹、茶箱、大锣、经书;各种江南风物、起居、传说、礼仪,随着季候变化若隐若现:

> 正月初一,岁朝
> 农民晨起看水
> 开门,放爆竹三声
> 继续晨,幼辈叩头
> 邻里贺年
> 农民忙于自己

柏桦的诗素以书卷气浓郁鸣于坊间,且语势迫促、迅速、急转直下,本诗——并非唯一的例外——却完全隐去抒情主体,而臻于无我之境界,调子也显得舒缓、从容,错综运用四言、六言句式,使节奏上获得非格律化古体诗的稳定效果,又避开了不太自然的过度对仗,与时下风行的无节制散漫叙述也判然有别。白话诗的书面语体迄今未形成一定的范式,恐怕与一种冗长的狡辩式独白倾向有关,无限度的夸饰伴随一系列动作与表情,以词语为影射的掩体,材料壅塞,不能深穿其境,又语必涉己,强加于物而不是以物观物。当代诗歌凸显写作的先锋姿态,过度迷信昙花一现的"创新",对万古常新的事物缺乏感激,表达对土地、自然和古老生活方式的热衷似乎不合时宜,更不必说与内心的神明、与他者进行礼敬的亲密对话。杜甫的诗曾遭"村夫气"的讥讽,奇怪的是,因讲究辞藻而有"花花公子"之坏名声的史蒂文斯却认为"诗人身上都有点村夫气"。一曲之士不屑于质朴,我读本诗时联想到苏轼"灿烂之极,乃归平淡"的诗说,不禁感喟陶渊明离我们已非常久远了。

90年代诗歌对叙述的偏好是以文为诗的当代版本,以文为诗一般认为滥觞于韩愈,宋人在他的影响下好以"全语入诗,为有气骨"(黄庭坚),其实,不仅《诗经》《楚辞》以及更早的《易经古歌》(近年始由学者黄玉顺最后破译)等诗歌文本,而且在甲骨卜辞、鼎彝铭文、传世的《尚书》《易传》《左传》《庄子》等先秦文献中都含有大量诗化的叙事语式,从现代诗的角度看,那些片断的言说依然散发浓郁的诗意,如果不是寻章摘句式的,而是从总体上领会古人精神,并且借助文字学、考古学的微观的工具,使庄子所预言

"道术将为天下裂"之前的文化底蕴得以澡雪、复原,给未来以启示,那么,汉诗在这一领域仍将大有可为。《苏州记事一年》除了沉浸于日常生活并非直线时间而是轮回时间的描述,即始于正月初一,终于除夕的一个中国年——这种结构安排也暗合了《易经》阴阳消长,卦气周行的典型东方式物序观念——还以摹拟的口吻记录下表示日禁的谶语,如"有利无利但看'二月十二'""吕纯阳过此/勿需回避""得下签者不予参加"等,语气与卜辞相似,完全可视为是对民间宗教仪式话语(先民之言)的征引。另一方面,问卜时征引诗歌这一古老传统至今在民间仍可找到印证,我们可以猜测,掌三坟之易的太卜很可能就是"未得到公认"的最早的诗人。当然,这个上古诗人资格候选人的行列尚可扩大,应包括太史、瞽矇、太师、寺人、士甚至刑徒思妇。当今之世,中国诗人为何反有身份失落之虞?盖因当代中国的文化符征已变得十分模糊,文化身份的重新确立亟待有志于古者复出,柏桦此诗庶几可再现古人"达于事变,而怀其旧俗"(子夏语)诗心之一端。

　　本土诗学的回归与重建,作为文化生长的内在需求,使得部分当代诗从神话学和民俗学中吸取常态因素,将原型改造成能够体现汉语诗性的现代形式,其中微妙的变化是心理层面上的,即从对传统的怀疑主义转向"信而好古"的趣味。陆忆敏曾将当代诗的两种审美向度概括为"崇洋"与"尚古",欧阳江河将90年代之后国内诗歌的趣味变化总结为"本土气质"的重塑,柏桦提出恢复"汉风",与其说这是一种复古倾向(如一些人所误解的那样),不如说是对丧失了元灵的汉语书写的一次盛大的招魂。以此观之,给文本注入现实感的迫切性恰是诗人历史意识的作用,因为现实乃是历史的一个界面。当公共语境中的"现实"混淆了历史真相，诗人因不苟同于暧昧的文学政治而不得不以悖论修辞的方式把纯粹抒情变成讽喻，于是我们从柏桦的短诗《现实》中读到如下的对句：

> 而冬天也可能正是春天
> 而鲁迅也可能正是林语堂

从王家新、孟浪、黄灿然等人的诗作中我们也能感受到如西川所说"历史强行进入视野"后心灵对语言的投射，这些诗人的诗或从词语的内部挖掘与现实的对应性象征——"沉甸甸的，黑，比夜还黑/比一个暴君还要镇定"(王家新《铁》)；或从良知的自审中洞察悲剧性事变的普遍伤害——"每个人都护住胸口，不放走悲痛！"(孟浪《不放走悲痛》)；或从对一个朋友秘密失踪的具体关切，指控某些地区对自由的不成文的禁锢——"用一个城市而不是用一座监狱/禁锢你"(黄灿然《城禁——给陈东东》)。值得一提的还有肖开愚的长诗《向杜甫致敬》，它或许是90年代最具野心的介入现实之作，尽管其中有些篇幅读起来枯燥，对人性和制度中恶、暴力和愚昧的书写因浸透了大量的否定因素而令人不快，但我不怀疑那些幽暗的，"……比想象的还要严峻，诡谲"的事物并非"为文而造情"，而是来自作者的经验。有时因不慎，诗人的才华和天真有可能淹没在世俗经验未恰如其分地向文本过渡的地方。选入书中的这首长诗的第一章在我看来并没有上述的毛病。

生活与写作两者都失去文化承托故开始了无所皈依的精神流亡，这是比个人遭到流放或自我放逐更具普遍性的现象。谈论当代诗歌,我们并不能回避这一广义上的流亡状态。对流亡诗歌也许存在着一种误解,仿佛它仅是一个现代的发明,其实自屈原始,中国诗人就累代经历着流亡,当代诗歌的流亡形象与楚辞、古诗十九首或唐诗宋词中的流亡形象本质上有何差异呢?如果有,那么时代语境的复杂即其最显著的因素之一。域外这个词所指的空间现在扩大到了整个世界。90年代大批诗人的域外写作使汉语诗歌写作的场域所发生的地缘变化本身绝非一个不重要的事实。远离母语环境的新的写作是可能的吗?这个问题不同于诸如是否存在知识分子或民间立场写作的对立,在我看来那是一种理论假设。

无论是自我放逐到国外,还是生活在国内的诗人,流亡主题和地方性主题几乎对偶式地出现在90年代的诗歌版图上。"每个诗人都是犹太佬"——茨维塔耶娃这句话恰切隐喻了诗人流亡的命运。如果写作的星相如此,那么当代诗人为之付出的又一个整十年并没有白费。这里我主要想指出一种特质,它表现在,首先是流亡生活磨炼出的个体孤独意识,然后是同文化差异的设身比较相应的与传统衔接的内在需要的觉醒,不寻常的经验唤起了前者,诗歌的自律唤起了后者。流亡将母语带入第二语言的陌生环境,词与物、词与词的碰撞,产生沉默与言说的必要张力,人的流亡变成了"词的流亡"(北岛语)。然而,这种中间地带的幽暗引发的致命的失语症也可能导致顾城式的精神分裂,如果没有足够强大的净化力量从内部支撑精神层面的话。北岛、多多、杨练等在海外继续写作的朦胧诗人都面临突破前期写作的困难,因为诗人的流亡不同于政治流亡,并没有一个基金会能够保证你个人的语言出路。于是多多在一次私人谈话中说:如今诗人只剩下一个身份标志了,那就是他仍在写(大意)。稍加引申,也许可以这样说,书写行为本身的意义已超出了对象。写作即修行。但更困难的是,写作这一特殊修行既要壁观,尚需破咒,渡己渡人靠的是同一只语言之筏。北岛出国后的相当一部分诗,如收入本书的《写作》和《练习曲》等,都关涉流亡写作这一象征行为与现实的压抑性力量之间的对峙:

> 写作与战争同时进行
> 中间建造了房子
> 人们坐在里面
> 像谣言,准备出发
>
> (《练习曲》)
>
> 当记忆斜坡通向
> 夜空,人们泪水浑浊
> 说谎——在关键词义
> 滑向刽子手一边
>
> (《开锁》)

出现在这两首诗中的"人们"与别的诗,例如《无题》中"在巨石后面排队的人们"是否属于同一个群体?他们是同行还是证人?如果是证人,他们要指认什么?我从北岛带超现实色彩的跳跃诗的词语间隙,从他的非主题性写作似乎略显匆忙地即兴勾勒出的不确定形象中,有时听到他维护尊严的内心敏感的回声。诚然,倘若对于像"我的影子很危险"(《关键词》)、"写作与桌子/有敌意的对角线"(《变形》)这样的诗句,仅仅当作某种"灵魂游戏"

(北岛诗题)的精神分析个案来对待显然是降低了诗人的品格,那么,将他流亡途中的写作整体上视为创伤记忆的治疗,视为克服中间地带的幽暗的隐忍自处的努力,我们或许能因设身处地而避免失望,即避免用早期英雄主义的北岛反对流亡者北岛所造成的心理落差。据我所知,坊间对北岛后期诗歌成就的争议,往往要么忽略了流亡语境这一考验耐心和写作难度的重要参照,要么流于同道德归罪一样不近人情的过度阐释。

对语言之本质的追问必是流亡诗歌的第一要义,流亡诗歌是真正为"无限的极少数"而存在的诗歌。母语,这一在异域"沦为无意义的符号"(荷尔德林)者的语言,由于在同操本地语言的陌生人交往中的无用性而变成了某种秘密的语言,恰如张真诗中所说:"用的是一种语言,不为人知"(《仙鹤死了》),因不再流通,它沉睡的内在自足性与诗歌的精神性可望获得一致。身处异域的诗人在面对狭义的失语症与广义的存在困境时,也被赠与一种可能性,即在孤独净化的过程中亲近原初和赤裸状态的语言。

作为流亡诗人中的一员,多多和北岛、杨炼一样,曾辗转于不同语言与洲际的国家,经历了不知终点的迁徙。在我看来,他是属于为数不多的如曼德尔斯塔姆所说"用声音工作"的诗人,他喜欢让词语在孤立状态中从内部发出声音,所谓"内部"也就是沉默。《在英格兰》和《阿姆斯特丹的河流》这两首怀乡主题的诗写于1989、1990年间,它们的结构特点颇相似:突然起兴,将对比性的意象以超现实的方式熔铸于当下场景,然后急速转折,迫切而撩人的思乡之情在瞬间和盘托出,即戛然而止。

是我的翅膀使我出名,是英格兰

> 使我到达我被失去的地点
> 记忆,但不再留下犁沟
> 耻辱,那是我的地址
> 整个英格兰,没有一个女人不会亲嘴
> 整个英格兰,容不下我的骄傲

(《在英格兰》)

这些诗句的强度在当代汉诗中是罕见的,在流亡诗歌中更是如此,真可谓"掷地有金石声"。一般来说,朦胧诗一代诗人不像第三代诗人那样看重复杂性,多多就曾在一次访谈中强调单纯的可贵。我想单纯主要是就对诗本身的专注而言,正是单纯的天赋使上述两首诗的结尾处出现"祖国"这样凝重的字眼,而在当代语境中,"祖国"恰如"流亡"一样是充满了歧义的词,它们处在话语天平的两端,令人心酸地对峙着,北岛就曾写下:"临近遗忘临近/田野的旁白/临近祖国这个词/所拥有的绝望",在多多的诗中我们同样能够感受到那造成"耻辱"与"骄傲"的来自记忆的东西与当下的不相容。

将客愁体验中地理文化的异质性与还乡的冲动之间的张力保持在炼金术士般旷日持久的精神操练之中,以期觅得诗性的吉光片羽,对于自我放逐的诗人而言是与域外旅行写作主体的个人处境及心境都大为不同的,认同于流亡、客居还是旅行,取决于道义承担的自我期许,也与对时代语境的个人理解相关。无论流亡写作还是旅行写作都势必引发跨文化的对话机制,根据我本人的经验,前者是更内化的,也更为不自由,因而常常以回溯的方式寻找对话质而较少体现不同国族与文化间知识/权力共享的诉求。在远如极地的某个房间,用日常的枯燥擦洗词语之镜,以请求传授技艺给他或她的女娲这只"深情的母龙"从中现身——这或许意味着流亡写作中最难测度的悖论:对话是一个人独处时发生的奇迹。失语症的治疗有待语言的亲密性本质将诗的超时空对话功能昭示给书写者。

知音神话在中国古代神话谱系中恐怕是最具"现代性"的,现代人的彼此分离,对他者的冷漠,使艺术家发出的信息常消失在虚空之中。孤独境遇中的流亡者更能发现知音神话原型的价值,由于与本土隔绝,失去读者反映,类似屈原的"不识异采"之孤傲不可能不植入流亡诗人的内心。写作,要么转向与途中精灵——大自然的活体标本的对话;要么作为向着"远方"的喃喃倾诉。知音的出现常常出人意表,那个虚拟的倾听者的存在类似于愿景一跃变成了现实,类似于济慈为说明诗性邂逅对《失乐园》中的一个情景所复述的:亚当一觉醒来,发现梦中的夏娃就坐在身边。这是对话式诗歌隐含的寓言图式,它庇护着音讯往返中由超级感应力(庄子之"质")联结起来的神秘关系,能够容纳不同语境的相互渗透。真正的对话是与缺席者的对话,是对不在场的知音发出的,带有招魂的性质。在招魂的巫术仪式中,通过秘密功能起作用的话语传递,一种被当作亡魂的声音在场了:

> 东方既白,经典的一幕正收场:
> 两知音一左一右,亦人亦鬼,
> 谈心的橘子荡漾着言说的芳香,
> 深处是爱、恬静和肉体的玫瑰。
> 手艺是触摸,无论你隔得多远;

你的住址名叫不可能的可能——

即使在流亡境况中,诗歌未必需要成为抗议的工具,流亡本身自古以来就是诗歌最动人的主题。张枣的十四行组诗《跟茨维塔耶娃的对话》即是一个流亡者想象与另一个流亡者之间进行的超时空对话,这里没有悼亡的气氛,也没有生者和死者之别,"言说的芳香"弥合了两界。茨维塔耶娃身上那圣女般的精神气质和力量,里尔克和帕斯捷尔纳克都曾感受到,张枣选择她作为漂泊途中的引导者原非偶然。女诗人终生将自己献给诗艺,贫困、流徙、战争、冷漠都不能征服她那足以代表俄罗斯的骄傲的心灵,然而她个人悲剧的经历完全可能在另一诗人的经历中重演。"甚至死也只是衔接了这场漂泊"(见组诗第九首),请注意,这种等生死的漂泊的同一性关联与组诗第二首中"我天天梦见万古愁"是遥相呼应的,在人造的、充满敌意的世界里,死变得像触及一个按钮那样容易了。茨维塔耶娃最后的诗篇《"我为六个人摆了餐具"》已表达了先行到死亡中去的意识:"与其做个僵尸和活人相处/我毋宁成为幽灵来陪伴",陪伴谁?当然是亲爱者。于是这位"妈妈,卡珊德拉,专业的预言家"(第四首)经过多重演绎来与被她自己所"预言"的一个姗姗来迟的中国人并肩而行,娓娓交谈。心有灵犀,且"手艺"(这个词还原了诗歌劳作的匠人属性)超绝,因此,原先遥不可及的、处于分离状态的事物在此源于爱的对话中变得像面前的一枚橘子那样可触摸了。

诗歌的对话预设了知音,是为满足知音的阅读期待而提前准备的慷慨飨宴。刘勰评价屈原"所以能洞监风骚之情者,抑亦江山之助"(《文心雕龙·物色》),流亡语境产生的故国之思的距离感和途中风物的感怀吟咏对当代诗而言同样得自江山之助,只不过写作场域不在本土罢了,我们为什么冠以所谓异国情调的"世界诗歌"而排除在批评视野之外?汉诗写作的海外分流能否被更大的传统接纳?反过来,孤寂的异域写作能否超越流亡状态并从文化的异质关联中开花结果?这些都有待追问。这里我只想指出,流亡不仅是尤利西斯这样的王者可能遭逢的命运,亦是我们每个凡人可能遭逢的,而用写作去承担,不可能不具备一种王者气概。胡冬在一首诗中写道:"不承认流亡,这个人的祖籍就有问题。"尤利西斯的祖籍是伊撒加,流亡异域的诗人的祖籍则是他的母语。

诗人是服务于语言的人,具体地说,就是服务于他(或她)所属的母语的人,关于现代性与作为中国诗人身份归属的汉语性之当下关系的探索必然导致对文明初始——如果可能的话,上溯到早期文字史——的形而上问知。文字诞生以前的沉默地带环绕着原始的寂静,那种寂静以人类集体记忆的方式向我们说话,语言是由无时间性的沉默唤起的,是沉默的延伸。从这个意义上理解,命名必须进入到倾听中,意即返回—沉思语言源头之谜。一首诗成型后就不再与作者相关,而是进入了语言那同大气和血液相似的特有的循环,同一切循环现象相似,语言循环亦以代谢和净化为主导。读者,尤其是追踪过90年代诗歌行迹的读者,在同本书中这些不可能毫无偏见的作用而入选的诗篇相遇时,倘若被文字的气氛领进了某种预感、回忆或着迷之中,就将为知音神话提供又一个当代见证——诗歌这一古老巫术作为思与境、人与世界、心灵与心灵的必要中介依然能引起感应。我猜测,假如钟子期不死,鼓琴定会成为伯牙的终生事业。

  2002 年 7 月写于布宜诺斯艾利斯
  2011 年 2 月改于北京

朱朱诗歌的具相方法

一

朱朱诗歌的绮靡和轻逸正在引起同行的注目。与 90 年代那些倾向于制造相对滞重的叙述性文本的诗人不同,他对诗歌的主要功能及语言和事物的关系持比较审慎的态度,在 1991 年初抵南京后完成的《小阁楼之书》中他多少预示了日后逐渐明确的个人立场:"我洁净,没有叙事的必要。"我在这里引用这句诗,丝毫不意味着朱朱的写作是排斥叙述的,相反,叙述作为语言的元结构不可能从话语中被剔除。我想要区别的是两种不同的叙述观点。前者明显地依赖叙述的完整性;后者相信我们周围的世界只能够片段式呈现。当一种戴上喜剧面具的经过精心装饰的叙述,越来越败坏着读者的胃口时,朱朱诗歌的节制乃是一个适时的免疫力的例子。

诗歌的发生基于世界的不可言传性质,词语在审美领域仅是某种模糊的识别标志罢了。另一方面,词语又是诗人面对的最大现实,因为诗人乃是"词语造成的人"。命名回应着物凭借词在诗中现身的本质需要,而词作为命名亦获得物性。朱朱虽然没有像瓦雷里那样声称自己是"词的唯物主义者",或抱持其他唯名论信条,沉浸于具相无疑使他的写作更具工匠属性,那是一种感受力的渗透,视觉的持续的饲宴,或曰,词语的魔术。起初,吸引我们的主要是将视觉经验改造成一个为特定的气氛而服务的比喻,在当代诗人中朱朱称得上是一位善用比喻的高手,纳尔西斯式的自我折射,常常带着躯体的清新感奋进入诗中:

> 浴后是纯洁的,我们的身体
> 像非洲的青山,像手指从未触摸的
> 小小的鼻子,它刚被雕刻好
> 陷入了最初的寂静。

这几行诗说出了比它的字面含义更多的东西。濯洗的日常经验经由具象的超比例并置,像忽然的照面,使两个彼此悬殊的世界变成了一个视觉和弦,大自然和艺术在诗歌的瞬间净化仪式中共同得到一具肉身,它裸露自己,怀着刚刚诞生的喜悦。已经有论者谈及朱朱诗歌的纯洁性,这是一种观看的哲学,一种对事物的原初状态的迷恋,对逝者的挽留,仿佛在观看中世界才变得自给自足,井然有序;这也是主要通过观看获得具象的方式,它是谦卑的,持续的,随时服务于所遭逢的各种人和境遇的,是对心灵秘密的探访。伴随着观看,秩序出现了,词融入物,并在物中留下痕迹。说观看并非只着重于视觉经验,它理所当然包括对有赖于表达的寂静的倾听。朱朱晚近的诗歌显示出一种明确的倾向性,就是尽可能潜入细微和晦暗的底层,再返回诸般感觉的抽象,即光的纯净之中。

另一方面,朱朱的格外耽迷于躯体感受,即那种恰如当一个人"默默饮用"时肉身的闲散与神思的高度亢奋之间距,以及始终将自己置于各种力的交汇点之冒险的乐趣,与超现实主义的美学特征非常相似,也与魏晋唯美传统一脉相承。他的诗似乎总是漫不经心地写成的,意蕴在欲言又止的不确定状态中融入光束、色彩和质感。这是将世界当作它本来的样子来接受的肯定性的态度,在此世界中,事物的存在仿佛仅为了成为一个绝妙的比喻,一切都维系于目光,一切的颓靡都有待一道目光的拯救。这意味着,一首进入文字的诗首先是被目及的,同样,诗在写出以前已经存在于某处了,诗人不过将现成的材料改造成一个陌生化的文本罢了。

二

我们情不自禁地会被朱朱诗歌中的形体特征所吸引,形体作为可感的要素经常在现代诗中扮演深度意象这一角色,通过形体说话比事件的铺叙往往更具感觉的深度。随物赋形,观物而不物于物,是精神漫游的自由之境。佩索阿说过大意如此的话:我们所能抵达的仅仅是生活的表层。依我看这是关于深度的至理名言。朱朱的诗歌图像经常以形体和背景互涵的对位法的方式构成,例如,"我闲散的形体斜倚南京","我来填补白昼离去的空白"。此处得到一个称谓的"我"是无穷序列中的自我,也是一个几乎无名的他我,呼之欲出又保持着必要的距离和平衡。他的那些写南京的诗,展示一种将官能放大的技艺,而不局限于观察者所观看的角度。闲散的、怀旧的、漫步街头与湖畔时的情绪,在一瞥或一触中,变成"被磨成一束的速度之光"。或许意念的涌动与稍纵即逝才是真正令诗人焦虑的"光"的同源现象,词语的不在场通过周围世界的强烈的现场性得到提示,我相信,的确存在着一种谐韵关系或类似光促媒的催生作用,使诗歌得以发生。有时我们震惊于词语一旦得到一个恰当的排列就超越了物质世界的万有引力法则的那种神奇的轻逸:"整个下午我都被一双手移动着,像一艘船被停在舵桨上的燕子移动着。"类似的例子比比皆是,瞬间的颖悟将诗意置于言说与沉默的张力中,诗通过具象的破碎之幻想衔接说出了"世界不可能完整说出"这一主题。

因此,片断的呈现无疑更本质地是诗的言说方式,形式的不连贯就像意识本身那样,不断被下一个所替换,而无以窥见其向度,文本提供的仅是一个可以观望的意义的十字路口,前方根本没有必然性的归宿在等着我们。于是当我们读到:"一条路终止它去墓地的旅程",会心于那只有在把握住转机的决定性时刻才会出现的词的拯救的急迫,这句诗令人联想德里达的书名"巴别塔之旅"那对写作之虚无的暗示。这条表达诗意言说之困难的路径终止于何处?——终止于意义之中途。这里出现了一种断裂,一种无以名状,然而,通往无地的路即言说之路,它亦是当下性的表征,这里除了词语之花即开即谢,时光递变的秘密循环与精神的回应,几乎没有路标,没有人迹,然而我们却能感到一种迷失的晕眩,小小的惊讶带来的阅读的酬劳。

三

语言作为传统承载着恩典,从某种意义上说,写作乃是对此恩典的回报。今天,汉语性正在成为一个重要的当代话题。朱朱是一个早慧的诗人,是汉语性实验的90年代的先行者之一,他短短的个人写作史参与到对此当代思考的追寻中。《枯草上的盐》这部诗集是其中严格挑选的成果的一部分,从中我们可以看出他的想象力和朝向更坚实锐利的风格转变的轨迹。他的敏感在写作的层面上具体地是对词的形体和声音的敏感。他那篇《答鲍夏兰女士,鲁索先生》的短文对此说得很清楚:"当我在一首诗中写下一个词时,我会感到莫名的欢愉。因为在写下这个词时我也听见了这个词,看见了这个词,它不是被召唤进我的诗中,而是还原到它自身中。"还原即一种廓清,一种回溯和治疗,因为当代诗人面对的不是语言资源的问题,而恰恰是对此资源的滥用;是骄饰、影射、过度的反讽对语言的伤害。诗人对词语的个人化的运用在这个中心离散的时代本应导致责任的意识,一当我们言说,同时就在允诺着什么,因此动机的纯正对于诗意的重建是至关重要的,至少在比喻的意义上我们面临传统与现代的对立及其转化。古诗精神中的朴素和温柔,不事繁复的极简主义曾经是汉语的光荣,现代性是否必须以牺牲此一光荣为代价?什么力量足以帮助我们抵御所谓的颠覆?

朱朱比他的同代人更知道节制的必要,他小心地避开铺叙和为文而造情的似是而非,尽量忠实于自己的感受力;往返于大自然和城市之间,他采集,冶游,用物类的眼光观看,虽然难以每次做到预期的成功,却对想象之翼可以"展翅在最小的损失中"满怀自信。写作要避免堕入虚无,唯有不断超越,回到众流的源头,这也是不断地远离自我的回归运动,很可能命名了生活于其上的土地的人,"他在这块土地上却是一个无名的人",而无名状态或许是写作者所能获得的最好的遮护状态,它对不受到写作惯性的干扰作出担保。我毫不怀疑任何继续写作的人会时常生成的遗憾,如果他意识到,一首进入文字的诗不过是元诗的无计其数的版本之一,而偶然性是它的慷慨的宿命。此即为何朱朱甚至羡慕起已经停止了写作的人的原因。停止写作至少逃避了为维护名声而伪造的处境,他对那类写作进行了反驳:"但人们更愿意去伪造,厌倦于弥补。"

  不过,对于年届三十的朱朱本人而言,写作似乎才刚刚开始。他的潜力和他的诗歌引起的阅读期待一样巨大,换句话说,他可以更从容地放飞辛苦的词语之飞禽,并指望它们用歌声弥补空间的破碎——

> 我的鸽子,飞啊,
> 去染上陌生人的气息。
> 弓,箭,靶子的气息,
> 蹲伏在更远,更开阔的地方。

2001 年 9 月 15 日写于布宜诺斯艾利斯

精灵的名字
——论张枣

> 哟,好一只蝴蝶呀
> 最狡黠和斑斓的一只
> 你制造的雪床上
> 落梅已经销魂
>
> ——引自某女士的诗

在当代中国诗人中,没有谁的语言亲密性达到张枣语言的程度,甚至在整个现代诗歌史上也找不到谁比他更善于运用古老的韵府,并从中配制出一行行新奇的文字。他留存下来的诗作如此之少,这种吝啬与他平日在夜深人静的酒精中的挥霍形成强烈对照。由于过早离世,他来不及进入一个"光芒四射而多产"的时期,诚然是一个巨大的遗憾,但仅凭一本薄薄的《春秋来信》便足以展露他卓越的诗歌天赋,集中任何一首都值得细细品读,它们作为经验聚合具有物自身的稠密,呼吸着他倾注其中的生命,而那些词语的星座形成的星系,正朝着我们播放他精神宇宙的神奇音乐,祝福着善于倾听的耳朵。

张枣的语言亲密性当然有作为南方人的先天因素之作用,即所谓"音声不同,系水土风气"(见《汉书·地理志》)的地脉影响,楚方言的口舌之妙与饮食、气候一样自有别于北方,而张枣个人语调的甜润、柔转这一内在气质则既归之于原始的诗性智慧之血缘,又与他在写作中形成的诗学态度有关。每一个诗人的成长都是神秘的,早熟天才的成长更为神秘。张枣的无师自通与曼德尔斯塔姆在俄国同时代人中的情形相似,阿赫玛托娃称后者的精神进程缺乏先例。一个诗人的卓然自立与他接受什么,据斥什么关系重大,是态度而不是权宜之计导致一个时代的诗歌风气之变化。在汉语言内部,正当五四时期"反传统"的进化论思潮在"文革"中再度泛起,达到极端,至后毛泽东时期(平行概念是后朦胧诗时期)的 80 年代,诗歌界依旧普遍缺乏对传统的重新确认,政治抗议和反文化的呼告掩盖了人们对传统的无知,此时张枣下面一段自白显然出现得非常及时,它见诸《中国当代实验诗选》(唐晓渡、王家新编,1987 年):

> 而传统从来就不尽然是那些家喻户晓的东西,一个民族所遗忘了的,或者那些它至今为之缄默的,很可能是构成一个传统的最优秀的成分。不过,要知道,传统上经常会有一些"文化强人",他们把本来好端端的传统领入歧途。比如密尔顿,就耽误了英语诗歌二百多年。

> 传统从来就不会流传到某人手中。如何进入传统,是对每个人的考验。总之,任何方式的进入和接近传统,都会使我们变得成熟,正派和大度。只有这样,我们的语言才能代表周围每个人的环境、纠葛、表情和饮食起居。

笼而统之地谈论传统容易，辨析传统之源流困难。济慈早就对弥尔顿式的"文化强人"怀有敌意，他在1819年的一封信中说："《失乐园》虽然本身很优秀，却是对我们的语言的败坏……我最近才对他持有戒心。他之生即我之死。……我希望致力于另一种感觉。"（《济慈书信选》，百花文艺出版社，2003年，第269页）张枣与济慈的不谋而合至少表明两个不同时代，不同国度的诗人可以拥有完全相似的诗学抱负，其着眼点都是语言。马拉美在谈到雨果的写作时也陈述过一个相近的观点："一旦形成风格，诗便被声调与节奏所加强。诗，我相信，怀着敬意，那期待以顽强的手把它与别的东西合一并加以锻造的巨人最好越少越好，以便它自行断裂。"（《Crise de Vers》）年轻的张枣并未在弑父情结的驱动下，像许多第三代诗人那样急切地对作为前驱并形成广泛影响的朦胧诗发难，相反，他在多种场合表达过对朦胧诗的欣赏，我想这绝不是他的策略，而是因为他的目光越过当代，落到了比同代人更远的地方。

传统的认知对于诗人而言既涉及创作之源的认知，也需要对我们置身其中的文化系统的整体把握，只有当精神的回溯被视为一种"归根复命"的天职时，断裂的传统才可能在某部作品中得到接续，尤其是当一个民族对它普遍淡忘和漠然的时候，卜者这一古代诗人身份的回归，使丧失的过去复活在一个新的预言家身上成为可能。张枣正是一位卜者，一位现代卜者。他的前瞻性体现在对"构成一个传统的最优秀的成分"的意识的唤醒，这"最优秀的成分"应该是能够与"周围每个人的环境、纠葛、表情和饮食起居"对应的一种语言，它曾经澄明如镜，现在却黯淡了。这种语言带有乌托邦的性质，但它又涵容并呵护着日常性，恰如"道不可须臾离，可离非道"这句话所象征性地揭示的，这种语言可以让我们在其中栖居，使我们无论在哪里都有在家的感觉，它亲切地在场，并随时随地迎候你：

> 只要想起一生中后悔的事
> 梅花便落了下来
> 比如看她游泳到河的另一岸
> 比如登上一株松木梯子
> 危险的事固然美丽
> 不如看她骑马归来
> 面颊温暖
> 羞惭。低下头，回答着皇帝
> 一面镜子永远等候她
> 让她坐到镜中常坐的地方
> 望着窗外，只要想起一生中后悔的事
> 梅花便落满了南山

从《镜中》这首诗的梦幻气氛中我们看到了T.S.艾略特称为"客观对应物"的东西，这首写于1984年的诗，即使现在读，也会感到，一如艾略特在《批评的界限》中所说，"以前出现过的任何东西都不能解释的东西"。它宣告了某种不同于单纯的意象拼贴而是注重句法的诗歌方法论的出现，它一气呵成，没有任何拖泥带水的痕迹，故对读者不构成强迫性，似乎一个天赐的瞬间自动获得了展开的形式，它奇迹般地满足了"好诗不可句摘"的完整性的古典主义信条,与当代常见的那些呼吸急促、乱了方寸的胡诌诗或意识形态图解式的口号诗拉开了足够远的距离,以至一个久违的美丽灵魂被召唤了回来,舒缓地进入镜子般通幽的文本。"危险的事固然美丽/不如看她骑马归来",我们不知道这个"她"是谁,自从刘半农发明了"她"这个人称代词以来,女性在汉语中首次得到阴性的命名,赎回了女儿身,现在,"教我如何不想她"这一"命名的庆典"(张枣语)在六十四年后一首新写出的诗中出人意料地以灵视的超验方式再现了内在可能性的外化场景。于是,依旧缺乏专名的"她"变成了神话主体的一个面具。这个神话主体是"一生中后悔的事"的一个未明言的诱因,而隐去通常作为发声源的"我"恰是此诗的高明之处,这使得一行诗成为另一行诗的声音的折射。特别是首尾句式呼应的回旋结构,制造了一个回音壁的效果,是此诗最显著的特点。

我不能确知《镜中》的灵感来源,仅从设境来看,它的联想空间完全不受限于历史时间,戴着多重声音面具的主体在文本中淡进淡出,转换自如,其主题的不确定性不是靠缺乏过渡能力的藏拙或玩弄闪烁其词的暧昧,而是由出自生命呼吸的"声气"创造的。一般来说,张枣不表现暧昧,而是表现微妙,正如钟鸣所说:"张枣写作讲究'微妙',在我理解,这'微妙'首先表现在善于过渡"(《笼子里的鸟儿和外面的俄尔甫斯》),不知不觉的过渡技巧避免了将诗变为宣谕的武断,往往旁敲侧击地接近所言之物,在"表现自己和隐藏自己"之间使词的物性得以彰显。而正是个人语境对当代公共语境的疏离造成这首诗理解上的困难,将《镜中》当作宫体诗的现代版肯定是一种误读,而读作一则爱的寓言——严酷的社会规训下不可能之爱的现代寓言或许更接近作者意图,"因为一首诗是一个象征行动,是制造它的诗人的象征行动——这种行动的本质在于,它作为一个结构或客体而存在下去,我们作为读者可以让它重演"(肯尼斯·勃克)。诗中的一系列动作只是"象征行动"的若干步骤:1. 游泳到河的另一岸,登上一株松木梯子;2. 骑马归来,低下头,回答着皇帝;3. 坐到镜中;望着窗外。它们简直是被保守的新儒家斥之为"淫奔"的《诗经》"郑风"或"卫风"中的一幅图景。倘若将诗中的"她"置换成"我",以虚拟的女性主体说话,那么首句和尾句就不难作为内心独白来理解,而这种手法恰恰在"郑风"里是颇多运用的,例如"子之丰兮,俟我乎巷兮。悔予不送兮!"(《丰》首章),朱熹评价说"卫犹为男悦女之辞,而郑皆为女惑男之语"(《诗集传》),进而以此为据认为"郑声之淫,有甚于卫矣"(同上),这里我暂不就历代对《诗经》的误读发表意见,因为那不是本文的目的,对一首诗的道德归罪中外都有案例,可见阅读伦理常凌驾于写作之上,诗人亦常因冒犯了公众趣味而遭谴,从这个角度看,写作本身不也是一件"危险的事"吗?在这首仅十二行的短短的诗中,诗人讲述的是一个匿名者的故事:一个女子的越界行动。她的感应力大到可以叫梅花应念而落,与其让巨大的悔意埋葬一生,不如在惩罚降临前做点什么。可待追忆的一生中的"后悔",乃催生成一次"无悔"的果敢。设想,那女子为何"面颊温暖/羞惭"?回答皇帝的问话时为何低下头?要知道,"皇帝"这一关键词素,在诗中可是规训的一个提喻,代表着可以向任何私密之行动行使权力的约束性力量,这一点可以从"她"和"皇帝"的不对称见出,"她"始终是一个匿名者,她的形体即使作为镜中的影像,也是匿名地在场。当然,书写者的匿名状态不局限于某一首诗中的人称变化这一层面的技巧运用,具有诗学发现价值的是,匿名化意味着隐身于神话原型和历史元叙事之中,从而使书写者让位给书写。

张枣致力于恢复的"成熟,正派和大度"的传统,不借助冠冕堂皇的道德优势感,也不关乎政治,而是以深海采珠人的勇气去勘探那些曾经繁盛现在变得荒芜的地带,所谓荒芜主要指人心的荒芜。美的人心本是"天地之心"的化成,诗,乾坤元气在诗人生命中的聚合,元气无处不在,于诗何在?在乎接引。诗人自身必须成为接引元气的工具,一个容器,一个通道,与此相适应,诗人不应挡在文本前面,而应隐蔽于文本之中。明人徐渭有言:"古之人诗本乎情,非设以为之者也,是以有诗而无诗人"(《肖甫诗序》),主体的匿名就是归回"有诗而无诗人"的原初淳朴状态,艾略特的"非个人化"理论所反对的也正是"设情以为之"的"放纵",我理解他反对的不是感情,而是感情的无节制;不是个性,而是个性取代所表现的对象。所以他又说:"只有有个性和感情的人才会知道要逃避这种东西是什么意义。"(《传统与个人才能》,卞之琳译)

张枣最善逃,他身上的精灵一旦被抓住一个,就幻化作另一个。在"吾我"和"他我"之间他出入自如,而"万我"终归于一个客观性之"真我"。把他的俏皮话连缀起来也许可以绕地球一圈,论聪明才智,在我认识的人当中无有出其右者,但如果由此认定他只是词语的杂耍艺人那就大错特错了。"我并非含混不清,/只因生活是件真事情"(《灯芯绒幸福的舞蹈》)——他的内在戏剧性有天才的分寸感作为保证,他诗中的虚拟主体在转换自如的各种场景讲话,布设玄妙机境,并非为了炫技于一时,而是为了与世界"合一舞蹈"。平心而论,《灯芯绒幸福的舞蹈》这首隐含元诗结构的复调诗,难免有炫技的成分,它在反对呆板的声音模式时将个人的修辞技巧发挥得淋漓尽致,达到让读者目乱神迷的地步。两章诗、两个舞蹈者、一阴一阳,是亦庄亦谐的抒情面具的舞蹈。张枣要处理的是一个"对抗与互否"(陈超语)的主题,有一个舞台,但"随造随拆",对立面在其上旋转,各表一枝,又以对方为必要的前提。史蒂文斯的《现代诗》在构思上有与《灯芯绒幸福的舞蹈》相似的地方,它也是一首关于诗的诗,在为"心智之诗"寻找喻体时,史蒂文斯也找到了舞台和演员及其关系,"它得/搭造一个新舞台,它得出场/并像一个不知足的演员……"(张枣译),但在史蒂文斯的剧院里,仍然有"一群隐身的观众在凝神聆听",并遵循着艺术要求于观众的对秩序的喜爱,他们的教养保证着"最微妙的耳朵"能够被超级的心智激荡起来。而张枣的舞蹈者必须在"锣鼓喧天,人群熙攘"的舞台上出场入场,不分观众和演员,其紧张的气氛似乎更接近中国的现实,其实更具后现代色彩,"由各种器皿搭就构成"的舞台与后现代的临时语境同构,它"模棱两可","变幻"不定,且可以"随造随拆"。现在我们来比较一下分别由男性角色与女性角色扮演的双人舞蹈的相继出场,它们基本上完成了一次由色欲向灵修的升华,其演绎进程可图示为:外→内;动→静;变→不变;分→合。

  "它是光",我抬起头,驰心
  向外,"她理应修饰。"
  我的目光注视舞台,

>它由各种器皿搭就构成。
>我看见的她,全是为我
>而舞蹈,我没有在意

当阳性声音发出"我看见的她,全是为我/而舞蹈",我们所熟悉的男性中心主义的洋洋自得的确溢于言表,这种男性中心主义在东方较之西方更为盛行,而男性对女性的色情占有往往通过视觉想象来实现,比如将成熟女子想象成熟透的果实,"待到/秋凉,第一声叶落,我对/近身的人士说:'秀色可餐'"。视觉想象的功能经由"我的目光注视""我看见""我直看"到"我的五官狂蹦/乱跳"一步步强化,以至在那频繁的"声色更迭"中使纯粹的看变了形,这或多或少带有自嘲的性质。毕竟这个"她",部分是阳性世界的对立面阴性世界,部分属于荣格命名的男人潜意识中的女性原型形象"阿尼玛"(anima),但丁与歌德的"永恒女性"即这样一个"阿尼玛"。所以"阳性我"终将从色相的专注——它的典型方式呈现于"驰心向外"这一词语组合中——向着"第二自我"的内部移情,从外视转向内视。"她的影儿守舍身后,/不像她的面目"这行诗似乎是潜意识渗透的作用,如果你注意到"守舍"这个词的语义来源与"魂不守舍"这个成语的关联,那么"影儿"便可顺利地读作"灵魂"的换喻。"阿尼玛"是"灵魂"的名称,它是阴性的,它的对应词"阿尼姆斯"(animus)则属于阳性。

阴性声音作为对话,在话语力度方面属于反诘"刚克"的"柔克",在词色或调性方面则属于同"谐语"相异的"庄语",故它较为内敛,而绝非漫衍;它不向外弛求,转而审视自身,承认并恪守着柔弱。"我看到自己软弱而且美,/我舞蹈,旋转中不动",这与"四川

五君"中唯一的女诗人翟永明的"我来了,我看见,我侵入"那类
"阿尼姆斯"的阳性句式(尽管它脱胎自恺撒)形成了有趣的互照
和反差。内在对话性也是翟永明诗歌的一种诗学向度,《独白》中
的诗句"穿着肉体凡胎,在阳光下/我是如此炫目,使你难以置
信",就可以读作对肉身羞涩之原罪运用反词技巧的性别宣言,它
将男性目光中的"色相"还原为"肉体凡胎"。女性与大地同性,因
而更具有包容力。"穿着肉体凡胎"(类楼钥之"假合阴阳有此
身")的"阿尼姆斯"因而能够从大地吸取令人惊讶的力量,像"大
海作为我的血液就能把我/高举到落日脚下"这样的强语势,无疑
是一个超现实之梦的镜像投射。回头看张枣的诗,我们会发现听
从男性主体召唤的精灵,往往要求更多的自治,当前者裁判着"她
大部分真实",后者并未以争强好胜的雄辩口吻对峙,而是以"温
情脉脉的守护人"的姿态为自己存在的真实性辩护:

> 我更不想以假乱真;
> 只因技艺纯熟(天生的)
> 我之于他才如此陌生。
> 我的衣裳丝毫未改,
> 我的影子也热泪盈盈,
> 这一点,我和他理解不同。

瓦雷里区分诗与散文所使用的那个家喻户晓的著名比喻即散
文是走路,诗是舞蹈,张枣接过这个观念并出色地演示了诗怎样
"舞蹈",因为说到底重要的不是"诗是什么?",而是"诗如何
是?",诗通过区别于别的东西来确立自身的努力可能产生有关

"纯诗"的理念,但诗的发展逻辑并不因为有所舍弃而拒绝吸纳和综合,诗的象征行动同宇宙的行动相似,即"动而愈出",它既自我指涉又不断地逃离自身。从此诗的主体转换中,引申出诗人"雌雄同体"的精神原型乃是形式背后的本质性要素,在一般两性对立的思维模式中,女性作为男性的"他者",从未成为两项中的基本项,这是因为过度阳刚气的纯男性意识总是为非此即彼的独断意志所主宰,抒情诗中的纯男性独白必然散发征服、暴力、压制的浊重鼻息,巴赫金说这种"单一声音"只出现在夏娃诞生之前的亚当的嗓门里,实际上我们始终可以在抒情诗的单向度模式中听到亚当的"单一声音"的回响,例如吉普林诗中不时响起的回荡在印度丛林里的军靴声。抒情诗的双向或多向度的声音模式,作为内在的戏剧诗,是在读者那里重建文本的可信性的有效途径。巴赫金将文本中的多种声音称为"第二性的声音",它是书写者才能的体现,且只有借助它才能接近真实:

> 为了达到向各种声音配备各种话语,包括向转折的形象配备话语(包括抒情诗人在内),每个作者难道不是剧作家吗?也许任何一种单声和缺少客体的话语都是幼稚的,不适合真正的创作。(转引自托多罗夫《巴赫金、对话理论及其他》,百花文艺出版社,2001年,第269页)

总之,现代诗人应该成为向不同的发声源、"向转折的形象配备话语"的剧作家,在宇宙剧院里配备表情丰富的多声部发音器,让那些声音编织起一个人与自身、人与万物广泛关联的亲密之网,广播着幸福、苦痛、哀怨与祈求。张枣在1985年创刊的同人刊物

《日日新》上面发表过一篇他译的荣格的文章《论诗人》，荣格在文中说："艺术家在施展自己才能的时候，既不是自恋的，又不是他恋的，完全与恋欲无关。他是客观的，非个人的，甚至是非人性的。艺术家就是他作品本身，而不是一个人。"在回顾 80 年代的诗歌运动时，不少诗人和批评家都提到 1984、1985 年是关键年份，我个人认为，之所以称为关键主要是因为一些成熟的观念已经在比朦胧诗后起的第三代优秀诗人的身上发生，现代性的意识，传统的意识从主观的分离到在写作中结合，实现了真正意义上的语言转换，被意识形态压倒一切的政治需要中断的三四十年代的文脉，第一次得到了接续，这是新诗这个小小的传统在汉语言内部的二次革命，它使得新诗在向前开展的同时具备了回溯的能力。将来的人们会看到，第三代诗人把握住了历史循环中这一天赐的良机。张枣和他早年的知音柏桦等诗人这一时期的写作，除了受益于他们之间友谊的激励（相似的双子星座在北方则有海子和骆一禾），也受益于既唯美又具有乌托邦性质的诗学抱负，一方面怀着向伟大的东方诗神致敬的秘密激情（犹如阿克梅派在俄罗斯的情形），一方面悉心勘探西方现代主义源流，从天命的召唤中发现个人在历史金链中的位置，从而能够清醒又从容地在技巧王国各司其职，是新诗在当代运程中的一个吉兆。对荣格和庞德的重视，间接地引发了对被五四一代知识分子否弃的中国传统价值观的再度检验，无论汤铭的自励精神还是《易经》的变化之道，都如同从秦火的灰烬中归来的凤凰，向伤痕累累的心之碧梧垂下彩翼。据柏桦回忆，在《四月诗选》那个仲春的酝酿期之后，1984 年秋天，张枣迎来了个人写作史上的第一个收获季。《镜中》《何人斯》《早晨的风暴》

《秋天的戏剧》等一批诗作,给焦急的诗友带来了怎样的惊喜啊!这些向在黑暗中摸索的写作发出的信号,将日后的诗歌带入火热的、持续的话语新发明中。

> 念错一句热爱的话语又算什么?
> 只是习惯太深,他们甚至不会打量别人
> 秋声簌簌,更不会为别人的幸福而打动
> 为别人的泪花而奔赴约会。
>
> (《秋天的戏剧》)

这些诗行的热度是久违了的,它们与高蹈派的感伤表演,与表面高亢,实则适俗的雄辩呈现出完全不同的品质,在谴责冷漠自私的世态时依然保持以轻盈的口语形式说话,是书卷气的口语,而非市井口语或威慑性的行话与切口,因而不失优雅。汉语既是适合于写诗的,又是擅长隐射的一种语言,指桑骂槐,指鹿为马,这种语言"充满人事经验的编年史中的多重例证"——正如美国汉学家费诺罗萨所说,"因意义的积累而不断增长的价值,不是表音语言能够取得的"(《作为诗歌手段的中国文字》)。然而在消极的向度上,由于表意系统的盘根错节,词的衰变与误用同样积累了太多的负价值,使得"今日的语言稀薄而且冰凉"(同上)的情况同样发生在汉语的现场。如果说西方现代诗人在写作中面临的困难是,如何使表达从"逻辑的暴政"下解放出来,汉语诗人的使命则主要在于改变屈从于"主观的暴政"的局面。历史上的书写往往在"文以载道"(为政治服务)的实用性和"俪采百字之偶,争价一句之奇"(《文心雕龙·明诗》)(为艺术的人生)的非实用性两种价值观此消彼长的震荡中止步不前,修辞乏术或过度修辞都是语言暴力的形式,书写的隐性暴力正是通过各种形式的随意性表达得以释放的,致使语言要么变成丧失意义的空壳,要么变成竞技的工具。在当代诗歌中,书写的隐性暴力有增加的趋势,而古代诗人身上常见的良好的道德感则在减少。可怕的不是"念错一句热爱的话语",而是根本说不出"热爱的话语"。还有什么比冷漠的积习比对一个诗人的成长更有害的呢?而张枣的新发明正是从反对冷漠开始,反对冷漠的积习使语言的温柔本性衰变的进程。在《四月诗选》前言里,张枣表达过对一种理想境界的向往:"汉语言柔弱、干净、寂寞、多情。汉语言不能诞生第一流的思辨家、演说家甚至小说家。世界上任何诗篇本来都应该是用汉语言写作的。"包括翻译成汉语的诗歌,都应该被当作用汉语写作的诗歌,这当然不是在张扬泛汉语主义,而是相信汉语的原初字性最适合于抒情诗这种需要最高心智和技巧的语言艺术。将最后一句话反过来说也是通的:用汉语言写作的诗篇本应是世界诗篇,是既不高于也不低于世界诗篇的诗篇。诗人对母语的忠诚首先体现于他的修辞态度。《易》言"修辞立其诚",庞德说:"技巧是对一个人真诚的考验",两者几乎可以通译。对词的误用的诗意纠正关涉写作伦理,但它不是政治。

如果说弥尔顿的倒装句一度败坏了英语(中国古诗中也不乏将"想彼君子"写成"君子彼想"之类的例子),那么现代汉语诗的弊端之一可能是过多地倚仗市井口语,造成了另一种矫揉造作,泼皮无赖气取代了书卷气。新诗滥觞时期的口语依然是书卷气的,只不过由于技巧不高,诗人没有在诗的形式中就位,或者说,形式完备的理念尚未在新诗倡导者身上形成,故浅尝辄止的话语碎片被当作时髦的诗,并不奇怪。我以为胡适"八不主义"中最大的失误是"不用典",盖他不知"文本间性"或上下文关系中个人与历史的对话性。说到底没有哪个文本不包含潜在的对话范式,没有哪个词不承载历史记忆,立于文化整体所给予的意义空间之外的纯写作是不存在的。张枣似乎对那种对于过去的冷漠犹如对性冷漠般感到大惑不解,于是他制造一些文本来与"过去乌托邦"骈俪,那些从伟大的对句思维中获得灵感并以全新的语气灌注其中的佳句真是不胜枚举,它们镶嵌在意义转折处,像音乐中的经过句,我们提取出来作为采样亦不妨碍对它们进行单独理解:

> 你要是正缓缓向前行进
> 马匹悠懒,六根缰绳积满阴天
> 你要是正匆匆向前行进
> 马匹婉转,长鞭飞扬
>
> (《何人斯》)
>
> 如此我承担从前某个人的叹息和微笑
> 如此我又倒映我的后代在你里面
>
> (《十月之水》)
>
> 吃了的东西,长身体
> 没吃的东西,添运气
> 孩子对孩子坐着
> 死亡对孩子躺着
> 孩子对你站起

精灵的名字

> 死亡猜你的年纪
> 认为你这时还年轻
> 孩子猜你的背影
> 睁着好吃的眼睛

(《死亡的比喻》)

一个人的气质可以从他的声音中分辨出来,声音是无法作伪的,所谓"音容"不就是声音之表情吗?声音即表情。尽管张枣警觉地逃避风格化,他国内时期与国外时期(以 1986 年为界)的作品变化相当大,消极因素在 90 年代后的作品中明显增长,叶芝式的自我争辩(我记得叶芝的原话是:"与别人争论产生雄辩,与自己争论产生诗歌")使形式内部的交叉性话语趋于紧张,更多的悖论修辞,更多的现实抵牾,更多的形而上问思(我将在后面具体分析),而他基本的语气一以贯之,并未因地理原因而改变。他个人的语言乌托邦投射在一束束"声气芬芳"的音节中,那些音节不倚仗严厉的训诫,不振振有词或字正腔圆,它们是灵性温柔与智性觉悟相互作用的结果。蜜蜂怎样震悚花朵,诗人就怎样写诗。诗人这只"不可见事物的蜜蜂"(里尔克语)天生知道哪里有语言的"原始汁液",它吸取并自行酿造,将之转换成既与自己的祸福又与别人的祸福等值的东西。荷尔德林下面一段话可以帮助我们理解什么是中国文论中所说的"辞气"或"声气":

> 当节奏已成唯一的,独一无二的思想表达方式时,仅仅在此时,才有诗歌。要使精神变为诗歌,它必须在其自身包含着先天节奏的奥秘。精神正是在这种唯一的节奏中才能生存并

变成可见的。各种艺术作品只是唯一的和同一的节奏。一切只是节奏。人的命运是唯一的上天的节奏,如一切艺术作品是独一无二的节奏一样。

(转引自莫里斯·布朗肖《文学空间》,商务印书馆,2003年,第229页)

诗歌中的节奏当然不同于"节拍器的节拍"(庞德语),所谓"唯一的节奏"只能来自呼吸,因为诗歌与生命同构,生命又与宇宙同构。我们在气一元论的中国哲学中也看到形与神的同一:"形者,精气之所为也……精神皆气也"(方以智《物理小识》卷三《人身类》);"大约诗文以气脉为上。气所以行也,脉绾章法而隐焉者也。章法形骸也,脉所以细束形骸者也。章法在外可见,脉不可见,气脉之精妙,是为神至矣"(方东树《昭昧詹言》卷一)。譬如"天地悠悠""悠然""万古愁""虚空""空白""莫须有""远方"这些张枣常用的词,它们或采撷自经典文献,或仅为常见口语,历经千年而不因使用而磨损,当代诗对它们的形而上意趣似乎缺乏敏感,而这些词本身就包含着先天节奏,张枣将它们配制在某些精心安排的场合,便使语言磁场发生了特殊变化。《悠悠》这首诗通过语音室中学习语言的人们倾听磁带这一日常经验(他曾多年在德国的大学里讲授汉语课)提取出一个具有形而上品质的界面。一边是封闭的语音室里紧张的寂静,一边是想象的"天外客"悠然"拨弄着夕照",只有捕捉单词的耳朵在工作着。旋转的磁带作为环绕地球的对等物释放出"迷离声音的吉光片羽",正如我们不能觉察地球的旋转节奏,"表情团结如玉"的学生们也不能觉察单词(陌生而孤立,但像万物一样旋转的词)是如何在磁带一遍遍的循环中逝去,然后,忽然的"呼啸快进"像一次换气,一个词进入了呼吸——它终于被转化成了某个人的吐属。这也是一首隐含元诗结构的诗:关于单词如何进入语言的整体循环,关于倾听与言说或整体与差异,关于跨语言的全球化需要,而语言作为人类共有财富的存在本质只有在这种需要的共同性中才能得以扣问。人的嘴只有成为工作着的"织布机",才能应和夕照那仿佛是作为奖赏的奇迹般的"一匹锦绣",诗性言说即抽丝织锦,它必须学会遵循法度,必须进入语言自身的循环并从时间的消逝中带回"吉光片羽"的慰藉,诗的"迷离声音"是我们这个星球的并非人人都懂的音乐,长期专注于倾听则不会徒劳无功。恰如爱尔兰诗人希尼的《卜水者》诗中那个观看用榛木叉探寻水源的人在专家的指导下终于第一次感受到手上榛木叉的震颤:

> 旁观者会要求试试。
> 他便一言不发把魔杖递给他们。
> 他在他们手中一动不动,直到他若无其事地
> 抓住期待者的手腕,榛木叉又开始震颤。

(吴德安译)

设想,当勤勉的学生们在"怀孕的女老师"的有着"职业性地沉静"的目光照射下,第一次准确发出"花"这个音时,他们该是多么幸福。这个"迷离声音"的首次命名必然是一个匿名的老师做出的,就像无中生有一样,就像植物的授粉。于是我们再次被引到一个陌生之地,听到了那句格言:

> 虚空少于一朵花!

在宇宙的公式里,多就是少。老子说:"为学日益,为道日损";巴门尼德说:"思想是多出一点的东西。"海德格尔在谈论荷尔德林"词语如花"这句话时提醒人们不要把它"仅仅看作一个比喻",因为"这里并没有什么被'得出',相反,词语被置回到它的存在的源头的保持中"(《通往语言之路》)。但正是词凭借对物的命名将物带入存在,所以他又说:"词语乃给出者。它给出什么呢?按照诗的体验以及思的悠久传统,词语给出存在。"(同上)"花"这个词将花的物性带入存在,没有了从虚空中多出的一朵"花",就没有"芳香四溢""娇艳欲滴""目乱神迷",就没有"我可否将您比作红玫瑰?"(《卡夫卡致菲丽丝》),或"某种东西,不是花,却花一样/递到你悄声细语的剧院包厢"(《跟茨维塔耶娃的对话》)。所以一个准确的发音乃意味着舌头的拯救。耶稣为什么从窗外向他的门徒亮出舌头?乃是因为在《新约》的传统中舌头即催开词语之花的法度的象征。

汉语中"吐纳"这个词是"吹呴呼吸,吐故纳新"《庄子·刻意》的演绎,从"导引之士,养形之人"的炼气到诗人吐纳英华的炼辞气,其进程是相似的。与儒家的术语"格物致知"类比,则诗人的炼辞气即可称为"格物致词"的隐秘过程。诗的经验提纯欲达到精神的和美学的升华,用加斯东·巴什拉的话说,必须"处于对意识的不纯洁性进行搜索的道德的耐性行动中"(《梦想的诗学》,三联书店,1996年,第97页)。当炼金术士被他称为"物质的教育家",我想诗人实现从词的混乱到词的秩序的相同的耐心行动,起码可称为自我的教育家(张枣在《空白练习曲》中说过"混乱是某种恨")。为了以客观性这一逐渐被认可的现代性的重要尺度衡量诗人对技巧的真诚,需要怎样的机敏、勇气和心智的健全啊!

一首诗就是一首被写出的诗,不是什么理想类型。一首诗从动机到发展直至最后成形,乃是一个不断接近未知之物的过程,是一次冒险之旅。成诗过程的幽暗无可还原,即使"微精神分析法"在这方面恐怕也没有多少用武之地。赫拉克利特有一个哲学片段只用了两个字——"接近",我想没有比这两个字更适合于描述成诗过程的了。当90年代初期国内一些诗人提出"个人写作"的主张时,张枣的"元诗写作"主张却很少有理论呼应,我想这恰是国内语境中的批评对域外写作不够敏感的地方。什么是元诗?在《朝向语言风景的危险旅行》这篇论文中,张枣写道:

> 当代中国诗歌写作的关键是对语言本体的沉浸,也就是在诗歌的程序中让语言的物质实体获得具体的空间感并将其本身作为富于诗意的质量来确立。如此,在诗歌方法论上就势必出现一种新的自我所指和抒情客观性。……这就使得诗歌变成了一种"元诗歌"(metapoetry),或者说"诗歌的形而上学",即:诗是关于诗本身的,诗的过程可以读作是显露写作者姿态,他的写作焦虑和他的方法论反思与辩解的过程。因而元诗常常追问如何能发明一种言说,并用它来打破萦绕人类的宇宙沉寂。

张枣的"元诗写作"与欧美现当代诗人如马拉美、史蒂文斯、策兰的写作之间存在着呼应,即扣问语言和存在之谜,诗歌行为的精神性高度是元诗写作的目标,而成诗过程本身受到比确定主题的揭示更多的关注。元诗不一定是纯诗,他在《死囚与道路》中写道:"一个赴死者的梦,/一个人外人的梦,/是不纯的,像纯诗一样",这是一个悖论式表达,所谓不纯,并非精神的芜杂,而是指诗歌文本的自足不必排斥现实因素,包括现实中的否定因素,这当然主要是就诗的功能而言,开放性的诗歌文本可以理解为具有最大限度地吸收"外部世界"的一种精神样本,一种异质性的心灵聚合,一种能量。元诗写作同时是对超级倾听能力的召唤,那个倾听者的存在甚至是诗人写诗的唯一理由,他经常隐身于周遭,随时准备纠正你的发音,当他离去,诗人便沦为"苦役",像哑嗓子的黄鹂"苦练着时代的情调"。这位隐身人,张枣有时叫他"空白爷",相信自己的写作乃是回答着他的"口令",因为他掌握着打开词语的"万能的钥匙":

> 我递出我的申请:一个地方,一个遥远的
> 收听者:他正用小刀剔清那不洁的千层音。
>
> (《一个诗人的正午》)

元诗即初始之诗、心智之诗、叩问寂寞之诗。"元者,始也"(见《易传》),"元,体之长也"(见《左传》),元诗写作在认识论上是对诗自身之诗性的原始反终,在方法论上是确立抒情的法度以使成诗过程与呈现客观性同步。元诗写作是一种难度写作,通过选择障碍并排除障碍,一步步接近那个几乎由掷出骰子的偶然之手来决定的必然的格局。屈原"发愤以抒情"是不得已,正如他的流亡是不得已,故古人言"夫诗者,无可奈何之物也"(见李流芳《檀园集》)。不得已而为之的诗也就是济慈所谓赢得"消极能力"

并将之转换的诗。张枣的域外写作较之国内时期显示出更多的"消极能力",语言在与现实的抵牾中涵摄了更多更深的现实性,这种现实性应首先理解为心灵的现实性。张枣是当代中国内地诗人中最早侨寓域外者之一,他于1986年离开他就读研究生的重庆外国语学院远赴德国特里尔留学,这一事件让他想起往昔"仗剑去国"的游侠那种壮举的凄美,在初抵德国后写下的最早一批诗中有一首《刺客之歌》,记录了他当时的复杂、矛盾、前途未卜的意绪和孤怀独往、慷慨悲凉的心境。

> ……
> 河流映出被叮咛的舟楫
> 发凉的底下伏着更凉的石头
> 那太子走近前来
> 酒杯中荡漾着他的威仪
>
> "历史的墙上挂着矛和盾
> 另一张脸在下面走动"
> ……
> 为铭记一地就得抹杀另一地
> 他周身的鼓乐廓然壮息
> 那凶器藏到了地图的末端
> 我遽将热酒一口饮尽
>
> ……
> "历史的墙上挂着矛和盾

俄尔甫斯回头

另一张脸在下面走动"

　　普拉丁曾说"所有感知世界的形式都来自彼方"(《九章集》),一地和另一地在感知主体那里互为彼方,主体欲获得感知世界的崭新形式的最好方法,只能是从一地到另一地,诗人在大地上的漫游属于一种灵魂的现象,这并不限于浪漫主义,马拉美就说过"对大地作出神秘教理般的解释是诗人唯一的使命"(《自传——给魏尔伦的信》)。在《秋天的戏剧》里作者曾感叹:"瞧瞧我们怎样更换着:你和我,我与陌生的心/唉,一地之于另一地是多么虚幻",空间的无限绵延、大地的幅员和道路的阻隔不仅增加了种种劳顿困苦、生离死别,对它的冥想还直接产生了伟大的文学和诗歌,因为空间感乃是诗的形式奥秘之所在。《刺客之歌》的对比结构以及交叉性话语的运用将同步性原理具体地贯彻在诗人本人的去国体验和与之相对应的"刺秦"原型合一的象征行动中,与刺客的脸同构的是"另一张脸",它也在走动,它也受到一个秘密使命的激励。司马迁心中真正的英雄侠士是"修行砥名,声施天下"的能为知己者死的人,众所周知,荆轲的行迹所以被传唱千古,为无数心怀历史忧患的人士所扼腕,为历代诗人所重新塑造,在于他的悲剧形象投射出人们对暴政的恐惧、仇视、对峙乃至绝望的深层心理。古代侠与士本不分,侠的精神亦为儒墨所尚,袁中道曾说:"侠儿剑客,存亡雅谊,生死交情。读其遗事,为之咋指砍案,投袂而起,泣泪横流,痛苦滂沱,而若不自禁。"(《李温陵传》)李白甚至慨叹:"儒林不及游侠人,白首下帷复何益!"(《行行且游猎篇》)侠骨往往兼具柔肠,张枣对荆轲感遇燕太子丹而从容赴死的历史一幕可谓心有戚戚焉,但对那惊心动魄的一幕的改写并不仅仅是发思古之幽情,恰是他自己的处境引发了历史对应性联想并设法从中找到一个名称。钟鸣认为:"刺客在这里是处境诗意性的名称"(《笼子里的鸟儿和外面的俄尔甫斯》),换句话说,是"刺客"这个词命名了某种新的匿名状态,这个词穿越历史尘埃来到案头,恰如那凶器藏到了地图的末端,终于要完成一次现身。

远离母语环境对张枣来说是一个人的自我放逐行动,他内心承受着"历史的矛和盾"的重负或许不亚于那些进入集体记忆的历史中的个人,怎样"修行砥名"毕竟全属个人造化,然而它的难度是可想而知的。司马迁写《游侠列传》据说是因为遭李陵之难,无人出死力救助,所以慕古之义士的豪举,意欲称颂他们的美德,虽然后人评说不一,我们似可将他所言"此人皆意有所郁结,不得通其道,故述往事,思来者"(《报任安书》)视为下自家笺注,何况"屈原放逐,乃赋《离骚》"(同上)之语则几乎是为天下诗人之天涯共命下笺注了。倘若抒情诗人分赞歌诗人与哀歌诗人两种,那么张枣气质上主要属于哀歌诗人之列。《刺客之歌》是一首典型的英雄挽歌,它通过对一个古代刺客的诗人身份的追认,将自己在母语中的诗人身份的验证提升到急迫的义无反顾的时刻。而在《薄暮时分的雪》中,我们仿佛看到那个时刻在每个用母语写作的当代杰出诗人身上的折射:

> 你看他这时走了进来
> 像集中了所有的结局和潜力
> 他也是一个仍去受难的人
> 你一定会认出他杰出的姿容

走进意味着上场,意味着从外面介入,一个陌生人带来了一场测试,历史之眼与"所有的结局和潜力"一道都集中到了他身上。这里的视觉引导发生于室内,不加渲染,却让在场的一切呼之欲出,是"近而不浮"的一个极佳的实例。没有内心的从容就不可能在方寸之间还原那史诗般的壮阔。原型改写属于张枣擅长的领域,既是他个人诗学的一个主导方面,也体现着他诗歌"化古"无迹可寻的卓越技艺。《何人斯》之于《诗经》中的同题诗,《桃花园》之于陶潜的《桃花源记》,《楚王梦雨》之于宋玉的《对楚王问》,十四行组诗《历史与欲望》之于中外神话传奇人物,匿名主体的"色身"与"法身"频频更迭,自由出入于众多不同的场合,将历史时空中流星般沉寂的光束再次引入我们的视野。抒情诗的特性与规模决定它不可能像史诗、戏剧或散文中的历史叙事那样汪洋恣肆、铺排场面,将情节的起伏跌宕与命运的波诡云谲按照时空的序列来能动地地加以摹拟,抒情诗这种轻盈的文体,神行无方,唯变所适,故能腾挪幻化、隐微伸缩、寓言假物而不物于物。作为原型的神话和历史碎片,像黯淡的语言之镜,改写是使它恢复澄明的补救性的工作,改写也意味着重现那些本不该被遗忘的瞬间,将被囚禁的诗性元素重新播撒于意识。问题不在于是否越古老(或越不古老)就越现代,而在于怎样从古老而地久天长的事物中发现现代,即赋予原型以新的感性形式,这取决如里尔克所说的那种能力:选择而能达成。

张枣的原型改写一方面是对往昔的追忆这一传统本身影响的结果,例如"过去乌托邦"的观念在写作中的渗透,"思美人"的文人情怀,山水的韵致,"知音"的元诗动力学原理作用下对虚拟或真实的"唯一读者"的期待等;另一方面,他对原型的利用从来不是往而不返的泥古,而是因地制宜地使之与现实对应。或许有人认为他的域外写作因不在中国现场而缺乏现实性,无疑是一种偏见,正如将所谓"中国话语场"限定于本土范围无异于是一种画地为牢。我毫不怀疑他处理现实的能力,关键是如何理解生活世界的重量定律与一首诗的反重量定律之间的不可见关联。长期孤寂中的坏天气般的恶劣心境算不算一种现实?当他写下:"十月已过,我还没有发疯"(《夜半的面包》),这是否不该被当作一个自传性证言的片断来读?张枣的语言风格出国后更为直接,更难索解,更多隐蔽机境而非外部事境的变化,词锋时而指向天外——"如此刺客,在宇宙的/心间"(《椅子坐进冬天……》),时而指向自己——"我最怕自己是自己唯一的出口"(《跟茨维塔耶娃的对话》),始终不放弃形而上追问,又紧扣着一个个具体。诗句俯拾即是,但禁绝习惯性的流畅。比如"我有多少不连贯,我就有多少天分",仿佛是对晚期荷尔德林式咿咿呀呀和策兰的"最后的话"的一种阐释。

异域生活与本土生活在语言表达、精神状态、信仰基础、交往方式乃至饮食起居上的差异像一堵墙,迫使他在面对失语症的威胁时,重新思考语言与存在、诗人和母语的关系。布罗茨基曾用"密封舱"比喻域外写作的孤立无援状态,他说:

> 我们称之为"流亡"的状态,首先是一个语言事件:他被推离了母语,他又在向他的母语退却。开始,母语可以说是他的剑,然后却又变成了他的盾牌、他的密封舱。他在流亡中与语言之间那种隐私的、亲密的关系,变成了命运——甚至在此

之前，它已变成一种迷恋或一种责任。

（《我们称为"流亡"的状态，或浮起的橡实》，刘文飞、唐烈英译）

布罗茨基的"密封舱"似乎来自曼德尔斯塔姆的"漂流瓶"，在形象和寓意上两者是同构的，只不过"密封舱"是更大的"漂流瓶"。我在《象牙色的城堡》诗中曾写道："青春耗尽了，消息尚未传出"，其实也是"密封舱"效应的一种证词。它们给出了一个悖论，即悬浮与着陆、漂流与登岸在意识中的乖离、互斥。当地址变得虚幻，就变成了一个"无地"，当周围的人群视你为陌生人，你就远离了人类。此时若要在那种境遇中幸存下去，就必须为自己勾画出一个远景，以使得虚空中的无尽期漂浮变得可以忍受。就诗人的职业性来说，只有造就了他的母语能帮助他，母语这一可携带者，给予他用于途中辟邪的护身符。这个护身符在张枣的意识中是消极能力的对等物，有时它甚至就是律令般喊出的"不"这个词本身：

"不"这个词，驮走了你的肉体
"不"这个护身符，左右开弓
你躬身去解鞋带的死结
你掩耳盗铃。旷野——
不！不！不！

（《护身符》）

这里我们再次听到了回音壁的同义反复，这个回音壁是看不见墙的"旷野"，而"旷野"则是"机器创出的小小木葫芦"的某种拓扑形式,"不"这个词像果核一样居住在里面,而"你"又居住在它的里面,"你"希望念着这个符咒,就能"越狱似地打出一拳"。虽然 "木葫芦"是中国读者熟悉的古典意象,但它竟奇怪地是由"机器创出的",必定丧失了自然属性,蜕变成纯粹人工世界中的一件可复制之物,一个"懒洋洋的假东西"(《海底被囚的魔王》),它不会是庄子向往的能浮于江湖的"大樽",也不会是召鬼神、卖药治病的壶公那只神秘的、人可以跳进跳出的"空壶"(见《太平广记》卷第十二)。"机器创出的小小木葫芦"依旧是一个令人窒息的密封舱,只不过它更具"中国特色"而已。流亡诗篇要从中成功"越狱",只有潜入语言的沉默本性,像策兰那样,坚持"在黑暗中更黑",在词的无尽转化中寻求个人朝向精神自救的突破。

言说之难即存在之难。怎样将个人的漂泊与时代精神中的流亡氛围对应起来,成就一种不同于简单的政治抗议和自我疗伤的存在之诗?这无疑是几代中国诗人都得面对的。张枣在最艰苦难熬的日子曾尝试过自杀,我见过他手腕上的割痕。他总是常常谈起策兰,谈他怎样用刽子手的语言写诗,在一个充满敌意的世界里用"轻柔的德意志韵律"写流亡诗篇。有时他通过翻译策兰来保持对一种诗艺高度的专注,是诗歌帮助他奇迹般地度过了种种危机时刻,细心的读者能从他的诗中找到"母语之舟"划过汪洋所荡起的一层层话语涟漪,正是那些向不确定之边界播放的涟漪拓宽了他的诗性表现空间,将他的歌声送到遥远的另一岸。他不止一次跟我谈到获得中西文化的双重视野的重要性,他称之为"中西双修",这对于当代中国流亡诗人是前所未有的巨大考验。中国流亡诗人既不能像西方发达资本主义时期诗人那样,带着殖民者的优越心态,陶醉于异国情调,又不能像居家者那样悠闲地处理波澜不惊的日常生活。必须把自己确立为一个往返于中西两界的内在的流亡者和对话者,写作才具有当代性与合法性。尽管张枣的诗歌产量不高(这与他相信诗歌是少的艺术而抱着宁为玉碎的态度有关),而在我接触的诗人中,实际上对于写作还没有谁有他那种强烈的急迫感。他是真正的一个潜心磨炼母语之利器的"表达的急先锋"(《空白练习曲》),一个元诗的不懈的"写作狂"。1992年在荷兰鹿特丹,他曾就诗人能否既关心政治又写纯诗讨教过楚瓦什俄语诗人艾基。1998年,在为北岛的诗集《开锁》写的序言中他又重拾流亡背景下诗人的专业性这个话题:

> 我相信是白话汉语的成熟生成了并承担了"流亡"话语,这在四十九年前或未经文革的五零年代都是不可能的。同时我也认为,文学流亡现象虽然有外在的政治原因,但究其根本,美学内部自行调节的意愿才是真正的内驱力。先锋,就是流亡。而流亡就是对话语权力的环扣磁场的游离。流亡或多或少是自我放逐,是一种带专业考虑的选择,它的美学目的是去追踪对话、虚无、陌生、开阔和孤独并使之内化成文学品质。

游离于意识形态话语的权力磁场之外,在内心处于"无国家"状态,已经是一种流亡。策兰的诗句"逝去在外/成为'非祖国'和非时间……"(《带着一本来自塔鲁莎之书》)就表达了一种人在文化意义上的无归宿感。为什么说"先锋,就是流亡"?在我的理解中,先锋未必是政治上的直接对抗,而主要是一种美学上的不妥协。80年代的地下文学凸显先锋性,从某种意义上说,已经是对格式化的官方美学标准的游离,海外流亡文学的出现,一定程度上呼应了建立亚文化的话语空间的本土性需要。

并非流亡导致无归宿感,而是无归宿感导致流亡。因此,流亡话语的承担与身体位移与否并无显明的因果关联,本土流亡的现象不仅在纳粹时期的德国,在斯大林时期的苏联和东欧也都存在,即便是身为巴黎大学教授的德里达,由于他的犹太人出身和阿尔及利亚口音,也依然不免被同胞指认为一个 métèque(外国佬)或 pied noir(黑脚)。诗人和艺术家的无国界愿景正如曼德尔斯塔姆所表达的,是一种对世界文化的缅怀,因为文化的同源与多元渗透,表明每个人既都先天性地被某种文化所选择,又可以选择成为融合不同文化的"混血儿"。我想这就是张枣以"中西双修,古今融通"为己任的原因。超越国家概念是诗和艺术的跨国界象征行动所必须的,而一个人一旦意识到这一概念的狭隘性和世俗性,并决定只身远赴异地,其难度不亚于俄尔甫斯深入黑暗地狱的招魂之旅。

> 血肉之躯迫使你作出如下的选择:
> 祖国或者内心,两者水火不容。
> 后者唤引你到异地脱胎换骨,
> 尔后让你像鸣蝉回到盛夏的凉荫。
> 如果你选中了前者,它便赠给你
> 随意的环境,和睦又细腻的四邻。

在这首名为《选择》的诗中,我们仿佛又看到了《刺客之歌》中辞别的形象,不过这里只有一个内心的仪式在进行,自我的答问在交替,从容的音步贯穿首尾,"工丽中别有一种英爽之气溢出行墨之外"(此处引赵翼语),但语义在第五行出现转折,"随意的环境,和睦又细腻的四邻"这一日常图景,对于深知民间生活之传统乐趣的张枣而言,其中的自在之美、鱼戏之乐岂非心所向往?选择意味着别无选择,且绝对区别于一个头脑简单的"革命的僮仆"对"大是大非"的向往(见《跟茨维塔耶娃的对话》第二首),"祖国或者内心"这一哈姆雷特式的存在命题的移接与改造成为个人良心的拷问。这让我想起薇依那个著名的天平的比喻:

> 如果我们知道社会在何种情况下失去平衡,我们必须尽自己所能地往天平较轻的一边增加重量……我们必须形成一种均衡的概念,并始终准备如同寻求公平那样改变两端,而公平则是"征服者阵营的逃亡者"。

(《重力与神恩》)

逃亡者永远是相对的少数,逃亡也就是如薇依所说,不"屈从于重力之恶"。我以为她将祖国定义为某种"生命圈"(milieu vital)是很有启发性的。"它是一种生命圈,但还有其他的生命圈"(《扎根:人类责任宣言绪论》),它们或以天国或以尘世的乌托邦形式承载着人的孤独、无告、苦痛、绝望以及这一切之后的愿景,倘若国家蜕变成一个卡夫卡寓言中凌驾于一切人性之上的体积庞大的"城堡",那么"不立危墙之下"的一种带专业考虑的选择或许不失为"遁世无闷"之古老心法的一种现代实践,它激励诗人的血肉之躯在"那驱策着我的血"的驱策之下,写就一部新离骚。安于自我救赎的灵魂不会使诗歌蒙羞:

> 从翠密的叶间望见古堡,
> 我们这些必死的,矛盾的
> 测量员,最好是远远逃掉。

(《卡夫卡致菲丽丝》)

"测量员"这个词在希伯来语中与"弥赛亚"谐音,卡夫卡《城堡》中 K 的身份因为这个隐微的关联而暗示了救主曾如预言所说的那样重返人间。张枣是一个有天下观的诗人,尽管由于世变,也由于最根本的诗性基因的选择,这位远遁异国的"词语工作室"中猖狂的炼金术士,将激情全部交托给了诗歌,"潜心做着语言的试验",隐忍着"难忍如一滴热泪"的短暂、空白、痛和不准确,隐忍着"恨的岁月,褴褛的语言",时不时也会像"诡谲橹舰上的苦役"一样对漫长无聊的航海灰心,并发出"我已倦于写作"(《一个诗人的正午》)的咕哝。虽然他的成诗过程总充满跋涉、辩难、犹豫和艰苦卓绝的冒险,但从未放弃祈祷者的姿态,从未背叛自己的黄金诺言:

> 只有连击空白我才仿佛是我。
> 我有多少工作,我就有多少
> 幻觉。请叫我准时显现。

(《空白练习曲》)

张枣诗中的祈祷是向一个不确定的终极存在物发出的,除了以虚拟主体的口吻他似乎从未直呼"上帝"之名,他的诗也不是呈献给某一位缪斯,但由于他相信对话可以在人和人之间进行,即一个他者、同行、知音知道你想说什么这本身是一个神话。他说:

"真的,我相信对话是一个神话,它比流亡、政治、性别等词儿更有益于我们时代的诗学认知。不理解他就很难理解今天和未来的诗歌。这种对话的情景总是具体的,人的,要不我们又回到了二十世纪独白的两难之境。这儿我想中国古典传统,它的知音乐趣可以帮助我们。这个传统还活着。"(转引自 Susanne Gösse《一棵树是什么?——"树","对话"和文化差异:细读张枣的〈今年的云雀〉》),他对钟鸣一篇评论的反馈是:"它传给了我一个近似超验的诗学信号"(同上),人凭借语言并在语言所象征的世界里相互倾诉和倾听,可以唤起心灵对超验的感觉,诗不完全是经验的产物,没有超验的介入,诗充其量不过是书架上的小摆设,或借用米沃什的一个比喻,是"散文的精致马车"上的小部件。诗并不因为曾经是某种巫术就该留在部落里,相反,在人和人相互隔离的冷漠的现代社会里,诗的符咒力量依然由匿名的精灵保管着,通过它散播于不可见的地方,并在适当的时候像"土豆里长出的小手"那样,帮助迷途的人找到丢失的云雀。《卡夫卡致菲丽丝》和《跟茨维塔耶娃的对话》这两组十四行诗中的对话形式都是虚拟的,后者的"抒情我"尽管与诗人的现实处境对应,也还是一种对庄子意义上的"对话质"的追寻。惠施死后,庄子感叹:"吾无以为质矣,吾无以言之矣!"(《庄子·徐无鬼》),可见"对话质"乃是对话的条件。张枣的知音观强调对话中"知音的分寸和愉悦",而最终是"语言的象征的分寸和愉悦"确保了前者。"诗可以兴",故诗可以在象征行动中激发沉睡的意识和热情,唤起死者与之交谈,就是吁请一种稀有的"对话质"的归来。我在《主导的循环——〈空白练习曲〉序》中谈及茨维塔耶娃是作为流亡途中的引路人出现于张枣诗中的,与亡魂的对话带有招魂的性质。亡魂的声音的在场当然是一种虚构,但向亡魂倾吐衷肠的行为倘若不是相信此刻缺在的倾听力量实际上以不可见的方式存在着,就不可能发生。

> 真实的底蕴是那虚构的另一个,
> 他不在此地,这月亮的对应者,
> 不在乡间酒吧,像现在没有我——
> 一杯酒被匿名地啜饮着,而景色
> 的格局竟为之一变。

正如此在还不是存在,因不完美而带有罪性的此在不过是短暂地"在此地",所以必然有一个"月亮的对应者",比月亮更完美,那个无法称名的"他",像"我"啜饮一杯酒一样地啜饮着月光,这"隐身于浩邈"的终极匿名者有时是"鸟",有时是"呵气的神"或"神的望远镜",有时是"宇宙口令的发布者""让消逝者鞠躬的蓝",有时则就是"浩邈者"本身。张枣喜欢将神的缺席称为"空白",是命名的不精确导致"空白"继续作为"空白",但"空白"又是"匿名"的别称,那么对神的命名冲动是否人的一种僭越呢?所以张枣倾向于以人的本分信赖未说出的、不可见的事物:"像光明稀释于光的本身,/那个它,以神的身份显现,/已经太薄弱,太苦,太局限。/它是神:怎样的一个过程!"柯勒律治称诗歌写作是"神的创造行为的幽暗的对等物",艰苦的成诗过程幽暗地对称着神作为人的尺度向人显现的过程。《天鹅》《第六种办法》《狂狷的一杯水》等诗是这方面的成功范例。在《诗人与母语》一文中他说:"母语只可能以必然的匿名通过对外在物的命名而辉煌地举行直指的庆典",我想张枣诗学的个人独创就体现在以匿名的自由扣问元诗的最高形态,从而超越自我的局限性,达成生死、内外、可见与不可见、至大与至小的深度转化与交流。以诗佑神,大过送死,了无牵挂。"诗在寻找什么?一个听者",听者是谁?难道不是可信赖者吗?所以他知道什么是谶,但又不留意避谶,一遍遍在诗中与死亡做着猜谜游戏,死亡意象是如此频繁地出现,以至几乎成了幻觉的替身:

> 我死掉了死——真的,死是什么?
> 死就像别的人死了一样。
>
> (《德国士兵雪曼斯基的死刑》)

人如何获得"一种死亡的先天知识"?或许只有死亡的无常是可预知的,而由此引起的生命缺在的恐惧成为不安、焦虑和虚无之源。说"死就像别的人死了一样"是一种反讽,因为倘若死亡仅是肉身结束的一个事实,那么他人之死顶多给予我们侥幸活着的人一丝慰藉,但人的生命冲动往往来自他人之死的激发,他人之死作为"万物皆有死"的并非例外的一个确证,引起我们对生命现象的短暂、易逝和唯一性的关切,让我们学会设身处地,谦卑地善待在他人之死中的自己之死。或许是为了克服死亡之幻觉的催眠作用,张枣才在诗中将死描绘得如此真切,如此迫在眉睫,《德国士兵雪曼斯基的死刑》中的心跳节奏与其说是对人类严酷的刑罚制度的控诉,不如说是卡夫卡式"紧急状态"心灵法则的一次具体化。《哀歌》则从打开一封信的日常动作中提取出类似冯至《绿衣人》的死亡信使到访的不祥主题,不过那不速之客的瞬间被压缩

成了一声叫喊:

> 另一封信打开后喊
> 死,是一件真事情

张枣是一个从日常生活提取诗意样本,并将散漫性、无序性浓缩进瞬间骤发形式的高手。他的元诗写作充满关于终极事物的形而上追问的机趣,这不是一个风格问题,恰因为他的个人信条乃是"歌者必忧"(《而立之年》),这与前面提到的司马迁的个人信条"意有所郁结"并非偶然的巧合。歌者必忧,故歌者之追问必也满含"某种悲天悯人的情怀",所以当我们听到"是谁派遣了灾难"?或者"为何可见的刀片会夺走灵魂?两者有何关系?"等刻不容缓的追问,我们只有从他环绕着生命与时间、死亡与价值、爱欲与神性这些终极事物的具体关切中去理解,从"等生死"的超然智识与"先行到死亡中去"的存在主义勇气在他的个体生命呼吸中的相互作用去理解。确立对立面并实现其转化是他的诗立于不败之地的法宝。"作为中国文化的一员同时又作为谙熟西方正统文学文化的学者"(Susanne Gösse《一棵树是什么?——"树","对话"和文化差异:细读张枣的〈今年的云雀〉》),张枣对西方诗学传统中的智性特征和独白风格非常了解,对西方哲学与宗教中有关死亡与灵魂的学说肯定也不陌生。但诗的感性抽象是他始终作为一个诗人而非哲学或宗教学者的志趣所在,而在方法论上,"情与景会""思与境偕"的中国古典诗学理想一直是张枣所恪守的,这使得死亡这个生命的对立面不再是一个"空贝壳",而成为"丰饶角"(此处借用艾尔曼论晚年叶芝时的比喻),即关于死亡的思考不是

叫人沉迷于终结,而是在"向死而生"中使死亡自身变成生命丰饶的一个意象:

> 此刻地球在启动,这一秒对我和我们永不再来。诗歌的声音是流逝的声音。文学的根本问题是生与死的问题。世界的本质是反抗死亡,诗歌感人肺腑地挥霍死亡。人不是活着,而是在死去。领悟不到死亡之深刻含义的生命是庸俗空虚的生命。死亡教导我们慈祥、幸福、美丽和永恒。

这一段摘自《四月诗选》前言的话可以看作张枣一生诗学实践的一个早期宣言。"事死如事生"在这里被颠倒了过来,里尔克所嘲讽和同情的"痛苦的浪费者"之生命形态也被提升到积极、果敢的"死亡的挥霍者"的持续行动中去。诗歌作为消逝之物的挽歌,自身也在消逝,为了克服对消逝的恐惧,或许只有在消逝中驻留。里尔克《杜英诺哀歌》中感奋的诗句似乎应和着佛家"不增不减"的空观,但本质上是存在主义的:

> ……而你神圣的念头
> 是亲切的死亡。
> 看,我活着。靠什么?童年和未来
> 俱无减损……充盈的存在
> 源于我心中。
>
> (林克译)

Überzähliges Dasein 也译成"过量的存在"(刘皓明)、"额外的生存"(绿原),或如果我没有记错的话"过剩的存在"(李魁贤)。我不懂德文,但仅从此诗的上下文关系推测,Überzähliges Dasein

这一短语乃与"……让这死/在圆圆的嘴里,如一只美丽的苹果/含着果核?"意义相呼应。里尔克认为生者乃死者王国中的短暂造物,箭矢般无处停留,或许因为他属于严肃的宗教诗人,所以他处理爱与死的主题即使触及性,也较少色情。作为表达现代性的迟到者,张枣更多地从否定因素中提纯诗性体验,造句常好艳词,或是他发明颓废的方法。颓废固然是西方现代性的面具之一,在法国始于维庸,经波德莱尔而显著,又为魏尔伦发扬光大,而在中国则早有魏晋文人身体力行,陆机批评重质轻文的文学为"雅而不艳"(《文赋》),萧纲说"为文且需放荡"(致萧绎家书)。鲁迅在批评鸳鸯蝴蝶派时写道:"五四运动之后,将毅然和传统战斗,而又怕毅然和传统战斗,遂不得不复活其'缠绵悱恻之情'。"(《中国新文学大系》小说二集序)且不论鲁迅所言是否失于主观,张枣诗中的"缠绵悱恻之情"则几乎可以说是毅然复活传统的战斗。"饮食男女,有大欲存焉",王夫之亦有言:"天理即在人欲之中,无人欲则天理亦无从发现。"从美学角度讲,对原欲的书写决不仅关涉引起审美愉悦的策略,它就是对抗死亡的方式。原欲这一生命的内驱力的被压抑和解放永远需要一种美学上的进步,即冒着遭受更大惩罚的风险,打破习惯的牢笼对创造性想象的囚禁。《海底被囚的魔王》这首诗将《一千零一夜》中的原型演绎成人怎样从各种无形的囚禁中赎回生命的一个带喜剧色彩的寓言。"魔王"的处境即现代诗人的处境,他的控诉亦即现代诗人的控诉:

> 看看我的世界吧,这些剪纸,这些贴花
> 懒洋洋的假东西;哦,让我死吧!

"魔王"的声音在张枣别的诗中也都有或隐或显的呼应。因为"人造的世界是个纯粹的敌人",甚至整个"眼睛的居所"都遭到了"弹簧般物品"的"封杀",在这种亘古不变的"万吨黑暗"的囚禁中,人要么像在《哀歌》中那样在黑暗中咀嚼着黑暗,或如《夜半的面包》中那个曾经吃自行车轮胎的少年,在失语症的折磨中让面包吃自己,然后自己吃自己;要么"一边哭泣一边干着眼下的活儿",用干活的手指去聆听和找寻自由的声音;在内心的"孤独堡"的更深的囚禁中,"沉吟着奇妙的自己",并期待着最终同别人一道,"喃喃讲述同一个/好的故事"。文学现代性的表达就是在同这种可怕的囚禁导致的精神分裂和失语症的抗争中艰难地进行的。我们知道,"好的故事"本是鲁迅的文学理想,张枣在关于鲁迅《野草》的讲习中说:"所以精神分裂既是一种现实现象,某种意义上它还是一种苦闷的象征。这让我们想到现代人一个最大的问题:现代人如何修复自己被损害的主体。因为我们在被损害,工业文明在损害我们,物质在损害我们,意识形态在损害我们,所以现代人最大的工程就是修复主体,如何重新自由地表达自己。一个主体被损害之最大的表现就是他的语言被损害了,因为语言,它的本质,是和广大的人类联系在一起。"(《文学研究的方法》录音讲稿)

由此再看《死囚与道路》,我们就可能避免将诗中主体的色情想象当作某种预先提供给阅读的诱饵了。它不是对死亡的直呈或漫溢式的抒情,而是将一个必死者的声音克制在押解之羁旅的行走节奏中:

从京都到荒莽,

> 海阔天空,而我的头
> 被锁在长枷里,我的声音
> 五花大绑,阡陌风铃花,
> 吐露出死
> 给修远的行走者加冕的
> 某种含义;
>
> 我走着,
> 难免一死,这可
> 不是政治。渴了,我就
> 勾勒出一个小小林仙:
> ……
>
> 玲珑的,悠扬的,可呼其乳名的
> 小妈妈,她的世界飘香

这不是对屈原《离骚》中"览相观于四极兮,周流乎天余乃下。望瑶台之偃蹇兮,见有娀之佚女"那种流亡途中偃蹇心境下"聊浮游以逍遥"的一个现代改写吗?在词语工作室里,灵视的天赋才能在危机时刻出现时就为诗人架设起思接千载、视通万里的天文望远镜,使他天马行空的想象达乎东西南北八荒之极。而在那修远的远处,有一个虚构的、但透露出"真实的底蕴"的仙女会来给你出生入死的梦加冕。张枣的诗歌符咒在超越物理空间的阻隔而达到心灵空间的亲密融合这一向度上每每灵验。他的心智对"至大无外,至小无内"的宇宙模型怀着最迷狂的激情,无论阻隔之墙多么厚实坚固,他总能找到突破点,就像被囚于瓶中的魔王(不如说是魔术师),可大可小,而他的绝技即秘而不宣的过渡。他那行者的"七十二变术",使他既可凑近那些还只是"太空的胎儿"的星星,又能"逼视一个细胞里的众说纷纭"(《祖母》)。如此,他尤其喜爱小东西:钥匙、纽扣、雨滴、泪珠儿、分币、发丝、小飘带、雪花、扣环、刀片、羽毛、叶子、荷包、圆手镜、杯子、蝴蝶、燕子;称碘酒为小姐,薄荷为先生。他的交谈对象如此之多,对那些仿佛"哑默地躲在日常之神的磁场里"的每种声音都能听见并一一分辨,将它们按一定的分寸和火候摆列组合,就是既"反抗死亡"又"感人肺腑地挥霍死亡"之诗,而挥霍死亡的最高形式就是牺牲。让我们来读一读下面这首《与夜蛾谈牺牲》的全文:

一、夜蛾

我知道夜与夜来过,这又是一个平淡的夜
世纪末的迷雾飘荡在窗外冷树间
黑得透不过气来,我又愤懑又羞愧
把你可耻的什物闹个丁丁当当
人啊,听我高声诘问:何时燃起你的火盏?

二、人

我也知道这只是一个平淡的时刻,星月无踪
亿万颗心已经入睡,光明被黑暗掳身
你焦灼的呼声好比亢奋的远雷
过分狂热,你会不会不再知道自己是谁?
夜蛾,让我问一声:你的行为是否当真?

三、夜蛾

我的命运是火,光明中我从不凋谢
甚至在母胎,我早已梦见了这一夜,并且
接受了祝福;是的,我承认,我不止一个
那亿万个先行的同伴中早就有了我
我不是我,我只代表全体,把命运表演

四、人

那么难道你不痛,痛的只是火焰本身?
看那钉在十字架上的人,破碎的只是上帝的心
他一劳永逸,把所有的生和死全盘代替
多年来我们悬在半空,不再被问津
欲上不能,欲下不能,也再不能牺牲

五、夜蛾

我谈过命运,也就谈过最高的法则
当你的命运紧闭,我的却开坦如自然
因此你徒劳、软弱,芸芸众生都永无同伴
来吧,我的时间所剩无几,燃起你的火来
人啊,没有新纪元的人,我给你最后的通牒

六、人

窗外的迷雾包裹了大地,又黑又冷
来吧,这是你的火,环舞着你的心身
你知道火并不炽热,亦没有苗焰,只是

俄尔甫斯回头

> 一扇清朗的门,我知道化成一缕清烟的你
> 正怜悯着我,永在假的黎明无限沉沦
> 1987年9月30日—10月4日

限于篇幅,我不可能展开对此诗的细读,那样将需要另写一篇文章。细心的读者会从中感受到一颗环流着母语之血的诗心的跳动。死生契阔,物我两忘;歌者必忧,诗迫而成;盖因痛激于中,悲达夫外,故每作缃缃不绝、缠绵悱恻的转语。张枣深谙诗的义与趣、思与境、情与景、显与晦、奇与正、一与多相生相成的原理,古今一如,中西互冥,藏天下于天下。因重视炼辞气,故精神充实不可以已,修辞立诚,故随物赋形而无不精当,无不感人至深。这位母语中的刺客,有时摇身一变以"朕"的口吻说话;这位流亡者,为排遣客愁姑以艳词自娱;这位自诩的享乐主义者,饕餮美馔而惜墨如金;这位良友,为人慷慨,兴高采烈,又要求自己"不群居,不侣行,清香远播";这位酒狂,醉中也"满口吟哦"着某个"变革之计";这位不眠人,只有在向夜枯坐时才在窗前留下极目寰宇的身影。他不可思议的语言磁场同宇宙和人心的磁场相互感应、相互吸引,他的诗思机敏、奇巧而缜密,如抽丝织锦,相信并坚守"语小不可破"的真理。他的诗之茧留在人间,而自己则破茧而出。这只"曾咬紧牙根用血液游戏"的蝴蝶,在来世将会梦见自己的前身吧?抑或将被另一个来世的人所梦见?看它怎样震悚花朵,我们就知道声音怎样被传诵,那甜蜜的声音说着:

> 树的耳语果真是这样的:
> 神秘的人,神秘的人

我不知道你是谁,但我深知
你是你而不会是另一个

2010年6月25日写于北京

内在的人
——在渤海大学的演讲

非常荣幸地接受"诗人论坛"的邀请来和老师、同学们谈诗。这个大学一进门,清新的气息扑面而来。我对大学校园非常迷恋,在上海生活的十二年里,我一直住在华东师范大学美丽的校园内。丽娃河、银杏林、夏雨岛、民国时代的建筑……我报考华师大有一个重要原因,那就是它的风景。我开始成为一个诗人和那里的一树一石一水都有关系。渤海大学的建筑风格和树木给我的第一印象也很美,风景优美的地方理应出诗人。艾略特曾经指出,现代人的一个问题是感受性的退化,我认为他的发现非常敏锐,感受性是人与世界相关联的必要中介,感受性丧失意味着视听之区的关闭,意味着心灵的麻木不仁,它已经成为现代人精神现象中的一个普遍病灶。刘勰在《文心雕龙》中说:"物色相召,谁能获安?"如果你有能力感受,你就不会在气象万千的自然面前安之若素。比如在山中行走,听到流水的声音,或忽然与一片壮美的景致照面,你就会像得了热病一样内心战栗,想到赞美,于是你就会自动地去寻找诗歌,因为人们称为诗性的东西触动了你生命中最本质的那部分。我写了三十年诗,但要给诗歌下个定义仍然办不到,我只知道诗歌是一种最内在的需要,我对它的依赖与对食物和睡眠的依赖相似。

而且我相信,就我们大家对语言的需要而言,人人都是"词语所创造的",打个朴素的比方,我们无一例外地是喝着语言母亲的奶长大的。

置身于校图书馆还令我迅速想起阿根廷诗人博尔赫斯,我大学时代特别崇拜他,他的诗和小说曾经是我个人的"圣经"。像你们这个年纪的时候,我正高中毕业下乡落户,还不知道博尔赫斯是谁,更不敢想象有朝一日能见识他工作过的阿根廷国家图书馆。我记得他的一句赞美知识殿堂的诗:"图书馆是天堂的一种类型。"要知道这位博学的诗人,他读书一直读到眼睛瞎了,仍然以听别人诵读的方式继续阅读。我见过一张他在日本用手触摸汉字石碑的照片,他向往中国,但从未来过中国,而我去过他的国家,为了表达对他的敬意,我写了那首《博尔赫斯对中国的想象》。马拉美说过,诗人必须让自己成为一个博学的人。而在上大学之前,在上世纪70年代,虽然我家里有些我父亲的秘籍,偷偷地读过一些禁书,因为我父亲是诗人,我最初的启蒙读物除了多卷本小32开的《中国历代诗词选》,还包括他写于50年代的诗文。那时我们三兄弟住在父亲负责的县文化馆(时称"毛泽东思想宣传站"),平时能读到的无非报刊上的革命诗歌。有一回,我从正在焚烧的书堆里抢救了两纸箱书,可能是"反修"的缘故吧,里面竟有《青年近卫军》这样的苏联卫国题材的小说,它们成为我知识贫乏时期的营养品。而在寂寞的乡村,陪伴着我的只有一本书——《普希金抒情诗选》。

刚才听两位同学朗诵我的《死亡与赞美》和《秋天的散步》两首诗,一下子把我带回到了写作时的情境中。前者写于1990年

12月到1991年3月间,是不按格律要求写作的一组十四行诗,共25首,与我在一个特殊时期的爱情经历有关,与王家新写作《帕斯捷尔纳克》等诗有一个共同的历史语境,是在一个急遽变化的时段里对复杂的内心生活的浓缩性处理。当时,死亡这个强迫性的主题占据了我精神的主导方面。"我们对死亡的道理所知不多/正如对事物本身的困难所知甚少/……深深陷入失败,恸哭。"这是我那段时期的情绪基调,失败感强烈。是的,那是一种理想破灭后的失败感,它普遍地笼罩在知识分子身上,当时上海的一个地下诗歌刊物的扉页上就以里尔克的诗句"有何胜利可言,挺住意味着一切"为铭文;海子和骆一禾的相继去世,在诗人们中间进一步强化了幸存的意识。诗人在巨大历史事件的压力下出现了失语,诗歌要幸存必须调整语言策略,最重要的调整是转向内心,转向对诗和语言本性的再思考。在"历史强行进入视野"(西川语)之后,诗人不可能继续躲在唯美主义的象牙塔里,而是要去写出某种恐怖的美。《死亡与赞美》在尝试处理爱、欲望与死亡的主题时也把焦点对准了具体事件中的非正常死亡。第21首诗是围绕骆一禾之死来写的,"他的身体在继续倒下/另一些,他的另一些身体被光芒碾碎/六月的车轮高大,黑黢"。1992年参加鹿特丹国际诗歌节的时候,我在一个咖啡馆里朗诵了这首诗,由汉学家贺麦晓做的现场翻译,事后他告诉我他很喜欢这首诗,而我是既高兴又惭愧。刚才同学的朗诵唤起了我的记忆,我便介绍一下此事。诗歌是纪念性的,是个人的心史,我们始终需要一盏飞行的灯,带领我们"突入遗忘的领域"。

来这里的一路上,北方浓郁的秋意渲染着我们的情绪,王家新在汽车里脱口说:"秋天的光多么响亮!"我立即呼应道:"那是一种稀有金属的光。"何言宏教授对我们的即兴游戏似乎很感兴趣,那我不妨就谈一谈秋天的诗意吧,恰好诸位听到的我的另一首诗就是写秋天的。它的原题是《冗长的秋天》,最初发表于1999年的《中国诗歌评论》上面用的就是这个题目,正文也不完全相同,与收在诗集《门厅》里的属于两个稿本,对照看不难发现修改的痕迹。一首诗的成诗过程是经验提纯的过程,修改是必不可少的,多多说他有时定稿前要改写十八遍,这是何等的匠人精神!永不满足!一种土拨鼠的精神——不停地挖掘。大家知道悲秋是中国诗歌的传统主题,从宋玉《九辩》首句那著名的起兴——"悲哉秋之为气也",到杜甫《秋兴八首》中"万里风尘接索秋"的壮阔描写,往往悲秋之情都与去乡离家的羁客离愁及故国之思相伴随。古诗讲寄托,寓言假物,譬喻拟象,所谓楚雨含情,一叶知秋,视天地间万物都互相感应,互为象征。我写这首诗时已客居欧洲五六年,那种岁月仿佛一个冗长的秋天,冬天将至,但看不见归期,所以咏叹:"日复一日,总在同一个地方徘徊,/不时停下沉思,突然又大步流星,/落叶纷纷,加速着树木的失血。"我在诗中运用的一些隐喻是有现实指涉的,但整首诗在效果上只是服膺于一种气氛。因为感到滞重,所以说"云像烙铁在水下冷却";为了表达乌鸦与来自死亡威胁的联系,我就从聒噪和寂静的反差找到对比:"它(乌鸦)一开口,众鸟都沉默。"修改稿的最后一节,我觉得"甜甜的野草莓芳香散入溪谷"一句太轻飘,便代之以"林中的黑暗是多么团结一致",这样改过后与诗中的"你"这一消极主体的灰色体验便更加吻合。

俄尔甫斯回头

秋天是一个诗人能与他自己相遇的季节,它与内心的悲剧体验最对应。我当年初抵巴黎时正值深秋,阴雨绵绵,空气纯净,人行道上堆满落叶,在落叶上行走,人会更深地唤起无边的客愁感。里尔克那首著名的《秋日》就是写他初到巴黎的感受的:"谁现在孤独,就将长久孤独。"我这个迟到者的境遇早已被他写进诗里了,而我恰是将他的《马尔泰手记》放在行李箱里带到巴黎的。里尔克在这本书里说巴黎教他学会了观看,本雅明也谈到巴黎教会他迷路的艺术。我的两位引导者都对巴黎这座西方大城既畏惧又充满感激。说到这里,我要与大家分享一下里尔克的诗《转折》中的最后一段,是绿原先生翻译的:

> 视觉的作品已经完成,
> 现在请做心的作品,
> 关于你心中那些囚禁的图像;因为你
> 证明了它们;但现在你还不认识它们。
> 看哪,内在的人,请看你内心的少女,
> 这个从一千个天生尤物中
> 费力争取到的,这个
> 仅仅被争取到,但还
> 没有被爱过的人儿。

这首诗是里尔克前后期诗歌的一个重要转折。它预示了八年后《杜伊诺哀歌》和《致俄尔甫斯的十四行》的总爆发。诺瓦利斯认为艺术家的生涯有两个阶段:第一阶段是冥想;第二阶段是观察。里尔克1914年完成《转折》意味着进入了第三阶段,即将"清醒而自发"地观察到的世界图像再度化入内心,他称这样的世界图像是"内心的少女"。如果没有爱上这位费力争取到的尤物中的尤物,她就仅仅被囚禁着,未能真正现身。王国维讲词的"隔"与"不隔",是就具体措辞而言,而感受与表达是否真切,则在整体上决定了诗与世界的"隔"与"不隔"。只有爱上你表达的世界,诗才从天生尤物中现身出来。

我们这一代中国诗人受惠于里尔克的地方不少,而一个人要走向成熟,必须从大师的阴影中出来,代代诗人所承接的是一种诗歌精神,在这个意义上说,的确存在着一条贯穿诗歌史的金链,从里尔克到帕斯捷尔纳克再到布罗斯基,他们是这条金链上的几个环节。域外的游历带给我的最大收获是接触到西方现代大师生活和写作的真实场域,从而能够更近地感觉他们的心跳;另一个收获就是,远离本土所造成的距离感使故国经验内化为记忆,语言与文化差异则更加强化了我的母语意识。汉语的原初字性中蕴藏的古老诗性需要我们去挖掘,这是获得现代性的基础,现在从头做起还为时不晚。

一个人成长为一个诗人首先是天赋的作用,对分行排列这种语言形式的着迷已经属于天赋的一部分。在我对文字的神奇魔力的最初记忆里,张继的《枫桥夜泊》中"江枫渔火对愁眠"一句对孩提时代我的影响,远远超过了所有我能背诵的作为语文教材的毛主席语录。自从识字以来,在外公外婆家的餐桌上,我天天与碗壁上的《枫桥夜泊》题诗照面,就是不理解什么叫"对愁眠",因为它超越了口语的表达,但它那只可意会不可言传的美,把我笼罩在一种情绪里。大家都知道古代诗学中著名的意境说,但什么是意境则最难谈,不妨说是一种情与景会、思与境谐的整体气氛所产生的美学效果吧。意境说这一中国诗学的瑰宝,是唐人的发明,应源出于更早的天人感应的观念,所谓"应感之会"通俗地讲,就是"人与世界的相遇",诗产生于主客体的相遇,是物我的相互迎迓、相互敞开、相互融合。古人不把美学经验与日常经验对立起来,而是要求在诗性观照中转换二者,最高理想是达到"不著一字,尽得风流"的"言无言"境界。例如张继在诗中完全做到语不涉己,"夜半钟声到客船",既未陈述漫长的羁旅,也未直接写客者的倾听,一个"到"字使"客观对应物"在瞬间准确呈现,烘托出了悠远夜航的孤寂。多年之后,当我在异国他乡有过双足沾满夜露的经历,才真正开始对汉语曾经创造的奇境有所悟。是声音抵达倾听,从内部震颤诗人,并借诗人之口响彻千年。我在域外的所有写作可以用两个字来概括:客愁。我觉得客愁这个词比乡愁更接近异乡人的精神状态,乡愁是有方向的,客愁则未必有,正如漂泊总有结束的时候,流亡则渺无尽期,因为流亡感是更为内在的无皈依感,是精神上的无家可归。

　　诗人必须一边写作一边追问写作的意义。不管流亡域外还是身处本土,诗人都不能不思考写作与现实的关系,在这个变动不居的时代,写作不可能不与现实相抵牾。在王家新刚才提起的黄山会议上,中外诗人讨论和对话的中心议题是"如何回应现实"。什么是现实?可能大家会说现实是一种根本把握不住的、变动不居的东西,就像时间一样。圣奥古斯丁曾说:"你未问我时间是什么时,我知道时间是什么,你一问,我就不知道它是什么了",关于现实我觉得也是这样的,无法给它下定义。为什么会是这样的?我们应该去认真思考。这个词,不仅仅是一个词,有其真实对应物。给现实下定义是很困难的,我们在感受层面上似乎都知道它的"所指",或者说我们每个人对现实都有自己的理解。它构成一个"能指链",最终我们可以接近其"所指"。让我们把这个复合词拆开来看看。我们知道"现"通假"见",古语"未梦见在"意即"未梦现在",所以"现"有"现在""现成"和"显现"等义;"实"指什么?我想到"果实""事实""真实"这些意义。虽然这是个翻译过来的词,从汉语字根和构词法分析,我们多少能够还原它的本义,所以如美国女诗人希尔曼所说,现实也可以认为是"给予"的东西。困难还在于,现实不是被动的,一次性的,它是一种积聚着历史能量的无边的存在,对写作永远产生着影响,当你试图与它面对时,它就变得既充满魅惑又难以把握。大家所面临的当前中国的现状亦如此,很迷人但也很严峻。不是逃避它,而是与它面对,这需要勇气。从现实对文本的渗透可以引申出真实的概念、主体感受的真实、表达的真实,这些问题相互连接在一起,只要去认真思考,我想会有所收获的。我从法语转译俄罗斯诗人艾基的诗,有一个体会:他以隐喻的方式处理现实的能力表明,在现代诗中存在着一种值得再度关切的可能性——"诗可以观"。儒家诗学在强调诗的见证功能这一方面与包括俄罗斯在内的东欧当代诗歌之间有着遥远的呼应。艾基是在与帕斯捷尔纳克的交往中认识到诗人这一文化角色在历史实践中的作用的,与丑恶、残酷的现实相对称,诗是一种"神启的现实",被精神之光照亮的现实。他有一首诗《是的,诗人》,我给大家念一下:

　　那不理解的

> 我们命名为烦恼
> 那永不理解的
> 是今天:空虚之日
> 似乎等待着带来条约的凶手……

　　这首诗就是谈在不可理喻的可怕现实面前诗人何为。诗人写诗,但诗人不仅写诗,他还是历史条件中的个人。《是的,诗人》有很丰富的寓意。诗人用词语工作,但词语不可能脱离具体的语境被运用,所有的诗都是当代诗,换言之,诗歌不可能在缺乏当下性的情况下获得恒久性。诗人投向现实的一瞥穿透现实中被遮蔽的真相,并以此良心的观照建立起主体性。诗人这旁观者,在黑暗时代被称为见证者。诗人应该在道德上不背离现实体验中的真。正如在《是的,诗人》中"神启的现实"对峙于"带来条约的凶手"的现实,只有在这种对峙中,即在对延宕着的烦恼的拷问中方能抵近诗歌的真理。我年轻时更多关注美的东西,赞同济慈"美即是真,真即是美"的观点,现在我知道这显然是悖论。在我们这个年代,在当下语境中,诗人称自己为唯美主义者是不够的。唯美主义认为美高于一切,而里尔克说"美是一切恐怖的开始"。美接近于一种迷狂,美给人一种幻象,使人产生强烈的情感;真唤起勇气和正义感,教人认清苦难。真和美之间存在着悖论。罗兰·巴特有一本书叫《文本的欢愉》,而文本的欢愉往往来自痛苦的转换。我不认为当代诗歌应该是喜剧的样式,我不认为90年代以来的诗歌已经脱离了痛苦。诗歌运用反讽技法,吸收叙事或戏剧因素使之成为一种现代性的书写,这一点我同意。如果讲喜剧,但丁的《神曲》原名"喜剧",但你们读完以后能够说它是喜剧风格的吗?它是人类心灵史上最伟大的悲剧。我不是反对快乐,用史蒂文斯的一句话来说,"地球上最高的追求是幸福",然而只有超越快乐原则才有可能朝向幸福。诗人的幸福时刻,那种高峰体验是和读者一样的。最伟大的幸福则是通过超越自我达成他者的幸福。谢谢!

问:宋老师,您能谈一谈《告诉云彩》这首诗的动机吗?怎样理解最后一句"说我们已来到阳台,且啜饮又观望"?

答:我很少能记全自己写的诗。这一首的基调与我写的其他诗不太一样,表面好像很轻松、欢快,其实语气中既有赞美又含反讽,说它是复调的也可以。批评家陈超为它写过一篇热情的赏析文章,他谈的一定比我本人好。我在几个反问句式里写到"入夜以前将客死他乡的人",写到"哈姆雷特"。大家知道,哈姆雷特本人作为鬼魂作用下的行动者,在他身上体现着一个极其重要的存在主义命题,那就是去成为!我引为同道的中国当代诗人可能都有点哈姆雷特的气质,这就是为什么我说:"诗人下地狱,与亡魂交朋友。"我还在组诗《断片与骊歌》里再度虚构了一个放弃复仇,周游世界的哈姆雷特,它多少影射了我自己。《告诉云彩》有一种对时间易逝、生命短暂的哀意,一种自我康复。这首诗是在新加坡写的,南洋季候中一个明丽的黄昏给了我写作的契机。至于最后一句那是对云彩说的话,应该联系前面的内容,例如"抛开苦难不谈"不应从字面去理解,它恰恰折射出苦难作为一种存在,像欲望一样不会停止,我们要有能力将之转换。尽管"站成一圈的市侩们"不可一世,但是我们还要去生活,我们还要去成为,既歌咏哀伤的东西，又期待着世界的变化，需要一个阳台，从那里观望世界的变化。

问：宋老师，您觉得中西文化的主要差异是什么？这种差异对您的写作有何影响？

答：中西文化的差异是一个重要的问题，需要有比较文化学的专门知识才能谈，我还是从我的读书经历这一侧面来触及它吧。我在巴黎第七大学远东语言文明系读过书，我的老师是汉学家，我学的是哲学不是文学，我写了一篇关于庄子的小文章给他看，他很感兴趣，于是就接受我跟他做论文。虽然后来我放弃了，那一段读书生涯对我的写作还是非常有意义的。在确定选题前我经常埋头于法兰西学院图书馆阅读古籍，那里的《四库全书》《大藏经》都可以开架阅读。有极精美的善本书和伯希和带去的存放在密室里的敦煌典籍，禅宗六祖慧能的弟子菏泽和尚的一本禅宗著作，就是胡适先生当年在巴黎发现的。佛教是外来的，禅宗则可以说是将佛教本土化的一种实践，是结合了道家思想的产物。每一种文化都有它自己的原型，原型的价值在不同文化之间的相遇中得以显现，比如说"逻各斯""存在""理念"是古希腊人的原型，"道""无为""天命"是中国人的原型；人格化的"上帝"是希伯来人的原型，非人格化的"上帝"是中国人的原型。它们有时异名同谓，有时同名异谓，所以存在着相互的误读，中西交通史上的"礼仪之争"就是著名的例子，但通过悉心的比较，我们会发现人类不同文明之间存在着同源，即使载体不同，将人类联系在一起的力量源出于爱、理解、宽容这些基本的元素，它们对任何人来说都是不可或缺的。

至于接触西方或异族文化对我的写作有什么作用,应该说我年轻时是通过阅读欧美现代诗人的作品而入门的,它们帮助我建立起诗的形式感。后来我亲历一些国家,到过南洋、法属南太平洋岛屿、南美洲等地区,穿梭于现代和原始文明交汇的地带,加深了我对人类共同命运的同情,身处异地又使我获得双重视野和写作的特殊语境。远远地自我放逐,又实在并没有离开。我觉得一个说法很好:你离开祖国,是为了有一天真正认识你的祖国。我觉得我的写作也经历了这样一个过程,这个过程还没有结束。

2008 年 10 月 31 日

感通于语默之际

谈诗学原创,需从语言的原创着手。我尝自问之:汉语思维作为字的思维,它组词的灵活与语法的简洁,在多大程度上影响和规定了诗学的原创?这种数千年来被镌刻于物体表面的"神秘徽章",一旦写下就将永不变异,满足了立言不朽的古老渴望,莱布尼茨赞叹之余,只好将之想象为"聋子的创造"。仓颉听说,必拈花而笑。是的,文字是一种迹。人生行旅,吟咏性情,"应似飞鸿踏雪泥",无非迹也。严沧浪所谓"羚羊挂角,无迹可求"特翻为新说,以禅喻诗,成为能指的能指,七百岁之下仍争讼不已。然"神而明之,存乎其人"不早已为"妙悟"下了脚注吗?

沉默的语言观似接近于禅家的"不立文字",但文字不立诗亦不能立,诗所不立者平庸之文字、腐朽之文字耳。诗人沉思语默之际,无非是在语言的起源中发现我姑称为原始寂静的东西,一首诗的发明与语言的发明皆始于沉默,一切语言发生学肇始在时间上的不可考这一共同现象足以促使我们乐于去想象:"语言是突然发生的。"《易》始于第一画,而第一画即诗。诗与语言同步发生的理论支持了诗在散文之先的观点。"诗亡然后春秋作。"散文化不必导致诗亡,但一个散文盛行的时代,诗性必受到遮蔽。

当代诗如果说有什么需要回避的,那就是聒噪。我不指责散文,我指责以散文的易简消弭诗的险阻。历史叙事进入诗人视野,极大地扩展了诗歌表现的疆域,道义承担的现实需要也将一个古老的词重新发明出来:良知。一方面,以诗证史或诗史互证的儒家传统诗学与当代知识分子强调以隐忍自处的内修似乎在整体文化断裂处有所接续;另一方面,诗人的民间身份的重新确立亦属正当,诗人写诗,"高尚其事,不事王侯"之谓也。诗歌介入现实政治和公共领域,有不得已存焉。此不得已往往以悖论的方式指涉自由命题:词语即思想;言说即行动。

诗人的戒慎恐惧盖非诗人"不敢质言",而是由于知晓诗学言说毕竟不同于政治宣言或史家之论,故"不言言"而已,"时恣纵"而已。流连光景,赏玩物华,得江山之助,忽焉起兴,则发言为诗,不坏社稷,也不坏人伦物序,何以诗人自古屡遭放逐呢?何以居业本分又被斥为不关心世事呢?人文环境不断恶化的今日,真诗人几无逃乎此两难之境。

陈石遗称诗乃"寂者之事"。岂是什么侈谈众声喧哗者所可了然。诗关乎声音、文字的组织安顿,欲发心声,先叩寂寞。这里存在着语言与沉默的对应性。"登高必赋,言必能中",否则就是诗人的失职,在古代诗学范畴属于常识。失效的写作等同于沉默之谓,绝非灵机未发之前的沉默——我将此密藏词语的器府称为终极性的大沉默。圣人微言,先秦哲学对语言本质的探讨各自成家,大抵深知言说的限度,无论儒道,皆对"太初无言"的原始寂静充满向往。孔子问"天何言哉?",感盛德载物,故行不言之教。庄子所谓"天地有大美而不言"恰与维科"诸神的语言是一种哑语"异曲同工。沉默的大美作为元语言之枢机,请注意,乃前于语言而存在,言说不过是对大美的重塑,一有口过,则言语道断,大美将徒留名相而已。王弼在注释《周易·复卦》时将此观念陈述为"语息则默,默非对语者也",我尝试把它进一步译解为沉默大于言说。言说是显现,是召唤事物在场,但它的源头却是沉默。王静安说:"境界之呈于吾心而见于外物者,皆须臾之物。"境界究现于语默之际,言说之花忽然催开,灿然我前,又与我同归沉寂。

就此而论,诗歌作为发声的艺术,其使命却是对寂静的呵护,词语的运动与天体的运动相似,"维天之命,于穆不已",岂容易可谈哉!在永无止境的朝向诗性本际的回归中,人与终极存在的深切关联得以彰显。当代诗在细微处透露出向上一路的端倪,我所读到的优秀诗作无不散发时位、事理与性情的内省气质,重返语言——母语的内部发掘原创。"诗"这个词的原初字性在希腊语中与"制作"同一词根,制作即使某物产生,柏拉图在《会饮篇》中有言:"使无论什么出乎不在场之境而前趋于到场的一切起因,乃是 poiēsis,即产生。"写诗这一行为就是使缺席的东西在场。汉语对"诗"的最早释义见诸许慎《说文》:"诗,志也。志发于言。"闻一多先生考证"志与诗原来是一个字"。又以"记忆"为第一义释"志",一举勘破了千古疑案。"诗言志"乃可径直译成"诗言说记忆"了。而"志之所至,诗亦至焉"岂不是在说,诗抵达记忆所抵达之场域,诗将记忆带入言说而使之显现吗?诗学言说与遗忘相抗衡,是对遗忘的抵制,古今皆然,与希腊诗学亦非不可通约。这里不遑展开。

我在别处曾谈及,当代诗已然成为个人心灵记事的一种样式,不为附和时下君子,也不天真地将自传式证言等同于史家之绝唱。

然"止于心曰志"的原初字性之时义并未耗尽,知止然后可以言诗,死其心然后可以抒情叙事。

或问:"'诗中要有人在'之人是谁?"

答曰:"当代诗需要'受雇于伟大记忆'的那个寂者,一个有前生和来世的人,他随时准备以肯定性之默示纠正使语言变质的言说。"

俄尔甫斯回头

能感受神圣的人有福了。

诗要么是最佳表达,要么干脆不必写出来。这种艺术的高贵需要全部的生命去呵护。灵感的短暂就像彩虹。而我们只有长期不断地关注,直至使生命变成一个大灵感。有时候我对文字厌倦,甚至诗歌于我也一度失去了从前的吸引力,我追究其原因,发现这是登山所伴随的恶心反应,它同时也向我指示了更高处的风景。

在荷尔德林的《恩培克勒斯》里我们经常读到这样的句子,诸如:"神的太阳照耀我们";"伟大的自然不可抗拒地使我们高贵和坚强";"神圣居于自然和艺术的中心"等。真正将自然视为造物并从中看到神性的意识,对于诗歌乃是审美感受力的基础。荷尔德林还将宗教与诗性联系起来——"一切宗教按照其本质将皆为诗性的/创造性的"。如此,我们称为神性的东西与诗性亦获得了一致性。不同民族和地区的宗教如今已经成为教派,它们之间教义的差异并没有想象中的那么大。所有的民族都有自己的宗教史这一事实是重要的。诗人向"地方神祇"致敬,歌咏本地风物,是血缘情感使然,但诗人不必为一种地方性宗教服务,诗歌的超越要求诗人的作品体现一种世界宗教的精神。世界宗教也就是个人宗教,它超越族群,与每个人的生命达成最古老的一致。

写作,要避免堕入虚无,就必须不断获得现实感。但写作者自身将没有任何替代物,他甚至连一个谦卑地立在那儿的墓碑都不应该指望。

真正的哲学家都是格言作家,所谓格言即爱智者的"哲学之石"。哲学家以格言的方式指出可言说与不可言说世界的边界,但因为某种模棱两可,格言才避免了貌似真理的欺骗。诗人在哲学家运用格言的地方运用隐喻,并非诗人不喜欢格言,而是诗人认识到,既然可言说的是显而易见的,那么只有不可言说的才值得去言说。隐喻之于言说的冒险,恰如在悖论之海上的夜航。

不断地去发现精神元素,或许人们终能认识它的周期。

灵感就像麻雀一样容易受惊。

风格有时就是一个人的声音,给予我们震撼的艺术总是通过可闻或不可闻的声音,恰如嗓音是某人特有的,不混同于别人,从中我们甚至能听出教养。济慈阅读荷马时被那种摧枯拉朽的音乐所吸引,促使他写下了著名的十四行诗《初读察普曼译〈荷马史诗〉》。在一封给朋友的信里,他提到被一首老歌打动的妙不可言的时刻。事实上,这首由诗激发的诗自身也达到了神奇,我读它时感到仿佛爱琴海的波涛在大西洋岸发出了回响。希腊人的世界被浓缩后并未失去其强度,而是在新的想象中重现了从前那位"歌者的容颜"。

我们认为虚幻的梦,从另一世界看或许是一种实在。弗洛伊德发现汉语和梦有某种相似性,由于它们都很不确定,这种语言的存在似乎不是为了交流而是为了"隐瞒"。那么,用汉字写作是否意味着在梦中做梦?

时间并非人的财富,人从未拥有过时间。我们隶属于某些命定的时刻。隶属于"倏忽""遽然""恍惚""惘然"……

　　古埃及木乃伊身上的死者肖像给我留下了最凄美哀伤的印象。这些肖像被画在木乃伊的外层,与其说它们是死亡的面具,不如说是来自死亡国度对生命之岸的注视。面容,用颜料画下的人类最久远的面容,有如星光穿过夜空投向大地的那种注视,使我想起史蒂文斯的一句诗:"死亡是美的神秘的母亲。"

　　一个诗学问题——我们身上的古人意欲以怎样的方式复活?

　　个人的生活,或者更确切地说,每个人的生活都具有象征性。这一个是另一个的象征。

　　设想以下的情况:一个人正在写一本书,但是,他下笔时总是不能摆脱另一本书的干扰,多年来,那本他经常梦见的书,实际上从未写出,自然也还从来没有人读过。在他看来,未写出的书才是真正的书,我们看到的供阅读的印刷品大都不过是一些精致的赝品罢了。于是,要么为满足流俗而制作文本,要么放弃写作以保卫关于书的理念——他选择了后者。这样一个失败的作家应该算是有德行的人吧?

　　如今我更渴望阅读口授的书,毫无疑问,书的真正作者是"口述的大师",他的想法由一位笔录人追记下来。写作,在我看来是一种潜在的交谈,或交谈的延伸。书,应该永远处于动感状态。

　　经验告诉我,一旦你表现出软弱,魔鬼就试图控制你。

　　介入作为一种新的诗学态度,当然不是,也不可能是针对历史进程的直接干预,因为诗歌写作充其量只是一种"象征行动",毋宁说,重提介入这个存在主义的命题,旨在呼唤良知的作用,诗人从"词的立场",即纯诗的立场,转向朝现实开放的综合文本的立场,似乎并没有导致诗歌品格的降低,如果诗歌的形式限度同样得到充分尊重的话。

指出集权话语的暴力和荒谬的最好方法是发明出它的另一极:诗性的温柔。必要的话,它也戴上了颓废、享乐、性爱或苦行的面具。

南方诗歌并非一个地域志或人种志的概念,而主要是一种在抒情方式上使自身与权力话语区别开来的气质,其中优秀的部分尽管也是规范的普通话写作,却排斥语气咄咄逼人的"京腔"以及油滑的口语。在我看来,南方诗歌及其成就较高的江南诗歌,气质上更接近于古代的隐逸诗,也许并非偶然,它与权力话语中心偏离的语言姿态恰恰在另一向度——垂直的向度上——与中断的传统相衔接,这一传统可以上溯到《诗经》和《楚辞》甚至更早的时代。关于地方风物对诗人气质或语言风格的影响,古人早有论述,"屈平,宋玉,其文宏而靡,则知楚都物象有以佐之"(李华:《登头陀寺东楼诗序》)。

首要的原则:文字触处皆诗。但诗意感受力要求对形式有高度的敏锐,如果你看见了形式,那么你就拥有了感觉的地平线。通常是,看见一首诗,然后它才被转换成文字。诗是地平线上的事物,视觉是诗意知觉的先锋派。

追求明朗的口语诗可以取消韵律的外部结构,其表达的直接性有益于还原情感与经验的质朴,但哪怕是具备形式感的最纯正的口语诗,整体上仍然是早现性的。倘若我们不希望诗歌只有一层意义,一种理解,就不该将复杂性与纯正性对立起来。"纯诗是不纯的"——张枣这行诗正是以口语的方式道说着符号与指称不能合一的诗性语言自身的矛盾性。只有当隐喻变成博尔赫斯所谓"整个人类正策划的影射的谈吐"(《质朴》),语言的温柔本质才受到真正的伤害,对隐喻的滥用——当这种语言的符咒被运用于动机不纯的个人影射时,我们称为诗性的东西将被耗尽,诗的内质与形式也将不堪其重负而断裂,表达将坠入虚无之中。隐喻的功能本质上是使诗思超度,现在却成了意义的陷阱。能够照亮诗篇的隐喻向源头敞开着,适时出现于意识提升的转机时刻。

诗之为卮言,适与卮之为器也相似,"注焉而不满,酌焉而不竭",当今之世,诗道日裂,或难不成为一曲之事,但有真性情者,必信有诗性在,诗性不可言,所谓在别人模糊处看得真切,或即是灵视的作用。佛家语"恒转如流,周遍不断。深细不可了知,触思资长。"(汤用彤:《佛教上座部九心轮略释》)亦适于喻诗,语言的诗性难道不是这样一种神秘的永恒运动的存在吗?

古代格律诗的部分秘密(也许是最重要的秘密)存在于对句之中。

遁伦《瑜伽师地论记》曰:"一切有情,从业生眼拟有见用,从业生耳拟有闻用,余根亦尔,故彼眼等从业全生成其根用。五尘亦尔,必从先业全体而生成境界用。"可见境界乃产生于精神的整体作用,王国维将境界这一佛学概念引进诗学领域并将之改造成最高理念的一个范式,从而超越了"滋味""神韵""性灵""格调"诸说,准确地抽象出追求和实现精神完整性的中国诗学理想,《人间词乙稿序》曰:"一切境界,无不为诗人设,世无诗人,即无此种境界。"这是一种元诗的思考,境界作为主体与客体的结合,是化入内心的世界之瞬间呈现，之所以"无不为诗人设"，乃是因为唯有诗人能够感知和体证那真正具有永恒价值的瞬间。

曼德尔施塔姆从接受美学的角度道出了阅读的令人悲观的真相："这些诗句若要抵达接受者，就像一个星球在将自己的光投向另一个星球那样，需要一个天文时间。"的确没有一种同步性理论能够弥合那可怕的距离，诗性邂逅永远只是一种可能性，那个瞬间具有创生的意义，属于从物理时间中逸出的"天堂的蜜"（史蒂文斯），采集者（接受者）"可能出现可能不出现"，一首诗并非必然地会与读者相遇，错过倒是十分常见，正如一个出色的题材会被表达所错过，一首出色的诗也会被阅读所错过。甚至大师也有失去倾听能力的时候：歌德就错过了荷尔德林。一个时代所崇尚的主流诗风极可能遮蔽那些与此诗风保持距离的写作，尤其是批评匮乏或批评失去标准的时代。我们的时代，诗的漂流瓶已进入太空漂泊阶段，它的接受者是存在的，只不过天才的一生往往太短促，等不到像外星人那样渺远的知音。

也许任何艺术——诗歌也一样——都是对音乐的模仿。

美国女诗人凯莎将薛涛《春望词》"揽草结同心，将以遗知音。春愁正断绝，春鸟复哀吟"之首联译为：Two hearts, two blades of grass I braid together. /He is gone who knew the music of my soul。这样一来，"知音"在英文中变成了"那个了解我灵魂的音乐的人"。或许只能如此，而且实际上她译得很准确。在没有对应词的情况下，翻译完全蜕变为解释，且解释在汉语字源学意义上原就是翻译的第一义。译者，释也。饶有趣味的是，"知音"正是对"那个了解我灵魂的音乐的人"的原初命名。通过这一命名，一个人对另一个人灵魂音乐的倾听所能产生的震颤和感应被提升到了神话的高度,并成为荣格称为原始意象或原型的东西。

诗歌还是一种遗憾的艺术,这种遗憾可以称之为"俄尔甫斯回头"。

由于使用统一的汉字,我们很难分别普通话诗人与方言诗人,只有从气质上把握他们微妙的差异。海德格尔下面一段话道出了这方面的理论匮乏,他说:"德国人称各地区不同的说话方式为Mundarten,'方言'(意即不同的口型),甚至这一简单的事实也几乎不曾被认真思考过。"(《通往语言之路》)各地以方言为第一母语的诗人,虽然使用同一种文字——统一后的汉字,他们的语言织锦之经纬与纹理必如地方风物之盛,相杂而不乱,各呈其美。批评家是否对诗歌中的"方言基因"给予了足够重视?古语道:"方言之变,犹草木移接之变也。"(方以智)与方言的地理分布相应的心理基础的差异,如同口型或口音的差异一样与诗人最内在的身份认同之间不可能没有情感关联,今天的诗人当然不必以祖籍地或出生地为其别号,像古代诗人惯常所做的那样,居石湖则以石湖自号,房前有五柳则自称五柳先生,但他如果吝于用诗去勘探养育过他的梦想的祖籍之地,生栖之地,那么他只能在漂泊中继续做一个无根的人(无论身处何方)。

对汉语的当下语境之复杂性的理解是考量汉语诗性之核心观念的必要前提,现代汉语是混血的语言,它仍有一个血型,与古代汉语的血型没有变异,且血气或者说气骨没有变。唐人发明了气骨这个词,所谓"文起于八代之衰"的风格标志就是用气骨来表述的,古代的诗学言说是否已经不合时宜?其针对性是否与当代已不能适应？如果说"伦理学并非哲学的一支,而是第一哲学"(列维纳斯),那么书写伦理学在古代诗学言说中的核心地位是否表明"八音克谐,无相夺伦,神人以和"的最高诗学理想,曾经使诗、礼、乐的次序对应于宇宙次序,并将书写行为的美学问题纳入伦理学范畴加以思考,从而使伦理学色彩浓厚的诗学,成为中国古代的第一哲学？海德格尔曾说:"'美学'这个名称和它所命名的东西,出自欧洲的思想与哲学。因此,对于东方思想来说,美学思考恐怕终归是陌生的。"(《通往语言之路》)或许正是因为美学问题在东方思想中从未超越伦理学的缘故,道家讲"至真",儒家讲"至善",而将不言之言的"大美"归功于自然本身。

我偏爱某种第二性的写作,不是宣言的滞重,而是附言的轻盈,语气里没有丝毫的强迫。明信片、眉批、字条中那些简单明快的只言片语,往往令人难以忘怀。从附言里的一个词——策兰寄给他夫人的信中,经常夹带着他自己翻译成法文的本人的诗作片断,不时还有一束变干了的秋水仙,仿佛那些文字不过是某种附加物而已。是的,正是以这种别传的方式建起了文学的游廊,我们却因之接触到了真正的堂奥。

诗——在作用于我疲倦的神经的意义上,已然成为恩典。万物皆流,方生方死,我独自成蛹(借梁小斌之喻),死自己的死,精神之振翅或纯属一次意外。"栩栩然蝴蝶……遽遽然周……",料我与诗之物化应复如是。渴望当代诗能治愈时代的精神分裂症是否期待过高？新诗与旧诗在各执一端的理论中被对峙起来,诗教在逃离自身的轨道上与高速的现代性遭遇,除了偏执(胼胝)可向虚无献艺,又有什么魔术能让郢人还魂,重做匠石的"人质"呢？

不信神的现代人恰恰把神给神秘化了。只要"科学万能"存在悬疑,神学宇宙观就不可能被推翻。科学主义的危险已经被越来越多的灾难事实所证明。

"伯牙所念,钟子期必得之"(《列子》),这一诗人与读者的理想关系的原型表述几乎道出了知音难觅的千古诗人之叹,故《古诗十九首》有"不惜歌者苦,但伤知音稀"句。流亡伦敦的川籍诗人胡冬写道:"哪里有诗,哪里便不会有知音。"(《知音》)神话与诗歌的逻辑即想象的逻辑,但此处诗人发出的孤绝的声音并非所谓"暗与理合,匪由思至"者,从"阿谀的余音,格外动听"(同上诗)的当代写照,我们不难感知诗人对降低知音品格的诗坛持有警觉而疏离的批判立场。这首诗对原型的改写也体现了诗人对一种当代缺失的素质——"厌烦"的颂扬。批评的功能乃是指出诗人、艺术家的天才之所在,揭示作品的意义,批评家自身的天才则首先表现为对作品的倾听能力:作者所念,批评家必得之。这样的批评家才称得上作者的知音,而每一个优秀的诗人本身都是潜在的批评家。

诗歌这"异教的蜜蜂"所关心的只是采集,无意中却帮助了授粉。

一首未写出的诗就像一段未了的情事,或由于机缘不凑巧,或由于主观的耽延,最终可能在激情的浪费中耗损殆尽。激情应该止于诗篇之前,因为诗艺作为心灵的复杂工程靠的主要是智性的参与,相反,过于强烈的激情于事无补,它与缺乏激情在效果上是一样的。黄庭坚认为"诗文不可凿空强作,待境而生,便自工耳"。这与艾略特"诗不是情绪的表现,而是情绪的逃避"的看法可相互阐发。诗的难度之一在于设境,所谓"有境界"或"无境界"并非诗与散文之别,而是诗人的精神、感受力强弱及功夫高下之别。钱锺书从刘禹锡、苏轼、黄庭坚的诗话中提炼出"言不孤立,托境方生"的观念,实属深于诗者之谈。境界作为诗语形式生成之机使诗与人相互映照,蔚然氤氲,是赋予语言以生命的元气。而那些半成品的诗、只作为材料勉强拼凑堆积的文字,其至连数字游戏都算不上,却经常冒充"贡品"被摆放在各种诗歌选本的圣殿里,此类以次充好的诗是本不该获得"通行证"的。

说诗歌是一种招魂术,意味着某种被称为诗性的东西正在当代生活中死去,意味着使之起死回生的迫切愿望,招魂仪式本身乃是古老诗性的表达,对死者灵魂的呼唤,目的是让它回归曾经生活的所在,回归本乡。《招魂》诗中极言东西南北各方的险恶,当然是为了劝说亡魂,使之认识到本乡的可爱,因为唯有本乡是生命赖以生长之处,是生命的源头。伴随着悲怆的呼唤,招魂者相信,死者终将回心转意,似乎死亡乃是一个错误。而死亡对每个人而言的确是一个错误。诗歌本质上亲近于我们称之为精神源头的东西,源头的东西赋予我们生命,但在现代人普遍的遗忘中它正渐渐地趋于枯竭。倘若我们相信诗歌是语言的奇迹,那么,这一古老的语言艺术,必然能使曾经激励过人类的诗性精神起死回生。

废名的《掐花》及其他

"貌奇古,其额如螳螂,声音苍哑,初见者每不知其云何。"这是周作人对他的高足废名的描述。据说螳螂有一副怒容,那么废名突出的眉棱骨给人的印象该是不苟言笑的了。废名好佛,知堂述其与熊十力论僧肇,因意见不合致扭作一处,次日复来,初无芥蒂,颇觉诗人性情的率真可爱。废名的诗传世的很少,我所读更少,不过数十首而已。习禅打坐偶得应感之会,或同友人书信往返之机,将诗兴"同算算学一样"记录下来,往往成诗极快,他写诗恐怕是遵循着王国维"有来斯应,不以力构"的原则的,就是说他相信灵感这回事,也几乎接近超现实主义者提倡的"自动写作"了,而他确是颇自信于出口成章的。

废名属于卞之琳所称现代诗人中的"偏将",卞认为他的小说成就高于诗歌,故"主要是从他的小说里得到读诗的艺术享受,而不是从他的散文化的分行新诗"(《冯文炳选集》序)。兹言颇使我不解,因我原以为两位诗人的文气该有许多相互激发之处,何况废名对卞之琳诗艺之高度激赏是堪称他的知音的。《第一盏灯》引起争议期间,废名甚至亲找胡适,当面质问(参卞文《追忆邵洵美和一场文学小争论》)。我猜测对新诗形式的看法不同,可能影响了后者对前者的评价。众所周知,卞之琳重视新诗的格律问题,讲究根据"参差均衡律"的原则,奇偶交错地安排音节的顿数,认为"建行"是新诗形式的首要元素。古今新旧体诗的声律差异盖形成"吟哦的调子"与"说话的调子"的不同,因此要创造相对稳定的现代新诗体,需从文言、白话的共通性中寻找音义调节的可能性,而他本人的诗中极大的一部分就是这一主张的实践。

相对于卞之琳之重形式,废名更重内容("内容"一词实在不如"内质"明确,姑且用之)。他说:"新诗本来有形式,它的唯一的形式是分行,此外便由各人自己去弄花样了。"又说:"如果要做新诗,一定要这个诗是诗的内容,而写这个诗的文字要用散文的文字。以往的诗文学,无论旧诗也好,词也好,乃是散文的内容,而其所用的文字是诗的文字。"所谓"要用散文的文字"乃是"以文为诗"的翻版,这与早先胡适的倡导是一致的,不过稍加留意便不难发现,废名的诗观其实具有泛诗的倾向,或者说在他看来,真正的诗存在于散文中,故他在北大讲新诗,常举古代散文的例子,他甚至把"三百篇"、歌谣、六朝赋都归入以"散文的文字"写成的诗,这使我想起马拉美的一段话:"凡有声律 Rhythm 者皆可为诗。散文处处皆有声律,特较为松懈而不整齐耳。作散文而刻意求句法之工,则立变为诗。故吾谓世所号为散文者,实皆诗也。"(吴宓译)废名则认为哪怕像李商隐的名句"我是梦中传彩笔,欲书花叶寄朝云"之类意义确是诗的旧诗,"读之反觉其文胜质",因而诗的内容被遮盖了。作为自由诗的新诗,是言辞的片断,运用文字的意识相对于旧诗的因袭,应该求诗体的解放。没有了可供模仿的定体,现代诗人便获得了从束缚中返身于自然的契机。

自由诗的难度废名是意识到的,名之曰:"欲罢不能的势力。"

既然旧时代的"模仿诗家"不再可以混迹于诗人,写诗也将成为少数人的事情。废名一代诗人在新诗的实践中已不再以旧诗为假想敌,因为这个问题在理论上已经解决了,他所统称的"旧诗"是内容上没有变化的诗。到宋词为止还有这个变化,以后就没有了。那么新诗的合法性(用今天的话说)并不是一厢情愿地截断与整个旧诗的联系而能建立起来,而是有赖于从文字内部重铸诗意,即从旧诗的典范之作中提取汉文字本身的诗质之美。好的"做诗人"也应该是好的"解诗人",那么在重估旧诗的价值时,胡适选择元白一派的浅俗易懂,而不取温李一派的含蓄难懂,则为废名所痛惜。

"文字这件事情,化腐臭为神奇,是在乎豪杰之士",将这一期许同 20 世纪二三十年代的历史语境联系起来看,废名对新诗发轫以来诸名家的读解和评价,因有文化整体的参照,故常透出远见卓识,其选诗之严格实可令当代批评家或诗选家汗颜。1946 年返北大重新开讲新诗时,他虽然感叹卞之琳、林庚、冯至等人的诗歌成绩,而每人的作品能入其法眼者则不过数首而已。有心的读者请阅他的《新诗十二讲》(陈子善编,辽宁教育出版社,2006 年),最后一讲谈的是他自己的诗,读来尤觉亲切可喜。

我以为《掐花》一首最能体现废名"字与字,句与句,互相生长,有如梦之不可捉摸"的个人诗学,词语的相互激发超乎逻辑规定的步骤,典型的中国文章讲求天马行空的句法,而废名深得其神髓,无怪乎最初的诗集便命名为《天马》了。在个人语境与共同语境之间建立互文关系的手法废名无疑是新诗史上最早自如地运用于写作的,它打破了胡适所定"八事"之一"不用典"的戒律。我想废名的初衷并不在用典,李商隐的有典故和温庭筠的无典故都为他所赏识,晚唐诗吸引废名的地方或不在于诗依旧能抒情,而在于柯勒律治所谓"最佳词语的最佳排列"中出现的诗性的幻觉。瓦雷里也说过:"一个词的激发是无穷无尽的",废名的句法可以说是对梦境的模仿,而不单纯是对经典文本的援引。

> 我学一个摘花高处赌身轻,
> 跳到桃花源岸攀手掐一瓣花儿,
> 于是我把它一口饮了。

"摘花高处赌身轻"是对吴梅村《闺怨》词的移置。花在高处摘取不易,故说"身轻",有危险故说"赌"(李商隐有"莺啼如有泪,为湿最高花"句),经过废名的原型再造,此"花"已从人间的凡俗之花转换成了不可摘取的梦中之花,因为开在桃花源岸,它便永远地逸出了时间。要掐到那么一瓣非花之花,非得有孙行者般上天入地的本领和俄尔甫斯的虔诚不可,也非深谙王阳明"与花同寂"之心法不可[①]。"我"若不是身怀绝技,断不能一跳便攀上了那个高度的;"跳"这个意象陈述了一个传奇,一空依傍,既万分轻盈又有几分调皮,而更调皮的是:"我"竟然把刚掐到的非花之花当作真花一口饮了。这是神仙故事里才有的,它让我们想到嫦娥的窃不死药或东方朔的偷寿桃,因为唯有一口饮了,升仙的梦想才成真。

---

① 王阳明《传习录》有如下一则轶事:先生游南镇,一友指岩间花树问曰:"天下无心外之物,如此花树,在深山中自开自落,于我心亦何相关?"先生曰:"你未看此花时,此花与汝心同归于寂。你来看此花时,则此花颜色一时明白起来。便知此花不在你的心外。"

关于这一类奇迹,柯勒律治曾在一篇短文中如此设问:"如果一个人在睡梦里穿越天堂,别人给了他一朵花作为他到过那里的证明,而他醒来时发现那花在他手中……那么,会怎么样呢?"这是西方式形而上的设问,是"有生于无"的隐喻,与庄周梦为蝴蝶的设问几乎达到同样玄妙。传达诗意的关键乃在于"迷情",废名处理的也正是"迷情"。而且正如梦中的庄周,"我"的主体性在幻想界与现实界之间是变幻不定的。饮了不死之花……那么,会怎么样呢?我想我们也可以这样来设问。

> 我害怕我将是一个仙人,
> 大概就跳在水里淹死了。

显然,不朽是既令人渴望又引起恐惧的一件事情。坦塔罗斯①站在湖中却永远喝不到水;嫦娥的悔恨是夜夜照着"碧海青天"这永恒寂寞的镜子。不朽即寂寞(这两个字是废名所喜欢的,但他要的只是瞬间的寂寞,即发现寂寞的寂寞,像《街头》诗中的情景)。于是,怀着同样的心情,"我"转而像世间的情人般蹈水而亡了。按理说,桃花源的水必不会淹死人,但梦的逻辑允许这样的结果,或正是害怕使人从不朽之界域跌回到人间。桃花源的水并不流向任何地方,人间的水则只能是逝水。这是又一层的转换。接下来则是对死后的想象:

> 明月出来吊我,

---

① 古希腊神话人物,宙斯之子,因冒犯诸神而被罚入地狱。湖水深齐他的下颌,当他俯身就水,水即退去。

废名的《掐花》及其他

> 我欣喜我还是一个凡人
> 此水不现尸首,
> 一天好月照彻一溪哀意。

在《莫须有先生传》第十五章中,废名写道:"莫须有先生大概常是这样的千遍万遍自己死了,猛抬头却见人生又在那灯火阑珊处。那个眼光,真叫做静若处女,动若脱兔。"现在那个眼光便就是出来凭吊的明月,以及葬"我"的溪流了。还是一个凡人又有何可欣喜的呢?凡人皆有死,惟其有死而有生之意义,方生方死,一如文字互相生长,又如梦之不可捉摸。傅科在某处说过:"陈述与梦相似",废名也发明了一种像梦一样自由陈述的方法,故能出入于两个世界。如果我们比较"掐花人"之死与艾略特《荒原》第四部分的"水里的死亡",就会发现,腓尼基人所葬身的海是"荒凉而空虚的"——"海下一潮流,在悄声剔净他的尸骨"。而"掐花人"或梦中的废名对死亡的欣喜,不仅因为"这个水不浮死尸,自己躲在那里很是美丽"①,因为鸠摩罗什"海有五德,一澄净,不受死尸……"之说与菩萨故意死在海中的故事为他所喜欢,故在联想中作了意义链接,还因为诗对于废名来说乃是一种大海般的洁癖。"自己躲在那里很是美丽"这句夫子自道,透露出了生如寄,死亦如寄的盈虚消息,仿佛死不过是另一场与生交替的甜蜜游戏,或更准确地说,死乃是生的庇护所。庄周的"等生死"观在此获得了绝妙的翻译。

废名对诗歌的态度可一言以蔽之,曰:文字即墓地。恰如他所

---

① 能不现尸首的水恐怕只有弱水。《山海经》"大荒西经":"有大山,名曰昆仑之丘……其下有弱水之渊环之……"郭璞注云:"其水不胜鸿毛。"

说:"惟人类有纪念之事,所以茫茫大块,生者不忘死,尚凭一掊之土去想象……"他理想的文字是达到梦的不可捉摸,但他又杜绝铺陈,要求自己去写实,去刻画与描绘。那么他那些出色的短诗是靠随物赋形的古老秘诀写出的吗?毕竟,他的诗歌幻术与造境之婉转清奇应该归因于他超绝的识见与风趣。

关于《掐花》的最恰如其分的评价我以为就出自他自己之口:"这首诗是新诗容纳得下几样文化的例证。"没有什么比正确地理解这句话更像是一种对作者意图的补充了。

2007 年 11 月 4 日

附:

掐 花

废名

我学一个摘花高处赌身轻,
跳到桃花源岸攀手掐一瓣花儿,
于是我把它一口饮了。
我害怕我将是一个仙人,
大概就跳在水里淹死了。
明月出来吊我,
我欣喜我还是一个凡人
此水不现尸首,
一天好月照彻一溪哀意。

1931 年 5 月 13 日

诗学通信两封

一 关于《乐海崖的月亮》

余禺吾兄：

前信谅已收到吧？

记得两年前我初读梁秉钧的诗，曾经向你推荐过这一位诗人。我们只见过一次面，还没有机会深谈，后来也只通过一两封信。他给我的印象是平和与寂寞，对世事近乎漠然，只有在谈起诗歌时眼睛里才会闪射出一种迷狂和热情的光芒。一个诗歌的圣徒，他的内心有一条通道是直接通往高处的光明所在的，而他的身体却留在了永远的黑暗之中。只有当你进入了他的"内在的感性"，才能实现真正的理解。虽然由于大家都写诗的缘故，我自信在我们中间必有一种先在的交流，但至今我也不能肯定地说，我已完全把握了梁秉钧的诗学。

暑假我回家，又能跟你坐在一起谈诗，那些短暂的时光是多么幸福的回忆。我深信，诗歌的存在就是爱诗者存在的全部理由。就在昨夜，我重读了梁秉钧的《游诗》，其中有一首《乐海崖的月亮》有这样的诗句：

俄尔甫斯回头

> 记得那时在香港
> 我们谈法兰克·奥哈拉的诗
> 直至凌晨一时
> 我们大笑
> 连椅子也坐破了

这些诗句是完全的口语,却使我深深地感动,因为它们描绘的是诗人的生活,通常的回忆方式直接呈现了昔日的生活情景和细节,它使我们的日常经验找到了与之对应的经验,所谓诗人的生活,指的是与世俗力量相排斥、相对抗的存在方式,也是一种坚持和不屈服,他的骄傲的心是漂泊者在子夜看见的星辰。我读诗,总希望通过语言触摸到作者本人,优秀的诗不可能不留下诗人的生活轨迹。生命瞬间的形式化过程,也就是一部自我的史诗。《乐海崖的月亮》从表现方式上并不是一首"象征的诗",相反它属于一种"行动的诗"。一群朋友在圣地亚哥某地的街头散步,看到和听到的是异国城市的商业化景象,霓虹灯中的广告文字,时断时续的汽车的鸣叫。诗中出现的客体意象基本上都散发着工业的气息和人造物质的冷漠。瑞士香橙,冰淇淋,"半具体的"咖啡壶,"会发生问题的"暖气。梁秉钧置身于这样一种实在的空间,并受到皮肤的触觉的提醒,但他似乎并不刻意于具体的生存环境的超越,像高峰现代主义那样注重主客体的融合与统一,把自在物提升为一种主体心向的秩序。从这首诗和《游诗》的大部分作品中可以看出,梁秉钧恰恰致力于秩序的解构,感受的零散性和当下直接性呈现为表象本身的真实,整首诗也不指明任何意旨的方向,意旨伴随性地,偶然地出现在形式展开的过程中,这也是我曾说过的"动机失落,回到本能运动"的那种方式吧。

对于这样一种取消了深度模式的诗(既不具备神话原型,也丧失了表现主义的激情),作出惯常的价值学解释是无意义的。作为"反诗"而存在的诗,它无疑是一种更边缘、更沉寂的诗。从主体的角度看,是从神化的我、人文的我向着本文的我的过渡。正如罗兰·巴特在他的解构主义文本中宣称"作者死了",梁秉钧亦倾向于主体的消解。"我说的东西都不是象征,我只想老老实实告诉你"(《从现代美术博物馆出来》),体现了他打碎重写的"发现的诗学"。

技术时代使情感失去依附,灵魂与肉体的分离是人类共同的困境。这是一个无奈的事实。而诗人作为种族想象力的象征,文明火种的传递者和新经验的集合,他必须应对命运的挑战,并在诗中留下对人类的同情与关怀。他总是试图描绘乌托邦和指示出奇迹,而现实的打击和影响却又是牢固的和绵延不断的。这种冲突和矛盾不可能不带入诗中。《乐海崖的月亮》对于另外一种大力的、元素和文化源头的诗虽然是一种反向的运动,但它也不是一种完全的自运动的陈述。它依然保留着带有启示性的母题,只不过因为新媒介的借助而造成转换罢了。诗中至少有如下两个向度的比照是可供分析的:

1. 异地和家园

一次散步所诱发的具有普遍性的漂泊感借助于意象的冷得到表达。"我们走过,觉得冷","马路更冷更空寂了",明知身处何处,却问"这里是什么地方"?甚至连今天是中秋还是重阳也不知道。因此这节令的冷无疑也是失去家园和友人的哀伤了。

> 不知道海上的月亮在等待谁呢？
> 只见到海波在静静地闪光
> 走在路上的人想到屋里的人
> 家里夜深坐着的人说到了远行的人

是古老的月亮使"屋里的人"和"远行的人"在相互思念中更加澄明，而这月仍然是现实的天空中可以抬头看见的那一颗。

2. 英文和唐诗

异域文化的冲击不仅在物质形态上，更在语言形态上令人困惑。语言作为每三种存在更是诗人的精神宅所。人工的城市使自然意象远离了我们。面对这样一个充满陌生感和坚硬物质的世界，描绘时的无可奈何使梁秉钧加剧了对唐诗的向往。

> 我其实并不喜欢在一首诗里
> 用上太多外国食店和超级市场的名字
> 只是无从用唐诗的言语
> 描绘一个陌生世界的细节

象形文字的唐诗（汉诗的形式完备的代表）在诗歌语言的纯粹视觉运用上正是后现代主义的追求。"纯粹为了满足视觉一切都是平面"（《从现代美术博物馆出来》），也表达了梁秉钧回到表象的简单、纯净、明确的诗歌语用的理想。

> 月
> 没有任何后设修饰语
> 孤独地在天空的位置上？

这样一种表象的还原,不是出自语言的崇拜,而是出自语言的怀疑吗?说到底表象的痛苦对于诗人的确是最深的痛苦,而语言与诗人的搏斗也将伴随终生。发现存在的秘密,重新给予命名,以新的造物加入万物之林,用梁秉钧的话说就是"走入百物,观看感受所遇的一切,发现它们的道理",这恐怕是任何一种母语的诗人都将关注的吧?因此汉英之间的比照和反省必是十分值得的。

由这首诗的阅读而演绎出的这些感受,不知你以为怎样?

秋安!

你的弟弟　1990 年 10 月 23 日

二　关于域外写作

余禺吾兄:

自从 1991 年 11 月来到巴黎后,我的写作场域的这一巨大变化甚至不亚于某些事件所产生的影响。域外写作的可能性与生存的严峻一道突显在我的面前。国内时期无论怎样想象,都难以实际了解流亡状态。作为中国诗人,可能在写作时还有文化差异的负担,比起俄罗斯或东欧流亡诗人,我们的困难也许更多,体验也许更复杂。至少在宗教层面上,我们普遍未经历过洗礼,因而内心也更孤独。对我自己来说,除了空间的置换,主要的压力则来自语言。流寓生活的孤独感甚至会导致失语。在寄给你的散文诗《保罗·策兰在赛内》中我写道:"这是不可避免的失语,一个人在外邦。"策兰的自杀是一个谜,据说他是从蜜拉波桥上跳入塞纳河的,而这座桥因阿波利奈尔的同名诗早就为我们所熟悉。策兰的犹太身份当然是值得特别关注的。后来我读到荷尔德林的《漠涅默辛涅》,发现他也表达了相同的情感:"我们没有痛苦,身处异域他乡/我们几乎失去了语言。"你知道,荷尔德林漫游过波尔多,歌咏过法国境内的众多河流。漫游的诗人是母语的携带者,失去语言之后又能做什么？当母语在非本土语境内沦为"没有意义的符号",你能体验到的孤独是双倍的,因为这必定也是母语的孤独。

我经常自问,域外写作的意义到底是什么？对个人来说,或许意义就包含在此一追问中。如果承受不住异域生活的孤独,写作毫无疑问将蹈入虚无。奇怪的是,孤独也滋养了那种纯粹是为了克服失语症的写作。在这种情况下,写作的确首先成为治疗或自救的活动。然而,这样是远远不够的,我们这一批离开中国的诗人,必然要去承受一种写作的天命,自觉地建立起一种与本土和传统的对话。流亡者往往被当作直接与政治对抗的人,实际上,情况要复杂得多,个人流亡的方式远不止一种,流亡诗人的反政治书写针对的是泛政治的神话,我们时代的语境不幸地充满了浓厚的泛政治色彩。这一点,甚至体现在西方读者的阅读期待中。当一个流亡的中国诗人被问及某一首诗的主题,你真的很难避开政治不谈。问题是,时下的政治总是变动不居,诗歌的目标却天然地需要与广阔的人类生活结合在一起。"诗人之言"理应超越"政治家之言"(诗人抒情,政治家煽情,这是他们的根本区别之一)。我很赞成你将我寄回的诗当作家书来读。家书的特点是私人性,在"一切都四散了,再也保不住中心"(叶芝:《基督重临》)的时代,诗歌也愈加带有私人性,或者说愈加个人化了,这意味着愈加注重个人感受。私人性在集权制下是不被允许的,对它的捍卫使几代人付出了代价。如今,诗歌成了个人心灵记事的一种样式。

　　从这一点上看,巴黎为我提供的写作场域是别处无法替代的。这是波德莱尔、里尔克、本雅明的城市,是超现实主义者和游手好闲者的乐园。每个城市都有自己的灵魂,巴黎的灵魂乃是游憩。这座有着太多历史层积和秘密的城市,同时又以其空间的暧昧诱惑到处都向你敞开着。奥斯曼的大街连着革命者的小巷、星形广场、缓坡与高地、临街式或穿街式拱廊、公园、百科全书式的哥特教堂、名人咖啡馆、同性恋俱乐部、明月之夜的二十四桥、作为一千零一座博物馆的火车站、墓园那城中之城、潜意识般的地铁网、浩如烟海的图片与卷帙……足以构成一座埃舍尔式的巨大迷宫。它的仿佛是由某个匿名上帝设计出的整体布局可以用"毫厘不爽"这个成语来形容,相同高度和立面的建筑在视野中延伸开去,堂皇富丽,气派非凡,同时又虚幻得不知其涯际。每一步都不会走失,每一步都是彷徨。但是,大自然并没有因此被隔绝在外,城市内部可供游憩之地所在都有。我常常身上带着《马尔泰手记》出门去,希望像马尔泰一样学会观看。这里我想套用一句本雅明的话:"巴黎教会了我观看的艺术。"(他的原话是:"巴黎教会了我迷路的艺术。")

　　但处理巴黎题材并不是一件容易的事,一座城市你必须与它面对,才能处理它,而你必须在内心拥有一个高地,才能与它面对。波德莱尔正是从蒙马特高地上俯瞰巴黎时,发现这座忧郁的城市,"到处是监狱、炼狱、地狱/是一片片医院、妓院"(《巴黎的忧郁》)。也许我们可以说,波德莱尔是天才的现代地狱的发明者。

他需要一座地狱,以实现其美学的统治,他严词批评某种市侩的审美是"作为暴发户特征的坏趣味的征象"(《埃德加·坡,他的生活与作品》)。众所周知,现代城市感性在诗歌中的建立最早得力于波德莱尔,他的反叛,主要是针对坏趣味的,在这一方面,我从他那里得益匪浅。早在 80 年代的上海,带有实验特征的"城市诗"时期,我和几个年轻的同道就曾尝试不迎合公众胃口的非崇高写作,致力于恢复感官的平等。那时的诗,形式上颇接近超现实主义,精神实与波德莱尔相通。然而,对我来说,巴黎与上海的差异不仅在于城市地理,更在于其作用于写作的文化参照。简言之,一个异乡人的巴黎是与波德莱尔的巴黎有所不同的,波德莱尔与巴黎的关系是邪恶的,他将之比喻成娼妇;异乡人或许更易感觉到暧昧,因此我与巴黎的关系就不那么确定,她是这样一位女性:兼有姐妹、情人、妓女、圣徒的多重角色,说她像一个妖精可能更恰当些。温柔、傲慢、神秘、诱惑,永远不让你太接近,总是与你若即若离。

寓居国外的当代诗人之"旅思"也具有多重性,一方面是置身于陌生场域的震惊经验需要对象化,另一方面是时时存在的文化身份的提醒,不可能不感受到差异的巨大张力。西周亡后,一位行役的周大夫,见旧时宗庙宫至尽皆成为禾黍之地,触景伤怀,写下了《黍离》这首诗。"彼黍离离,彼稷之苗。行迈靡靡,中心摇摇。知我者,谓我心忧,不知我者,谓我何求。悠悠苍天,此何人哉。"他面对的是王朝的废墟,因此悲从中来。然而,我们这一代恰恰就是从废墟上成长起来的,除了文字以外,我们几乎没有任何遗产,或者说,时代剥夺了本应属于我们的遗产。出走的我们从古代诗人那里只承继下一个行迈的形象,身体越界之后精神依旧移动于某个边界地带,济慈所言"远远地在人类中"即此一存在状态。与往昔生活的猝然阻断,文化场域的置换,使我们面临如履薄冰、如临深渊的境况,来自生存的和精神的双重危机,使我们的勇气和耐心面临着前所未有的考验。写作,就是在心中呼唤着"作为内在凝思和经验保存"的记忆王国(一个并不存在的国家)的降临,作为此呼唤的应答,记忆女神摇身成为我们的保护神,道路之神经常给予我们引导。

在我断断续续写出的域外诗篇中,与巴黎的场景有关的至少有十首以上。其中《雪中的探戈》《漂泊状态的隐喻》《公园里的椅子》《明信片上的雪》等,你一定都能看出忧伤的基调。《给臧棣的赠答诗》我自己并不太喜欢,但它传达了一种作客的悲愁,一种矛盾自责的心理状态,记录下我在巴黎散步(此诗原名《当我漫步巴黎街头》)时炼狱般的复杂体验,虽然我本希望写得轻松一些,到头来还是如此沉郁。组诗《生活在陌生人中间》经过较大幅度的改写,成为《多棱镜,巴黎》的雏形。后者在形式上做了一些让步,主题则更复杂些,或许更能满足沉思所需要的容量。

> 这里是巴黎;这里河上泊着游艇
> 我坐着,跟一个隐身人交谈
> 柱子,柱子,无限地增殖
> 突然,那头颅陷入石头的沉默

域外的写作就仿佛在跟隐身人交谈,那个隐身人是多重声音的替身,既是异质的,又是同源的。重要的不是弄清楚他是谁,而是把已经开始的交谈继续下去。最近在接受《中国诗人》杂志采访时，我被问及惭愧，我想惭愧乃是流寓生活的心理写照，或许还有谦卑，不是低三下四的谦卑，而是儒行或基督教意义上的谦卑。接触到欧洲的古老心智及其物质载体的辉煌，联想到发生在中国的正在进行的文化破坏，我想毁宗庙之事重演的当代忧虑并非虚构。我在巴黎生活过，也去过一些地方，写作，如果不是为了粉饰太平，而是本着寻找万物间隐秘联系的真诚，我没有理由不心怀感激。以上想法不知当否？请赐教。

愚弟　2004 年 7 月 19 日写于巴黎

无花果树的技艺

翻译家是什么人？允许我套用一个比喻——"双重侍奉的角色"（语出诗人孙文波），另一个有趣的比喻见诸约翰·费尔斯坦纳的《保罗·策兰评传》："总起来说，也许译者就像那个乞丐，专门请他在城外等候，看看弥赛亚何时会到来。当问及喜不喜欢这份差事时，那乞丐说：'虽说报酬没那么吸引人，可究竟也是一份稳定工作啊。'"这多少给这一职业涂上了一点喜剧色彩。迄今，翻译家的工作似乎被当作从属的，派生的，第二性的，再了不起的译作似乎不过是原作的剩余，充其量是原作的一个有多种潜在版本的近似物。原作的意义好比弥赛亚，作为守望者的翻译家并不能确定那意义的性质，也不能事先知道意义显现的时刻以及它怎样显现。而且，这一多少是临时雇用的差事，未必比别的职业有更多的自由。

译事之难，尤其是诗歌翻译之难所引发的思考，在交流变得迫切的全球化(有点像是"巴别"的新神话)时代无疑属于巴别塔之后最迷人的文化景观，德里达在他的论文《巴别塔》中指出，作为专有名词，"巴别"是不可译的，它由于语言的变乱而只能"被'变乱'地翻译"，然而正是在对巴别塔原型的释义中，产生了具有形而上高度的元翻译思考。翻译是不可能的，但翻译又是必需的，因此,关于巴别塔诅咒的隐喻体现了人类语言本性的深刻悖论。一首诗从原文向译文的过渡就是一次重返巴别塔之旅,无论途中会发生什么,某种伏尔泰所说"建筑师们在看到他们的杰作竟然高达八万一千尺时而瞠目结舌"的惊奇和疑惑都是必不可少的,因为在原作面前,翻译"确实是找不到适当的语言"以全面和微细地再现原作精神的一种困境,因而翻译意味着呼应本源召唤的践约,意味着对不确定性的勘探。

原型是不可译的,对原型的翻译作为翻译家的一项几乎不可能的任务,既是最高的,又指示出其限度。在翻译行为的种种隐喻中,"果皮之于果核"——译入语之于出发语的既同构又隔绝的状态,使得他者的真正融通显得困难重重。我想起《韩诗外传》中"(周)成王之时……有越裳氏重九译而至,献白雉于周公"这则逸事,它引起我对艰难的交通史的感慨之余,也使我确信,即使从原文直译一首诗,实亦非"重九译"而不能至。倘若翻译是一种与命名的原始冲动相似的能指的无限冲动,那么,误读不可避免地发生于语言和语言之间的缝隙。关于诗歌的抗翻译性的见解,不仅包含对诗歌作为语言的核心部分显示其文化价值的辩护,也暗示出潜在的原文本位主义立场,即一首诗的优劣只能在母语背景下得到检验,因为诗歌作品的产生与接受是依赖于母语所承载的整体文化性格、制度和规约的,更不用说文化心理对语言态度的微妙影响。

那种将翻译当作复制的观点显然同翻译始于转经有关,近代以来的文学翻译史上,由于追求现代性的需要,"别求新声于异邦"(鲁迅语),导致把原作预设为高于译作的在翻译实践中不可企及的类型,翻译被看成是一种语言向另一种语言的移植,而不是一种语言与另一种语言的嫁接,乃是尚未建立译者主体性的后果。语言本身的文化基因制约着文本意义的转换,然而,元语言的构想如果能够支持不同文化有其原始诗性的同源,那么此一构想理应支持可译性空间超验地存在的理念,且文本意义能否有效转换,最终取决于语言之间的接触面。《说文解字》卷六《口部》:"囮,译也。从'口','化'声。率鸟者系生鸟以来之",从字源学上看,"传四夷及鸟兽之语"的翻译,本是声音在口舌运动中的亲密转化。

  本雅明在《译者的任务》一文中指出翻译家与诗人身份的差异,一首译诗是以一首原创诗为其源头的,不是说原创诗史好,而是说它比起任何翻译更为优先。不过"诗人翻译家"的存在,则显示出将诗歌翻译与诗歌写作的经验综合起来的能力,"诗人翻译家"比一般的译者拥有对诗歌艺术更精微的专门知识与更准确的判断力,原创与翻译作为两种不同范式的写作,都指向某个先在的"原作",在此意义上,与其说翻译即阐释,不如说翻译即写作,是在寻找对等性的文化炼金术中建立多重感应主体的更显示综合创造力的写作。翻译作为一种跨语言的实践,总是要在语言和语言之间来回"摆渡"——恰如"翻译"这个词的德语语义所暗示的。我以为艄公这个形象颇适合于翻译家,在摆渡中,并且只有通过摆渡,某种译者从原作中诱发出的意义被递送给另一语言中的读者。翻译的最显著的效益不仅仅是将外来观念的种子播入本土文化,并引起固有观念的变化,例如文学和诗歌的现代性观念的翻译,引发了对传统的重新评估乃至五四式对传统的全面否定(五四的偏激反过来也证实了翻译的影响及其焦虑),在已经历百年翻译史的现代中国,翻译的更伟大的效益还在于,它带来了汉语言变革的契机,且直接催生了现代文学与诗歌。而汉文化的对外影响方面,仅庞德的中国古诗英译及其意象主义的发明,便是众所周知的一个事例。

翻译文学是处于语言相邻地带的花园,真正的翻译家就像蜜蜂一样掌握着授粉的秘密技艺。在那个花园中,恰如爱默生引用过的一条阿拉伯谚语所说:"一棵无花果树,看着另一棵无花果树,就结出果实来。"

诗歌招魂术

诗是对诗的纪念。诗歌写作本身是纪念性的,既对于往昔的诗歌,也对于匆匆岁月。诗人似乎怀有让时间停止的梦想,或者可以说,诗人通过严肃的写作与时间进行着旷日持久的游戏,直到某一天发现头发斑白了。由于这一小群人对世界的爱的固执,他们的精神贡品有朝一日会成为新的纪念物。

三种时间中的过去时间并未完全逝去,它在我们的记忆中若隐若现,以回声的方式作用于我们,记忆者的回忆就是返回并抵达那个泉水丰沛的神秘地带,中国先哲将它命名为"泪谷",希腊人称之莫涅摩辛涅(Mnemosyne)与厉司(Lethe):记忆之泉与忘川。记忆或遗忘皆难解之谜,传说古希腊的求神降示者必须喝这两条山泉的水。博尔赫斯曾写下一句奇怪的诗:"不存在的事物只有一件,那就是遗忘。"为什么说遗忘是不存在的呢?或许因为人本质上总是不停地在回忆,在缅怀。诗人的怀旧式情感如此浩大,以至必须发明出"万古愁"这个词来承载。我想,所谓宇宙灵魂、天地之心所指都是同一个东西,它收留并保管着我们个人的记忆。

来自生存的和精神的双重危机,考验着当代诗人的勇气和耐心,他在心中呼唤着"作为内在凝思和经验保存"的记忆王国(一个并不存在的国家)的降临,作为此呼唤的应答,记忆女神摇身成为他的保护神,道路之神经常给予他引导。

处于悬空状态的精神必须重新赢得栖居之地,而写作,正如阿多诺所说,将成为此栖居之地。一方面是本土经验的内在记忆化,一方面是诗歌地理空间的拓展与陌生化的持续需要,经验的主人感受到断裂和新的撞击;记忆者意识到自己是母语的携带者。写作,倘若未曾认清母语的遗产,就有可能再度落空。

精神的缺席可以这样来理解:一个被耽延的尚未现身的"现在"遮蔽在不准确的写作行为中。诗人的词语是时间和生命的混合物,对于精神与历史及时代的关联,我尚未找到比招魂术这个词更贴切的比喻,诗人的漫游或许有可能获得破译不同文化语符的仪式道具,而写作者文化身份的重新确认,则几乎是一种自招其魂的开始。

处于崇尚物质主义的、灵肉分离的时代,诗作为挽歌——对逝者,是对曾经有过的精神完整性的招魂。诗是挽歌,所以诗歌艺术是一种招魂术。《易》有游魂、归魂之卦象,可作万物之灵皆合于阴阳变化解;《楚辞·招魂》本于楚地的民间习俗,而招魂仪式在一些南方省份至今犹存。司马迁描述此习俗时认为是生者对临死状态的人所作的挽歌:"精神越散,与形离别,恐命将终,所行不遂,故愤然大招其魂。"《招魂》诗中的主体巫阳无疑堪与希腊神话人物俄尔甫斯相媲美,属于原创诗学意义上的中国诗人原型,她对着冥界歌唱,召唤死者返回,将语言化作无限凄美的祈祷,亦是通灵者的一种越界的对话。

另一种唱给自己的挽歌,同属有关终极事物的最后的言说,与"先行到死亡中去"的存在主义诗学不谋而合,将死亡事件引向天人之际,可以说是招魂诗的变体。

  当代诗因太多的否定因素,常常如燕卜逊所说:"不过是一场鬼脸游戏",或许是时代本身的否定因素使然。语言的接力据说发生在三五年之间,三五年为一变。我不置可否,但乐观其成。然我终不是文学史家,就当下而言,没有极深研几的识力无从谈变化。语言的变化绵延不尽,与世代相颉颃,"风发乎情"这一儒家诗学言说虽古拙,却并未过时,诗人之情通乎世情,世情所迫,"诗变"乃不得已而发生。如此演绎虽只是常识的重申,亦可理解为从常识出发的一种敦促。然"天不变,道亦不变",诗歌不会因形式的变迁而放弃对心灵守护神的召唤。

  为了更好地纪念诗歌这种久远的文学类型,一种对重返精神原乡的诗歌写作的期待,已然要求诗人们超越日常生活的散漫无序,同时避免过度的精致化,在个人记事中观照历史,又从历史诗学中参透现代感性;不是带着恋尸癖般回首的遗憾,而是将"原始灵视"(荣格语)的修为当作朝向终极性之一瞥的日课。那么,避免毁宗庙之事重演的当代忧虑或将帮助我们度过更大的危机。"人心惟危,道心惟微",深于诗者,其见天地之纯乎?

反对死亡之诗

——《过渡的星光》序

　　这本诗集的作者余禺是我的长兄。在我们的许多共同乐趣中,诗歌也许算得上最长久的乐趣。随着年事渐长,我们很难像从前那样经常在一起切磋诗艺了。于是,以书信方式交换诗作就成了我们继续相互参与的美学行动之一。进入90年代以来,差不多每年结束之际,他总会将手稿打印成薄薄的一册,冠以《时光之诗》的标题寄给我。对于远在异乡的我来说,这个标题隐含的郑重意味是不言而喻的。谁也不能撇开生命的因素来谈论诗歌,那对生命和诗歌都是不公平的。我想说,这里交给读者的是一个长期病魔缠身的人的生命之诗,即反对死亡之诗。

　　由我来写这篇序言再自然不过了,因为我知道,结集在书中的每一首诗,虽然并非篇篇达到作者希冀的理想境界,但是,它们被写出来本身就是一个奇迹。我就是带着这种偏见来读余禺的诗的:它们是疑问、祈祷、感叹和想象的综合体,是肉身痛苦的真切体验之深层转换,是寂然疑虑之际,透过日常生活的驳杂光影,对更高事物的终极性倾听。

　　诗中的余禺是一个听者,这与他生活中的形象是一致的。不管是何种聚会场合,在家中,在单位,甚至在医院的病房里,他大凡取了微笑聆听的姿势。他不喜欢武断的态度,不讥讽,不与人争高,心有虚明故能外物,故能"于无声处听惊雷"。相应的,他的言说必也舒缓、深沉。《音乐》这首诗是这样开始的:"那伛偻着看着脚尖的人,那个我/他坐着,在喧哗市声的暗影里/日子青郁。"从出神状态中反观自照,便勾勒出自我的尘世肖像——深陷于宿疾和尘嚣,"岁末将至"而不知"惊觉",几近木然;另一个我却犹如自由的幽灵,热情招呼"亲切的鬼",渴望听觉之快捷"马车","攫住"闪烁在远方的音乐"水晶"。远方是什么?远方就是不在此处,就是此处之缺席者。"也许能退回来路与蛇共舞,但我/向着远方,倾听内心的声音。"(《静中的开启》)余禺近年一直在思考的一个重要诗学问题是诗的当下性传递,并著有专文(详见《诗歌在当下的重临》)。他认为诗歌在整体上呈现为当下语境,是与面前的世界之猝然相遇,诗的语言肌理应该植入躯体感觉才更切近心灵的领域。"当下语境"颇类似清代袁枚所谓"现前指点语",但我理解余禺所看重的是生命的存在状况,即从严峻的审视中透出重力作用下的存在讯息。

当下是通往语言之途的出发点,重临意味着回到这个出发点,如此来往反复、原始返终的言说形态就是诗歌。从这个意义上,余禺一直在写着同一首诗。因为每一首诗所承载与他每一天的生活所承载是同构的。宿疾成为"压倒一切的理由"(《出游》),诗歌则是"骨鲠在喉的节律"(《静中的开启》)。病与诗的强大张力是他要独自去处理的现实题材。里尔克曾说:"在日常生活与伟大作品之间,存在着一种古老的敌意。"那么,诗人怎么办?诗人在我看来就是化解敌意的人,他同时服务于两者,不仅是相反引力的交汇点,也是对立范畴的中介,为了将身边的事物诗化,几乎难以避免地"深陷"痛苦之中,尽管身体有时虚弱到不知"走出整一步的气力来自何处"(《想往四月》),尽管"深处的疼痛,身体触摸到更深"(《古歌》),心仍然惦记着"把明暗两事持平"(《死蝶之歌》)。

在余禺诗歌的隐喻空间中,明与暗无疑属于一对关键词。他并没有因病而离群索居,除非不得不住院。他的大部分时间都给了繁重的编务。但退藏于密的静修,使他有机会获得内与外的双重视角,看到肉身的我笼罩着死亡的阴影,因而与黑暗同一。例如《烛光》中的诗句:"我的黑暗,全在光明之中",又如《出游》:"人在光中,就拖出一道病体的黑影。"细细玩味这些诗句,不难发现我勉强称为"晕眩效应"的东西——只有对光的强烈感受达到近乎瞎的程度,才会把自己等同于黑暗,因为在这种透视中黑暗只是光的隐晦部分,有待揭示的部分。真实生命的自我修持在于对非生命因素的不断转化,进入黑暗世界,然后返回光明世界。同一首诗中余禺写道:"煮酒疗疾只为向死而生",所谓"向死而生",就是直面死亡,就是将死转化为生,提升到生的高度。如此,则死亡不能成为真实生命的对立物。但是,死亡对于个体而言毕竟非常强大,当"不慎叩动了生死之门",甚至连"恐惧"也会"始终站立着不能安睡"(《出游》)。这首诗对死亡威胁的体验是惊心动魄的,那次长江三峡的冒险之行成为人生之旅的一个象征。而那则著名的赫拉克利特表述就被改造成"总有长河等待着,为了你再流一回",使得山河大地顿时充满了灵性。

另一方面,很可能带来福祉的事物也具有晦暗不明的性质,譬如上帝和生命的诞生。我们为何不可将黑暗与光明视为同一件事物的两面，正如同一来源的昼与夜？在这一点上，余禺同任何梦想创造的诗人所做的没有两样，即通过寻求隐喻的意义突破来实现精神的圆融无碍。于是我们看到：月光是"笼罩自己"（《倾斜》）的月光；枇杷则是"深藏在光中"（《走过枇杷树》）的枇杷；飞蛾因"暗中的一角孵化了时光"（《问路》）；人这件"生命的薄衣"，在危难中听见一个声音祈祷着："在上的人，暗中把你补缀"（《出游》）。

　　诗歌不仅是一种祈祷方式，也是一种设问。设问的意义在于问本身。有一次，我在电话里对余禺说，他诗中的问句用得太多了。而他告诉我，王欣（我们共同的朋友）对此恰好很欣赏。后来我重读组诗《在林中》，读到"这疑问无解，疑问是疑问者的一切"这一句时，忽有所悟，才对先前阅读的粗率深感愧疚。这里正是我本该停下沉思之处。"疑问是疑问者的一切"回答了为什么而问以及问的性质。诗人之问是终极性的追问，因而无解，因而不期待有解。随录若干问如下，以便读者加入自己的评判：

　　　　有谁能够？有谁能玩造物的游戏？（《出游》）

　　　　我为何想到虎嘴留下了婴儿？（《金山寺》）

　　　　树啊，除了生长还有什么令他内疚？（《在林中》）

　　　　世界边缘的世界，何者为真？（《在林中》）

　　　　这一夜零乱的风景，又该谁来安顿？（《旅途小夜曲》）

> 究竟啊,是要为安居而颠踬/还是因颠踬而安居?(《迷途》)

> 谁能舌粲莲花,辨诉生活的全部理由?(《群山》)

> 把歌唱给谁听?(《静中的开启》)

重要的不是某种句式出现的频率(如果我没有记错的话,屈原在《天问》一首诗中就连续问了151个问题),而是诗人的语调。那是风格所在。余禺在诗中讲述的是一个人对日常生活的体验,它平淡、琐碎、渗透着往事和未来,像南方的橄榄一样苦涩。余禺的声音从不高亢,往往是自"深度的冥想中"(《群山》)发出的,沉浸于一种只有通过对天空的完美和无涯长久凝神才能偶尔觅得的曲调。我并不想强调疾病对写作的影响,但进入肉身的威胁性力量,肯定需要更大的力量才能与之抗衡。肉身必朽,"心要越出"(《拦截》),因为祈祷、沉吟与追问都是为了走向决断。对于诗人而言,此一决断就寓于写作之中。《过渡的星光》《深夜的回流》《独居》《鹿蹄》等诗,都以写作本身为指归,印证了诗的现代特性之一——诗指向诗自身:

> 此时是谁凭栏写诗
> 苍茫暮色间
> 抬起的鹿蹄去向不明

> (《鹿蹄》)

举出下面两个基本事实也许不会对读者没有帮助:第一,余禺多年来蛰居南方城市福州,加上早年在闽南和闽东的生活经历,决定了他诗歌的地方色彩。丘陵、海、夏日黄昏朦胧的地平线、窗外巨大的榕树,以及苦闷而日新月异的城市,这些事物都曾唤起他的灵感。但一花一世界,诗歌的空间不宜以地理范围论,诗纵使仅是一种"本地的抽象"(史蒂文斯语),也可以飞向太空。余禺表述过这种独特方式——"一个人学会在他伫立的地方接近月亮"(《群山》)。第二,余禺在一个杂志做编辑,写了一些诗,除了在圈内朋友间流传,很少用以发表。盖写诗对于余禺仅限于自娱,不求闻达而已。此次他接受劝告,使诗集得以出版,至少对于我这个兄弟兼读者来说是一件幸事。然则它们能否留存又有什么要紧呢?在无言之大美面前,谁不曾震颤:

太阳那么好,我们无言以对。

(《礼拜向日葵》)

2000年2月21日写于新加坡

第二辑

谛听词的寂静
——关于艾基的沉默诗学

自从艾基(Gennady Aygi,1934—2006)的诗首次被翻译成汉语以来,仟何只要与他的诗有过接触的读者,都会希望找到更多的诗来读。他的声音的确有一种符咒的魔力,我们知道那是朴素的,带有俄罗斯乡土风味的,不屈不挠的;但我们很快就会注意到,更多不确定性散佚于词和标点符号的特殊用法中,造成了非常吸引人的间歇和空白。尽管经由转译必不可免地失落了原作的天然韵致,但我们还是能够借助平行性仔细辨别出风格化后面的心灵轨迹。艾基从他的俄国前驱曼德尔斯塔姆、帕斯捷尔纳克等人那里承继了精神独立、不向威权屈服的道德勇气,而在修辞策略上,中断习惯性的词语链,极度的简略则完全是他个人的发明。

我记得最初与荷兰汉学家贺麦晓(Michel Hockx)合作翻译艾基的诗作时,是怎样的激越亢奋。1992 年 6 月间在鹿特丹的那几天,我脑子里萦回不去的是这种奇特的音乐,它很陌生,不连贯,像风中树叶的窃窃私语。诚如北岛所指出的那样,艾基的语调与我们以往的俄罗斯诗歌阅读经验相抵牾。不仅作为译者之一的我,当年参加诗歌节的中国同行们,也都很震惊。一种熟悉的来历不明,引起关于诗性的新的沉思,要求我们更新对语言重塑诗意经验之可能性的认识。换句话说,由于他个人语境的疏远,将某种反向的现代性置于我们面前,因而创造了陌生化。

这是一位日常生活的"悲剧诗人",我这样说并没有忽略艾基诗歌的见证功能,相反,当大量重大事件被日常生活所吸收,文本便近似于隐迹稿本,一些一目了然的记号被擦去,留下模糊的行文所临时构建的记忆残片,此外再也没有什么剩余的东西需要彰显。诗歌只是一种特别的发声机制,像"喂"这样的一声招呼,现在用来与一棵树对话;人的语言现象与万物的和鸣一样,都是"瑟瑟响"的,它本来是世界的温柔力量,或神谕的含蓄方式,现在只代表一种基本的朴素;艾基的语势常常是奇崛险峻的,句首的"而"既突兀执拗又迟疑犹豫,一开始就完成了整首诗的转调,它造成如下张力:书写之前的现实以不可言说的方式干预了文本,我们感觉到,正是在它的压力之下才有文本的出场,于是,动而愈出,越缄口不语的,越是被彰显出来。

文本与现实的张力场在俄国与我们这里的情形有相似之处。当北岛援引利奥·斯特劳斯的"隐微写作"理论来诠释艾基的诗歌,共同语境中的中国读者应该对那种"特殊的写作技巧"并不陌生。俄罗斯当代精神生活的巨大意识形态压力在艾基诗歌中的折射,较之他的同代诗人布罗茨基或许不那么显著,比方说,他并没有直接尝试"致暴君"这类的诗歌题材,尽管,诚如布罗茨基所认为的那样,诗人身份的界定根本上取决于"对语言的依赖"程度,二者在此意义上毫无疑问是同样杰出的,然而艾基诗歌语言的微妙魅力更令我折服。他的诗歌并不缺乏"行动性",生活事件及其态度只不过被个人隐喻转化到了更深的层面。关于诗歌真实性的问题,他在一次访谈中说道:"诗歌真实,人类存在的真实(或更确切的,生活信念),需要在自身中寻找:在记忆、感受,在我们自己对世界的理解中。'诗歌的'或'生活中的''行动'对于我并没有任何用处(另外从深处看,我认为对于多数人也一样无用——'关涉'诗歌的他物当然要比我能干)。"(《为了距离的对话——答友人问》,1985 年)诗人对自己的历史处境有着清晰的意识,转向内心并不意味着缺乏现实关切。

问题在于,诗人对世界说话的时代或许真的过去了,个人面对的现实并不能被集体共有的"现实"所涵盖或过滤,这正是艾基为何将那么多诗作题献给友人的原因。从表现转向对话,从虚拟读者转向真实读者,为他们而写作,使得想象共同体更亲密地被语言之纽带结合在一起,也保证情感事件不会失落于无名。此一语言本质的允诺,促使诗人不再以直陈的方式,而是通过密码说话,观念被提升为隐秘经验,并通过词语的润泽达成深度交流。隐喻在希腊人的理解中是某物向另一物转移,词语和心灵的内在接触倘若没有无数代的人类所信奉的神秘感应和亲和力的作用,意义难道会自动获得吗?在艾基的诗中我们丝毫感受不到声音对阅读的集权式强迫,其中基督教救世论与萨满教巫术经历了一场诗歌炼金术的综合,终于在韵律专断被废止的地方生出了新的能量来。

艾基诗歌的"纠正力量"(我这里借用了希尼的用语),不在于雄辩的施行,将人人奉为圭臬的现代性的反诘运用于文本,或如他打的生动比方:"与刽子手的'法庭辩论'"(见《诗歌——作为——沉默》),而是返回由于神性的离去而变得寂静的原初之地,在语言的沉默本性上重塑原始诗意。言说在艾基那里获得了海德格尔诗学诉诸倾听的"纯粹被说出的东西"的那种纯粹,存在哲学的元语言与基督教的圣言(唯一的词)被视为词语的细胞——诗歌动力学的基础。两个或两个以上并置的词,例如光—眼、女乞丐—天使、无—痛之地、狼—无—词,等等,令人不安地凝聚着瞬间的爆破力,一旦我们想捉住能指的某只翅膀,所指却迅速飘离了视线。光是可见的,光—眼却不可见,然在光—眼中没有一物是不可见的;同样,女乞丐引起怜悯,天使施与怜悯,两者的混合却超越了这种单一情感;而无—痛之地作为天堂的一个换喻无疑也影射了尘世之痛……共时性和间离的纯粹矛盾在这里完成了命名的加冕礼,日常的造物近得像"触手可及的面包屑",在寂然疑虑中却幻化似地在遥远的极地与源头之物一同涌动。

然而,我对艾基诗中的基督教色彩并不是没有顾虑,据我所知,在一般中国读者的诗学词典里是找不到"上帝"这个词的,实际上这与尼采之后西方的情景差不多。自从尼采将"上帝"与"真实生活"作了替换,语言的精神性内涵发生了巨大的变化,上帝这个词蜕变成了失去象征的符号空壳,由此导致的一个必然结果是:"从前对上帝的恶行是最大的恶行,但上帝死了,这种恶行也随之消亡了。"(见《尼采遗稿选》)按照相同的逻辑,对尘世的恶行因为失去了最高的仲裁也就得不到相应的惩罚。20 世纪的历史验证了这一点。人类中睿智的极少数,或人文科学的核心价值能否通过艺术、哲学和诗歌的内部转换,承担起新的救赎是难以预测的。苏珊·桑塔格的一个观点给了我解答,她在《沉默的美学》一文中开宗明义地说:"每一个时代必须为自己重新启动一个'精神性'计划(the project of 'spirituality')。"处于勃烈日列夫时期的艾基,反抗极权话语的有效方法,莫过于重新启动对圣言的倾听,使变革从属于被耽延的上帝计划的一部分。如果我们将目光投向同一时期的东欧诗歌,情况也大致如此。

正是从这个角度讲,从曼德尔斯塔姆到保罗·策兰,诗歌的拯救力量似乎以诗人个人生活的悲剧为代价——双倍地拷问着时代。但"精神性计划"在当前语境中无疑只适用于个人书写的微型乌托邦。当被问及十字架时,艾基自嘲地回答说:"不,我们太卑微,太软弱,根本不值得被绞死。"(张枣:《俄国诗人 G. Ajgi 采访录》)这是人的立场,从这个立场出发,我们就有能力理解为什么"朴素超越威权",为什么上帝只是"一种引文",且不同宗教的人们亦能超越文化认同的限制而分享各自的引文的引文。

荷尔德林在1800年的一篇残稿中写道:"人被赋予语言,那最危险的财富……",何以语言是最危险的财富?海德格尔解释说:"危险乃是存在者对存在的威胁。"在我褊狭的理解中,语言的运作在背离其诗性本源时,将威胁到语言本身。那么,通过语言而工作的诗人怎样对待这一切近的危险?诗人的言说怎样既伴随着危险的意识,又能够持存语言这一被赋予的财富?在回答这些问题之前,我们先需设想一种境况:在充满劳绩的无数尝试中,人依旧难免遭受来自内部与外部的双重威胁:

> 而我们说出言语
> 只是因为沉默是可怕的
> 动作是危险的

动作的危险可能性不仅来自动作本身,言语一旦触及被准许的限度，也会产生意想不到的后果。倘若在不恰当的时间段公开赞扬诸如恰拉莫夫的《科里玛纪事》（艾基在1965年曾与该书作者相识），结局是不难设想的。艾基因帕斯捷尔纳克事件的牵累而失业，甚至不得不在火车站过夜的经历，也已足够说明问题了。当然，这些只是例子而已。而沉默——针对恶行的或因恐惧导致的沉默，难道不是一种同样可怕的剥夺吗？检查制度下的人的条件或许就像庐比孔河，只有恺撒才有权穿越。而普通人的言说经常处在"战战兢兢，如履薄冰"的险境中，却要去持存语言的财富，岂不是说危险本身乃是财富之价值的担保吗？

　　这里我们不必更多引证诗人的传记材料，只需反刍自身的记忆便能凭借联想机制达成经验还原。关于诗歌的行动性我们不该抱太多的幻想，介入的诗学渴望每每呼求寓言叙事的帮助，而且神话在我们这个盛行解构的时代业已被理论弱化了，除非避免如米沃什诗中所说"将自己认作一个失踪的人"那种情况发生，就必须在言说中引进和发展反对"迫害技艺"的技艺。寓言叙事并非不适合于诗歌，神话原型也还没有被物质主义完全耗尽，相反，这些元素在当代东欧诗歌中异常活跃，而且通过赫伯特等人的实践，发展出了一种令西欧与世界瞩目的冷静而率直的现代讽喻诗，其成就在休斯看来是当代最高的。于是抒情在相当大的程度上受到了冷落，相对于在诗歌中运用哲学讨论以表达反对者的意志，抒情则被认为不合时宜和缺乏力度。艾基恐怕是一个例外。他的诗不仅没有着力于扩大"与刽子手的'法庭辩论'"（如前所述）以显得胜券在握，而且尽量避免布道式流畅以克服情感伪饰。

　　那么，艾基的语言策略是什么呢？在熙熙攘攘的现代潮流中他坚持以提高难度的抒情自处,他的诗歌为语言最大限度地保留了沉默的古老属性。虽然他早年浸淫未来主义(曾在马雅可夫斯基博物馆工作过两年),撰文称赞过马雅可夫斯基、马列维奇和克列布尼科夫,最终却没有成为"宏大乌托邦"的信奉者。未来主义者挥舞着词的重锤,乐观地不肯停下来;艾基却带着歉疚不断地在诗中制造停顿,将谛听到的来自事物之灵魂的微弱声音改写成诗歌。艾基是一个技艺高超的诗人,正是他让我相信技艺不是最高的难度。言说,以某种抑制的悲愤,不与集权式的诡辩苟同,遵循着"愈是深刻的感受,在表达上就愈是含糊不清"(梅特林克语)的原则,或毋宁说将不确定性归入"唯一的词"的"最高虚构"之沉默属性中,因为人失去语言慰藉的被迫的沉默是一种匮乏,不同于上帝的沉默和世界寂静。对于痛的当下感受而言,谈论只可意会不可言传还为时尚早。

哲学和神学在形态上无论怎样变异,都不能撇开苦难这一最古老的母题。荒诞的形式属于戏剧,幽默是现代小说的发明,留给诗歌的或许只有心灵史诗这一潜在的对话领域。我曾说过,真正的对话是与缺席者的对话,稍加引申,也是与他者话语建立的联系,即"为了距离的对话"——艾基的一首诗和一个访谈使用了这个相同的题目。对话馈赠了对话者从语言所接受的馈赠,诗人作为词语之蜜的采撷者,在往返中接近着内在生命的真实,当哲学致力于将概念变成奇思,诗歌则理应将苦难变成福音。

回过头来审视语言的现代形态,我们会惊讶于那么多曾经支配人类精神活动的词语的死亡,诗人欲开拓新的表达空间,需要掌握一种"词语招魂术"。艾基复活词语的工作如此孤绝,险有伴

侣,在深度的冥想中召唤神性复原的那种专注,需要多么大的虔诚!他对语言神启观念的重申是极具挑战意味的:

> 是的:它是一神启的真
> (如同——为了你:激情)
> 而乞求—杰作(如同
> 我们可在铁——之上敲击)

这是从《是的,诗人》中摘下的诗句,它的力度恰如其分,倔强得好比悼亡的呜咽。一个诗人对另一个罹难诗人的悼亡,其最紧要处莫过于从支吾破碎的痛楚中提纯出遽然的领悟,倘若诗人之死是与"带来条约的凶手"的遭逢,那么条约的虚伪性必定窃取了正义之名,在此严酷现实面前,词语仿佛是在铁这样的硬物上敲击出的音节,此外又能奢谈什么杰作呢?唯一可行的是在期待中守护"神启的真",以再度减少"沉默降下时我们使真实蒙羞"的屈辱感。

俄语并非艾基的母语,可以说,最初他只是一个俄语的他者。当他在帕斯捷尔纳克的鼓励下改用俄语写诗,这一事件本身是充满了巨大风险的。一般来说,几乎所有杰出的诗人都用母语写作,甚至有一种极端的观点认为用非母语写作是在撒谎。诗人被界定为母语的仆人或守护者,在道义上必须对它绝对忠诚,这也是精通多种外语的米沃什始终用波兰语写诗的原因。然而,贝克特发现,用作为外语的法语而不是他的母语英语写诗,更能全神贯注于"基本意义",从而避免过度修饰。用外语写作获得成功的作家中,贝克特当然不是唯一的例子。从康拉德到米兰·昆德拉的序列里,如果你愿意的话还可以加上汉语的流亡者高行健。关于这个问题我不想扯得太远。

艾基用俄语写诗始于1960年,即在帕斯捷尔纳克逝世之后不久。在与他的这位精神导师交往的过程中,他学到了很多东西,据艾基回忆,针对那种向外驰求的观念,帕斯捷尔纳克有一次对他说:"人们一般认为存在的最本质的意义是在彼岸,在他方世界。不!一切都在此处!我们是在美好的此处,而且神秘、奇迹、我们的无限性,俱在此处。"这里表述的看法与流行的追求异国情调的现代观念是大相径庭的。艾基在《关于我的诗的一点提示》一文中也明确指出:"我从来在任何方面都避开异国情调。"他的田野意象和童年意象来自克楚瓦,他用大半生的时间不断重临出发之地,结果向我们揭示了一个秘密:返回并衔接更久远的传统,与通过更新词语的功能来更新诗意,这两者是可以像硬币的两面统一于一体的。

艾基的诗歌向我们描述的世界是一个原初的、完整的世界,他的心理版图与童年经验中的自足世界相吻合,毋宁说正是在对童年经验的不断回溯和追忆中,他发现了被遗忘的诗性基础,即宇宙纯洁性的基础。这种纯洁性随着文明的物质化进程受到了可怕的玷污,特别是被20世纪的科学崇拜以及由此导致的灾难性的世界大战所威胁。作为在战后成长起来的那一代诗人,他知道只有重返童年的宇宙性,才能重获神和大地的恩典。艾基的沉默诗学让我本能地将他与神智学的寂静主义联系起来,这种学说认为在成人身上重建"孩童的心智"是稳定心理价值的必要途径。

孩童状态是一种无遮蔽的本真状态,它的无辜性远离了理性和知识而褒有最初的纯洁,当天真被当作无知嘲笑时,人实际上是在为无想象力的意志辩护,而意志的命令式和贪婪正是暴政的权力特征;孩童状态不仅与最基本的人性相邻,也是一种正义诉求,它将坦率、天真、单纯以及神圣的东西置于心灵的呵护之下。华兹华斯说过,"儿童是成人之父",还说"不朽的暗示来自童年时期"。希尼引用此观点时指出,"婴儿"(infant)一词的拉丁文意思是"不说出的"(unspoken),"而婴儿的话语即是诗的来源,那就是不说出的部分"(见吴德安《"婴儿"的启迪——希尼访谈录》)。艾基是"婴儿的话语"的最出色的倾听者,他完成于1983年的诗集《维尔尼卡之书》就是一本日常性"文学"修复和父性温柔之间的半翻译体的书,作为对刚出生的女儿维尔尼卡的整整半年的观察笔记,我们从诗集的命名知道,书的真正作者是维尔尼卡,她那"不说出的"小生命状态超越了所有"说出的",她将摇篮边那个摇头晃脑的男人想象成白色甜蛋糕,而她那咿咿呀呀的寂静主义则给予存在之诗以必要的元音。他在她身边看起来更接近一个燃烧的宇宙——孩子。

童年世界观的三要素:房子——基本观察点;田野——开阔自由的视觉;森林——封闭集中的听觉,作为诗意的原初经验构成艾基诗学的核心。田野在他所有阶段的诗中都占有主导地位,是他诗意世界的基本元素,同时构成了使精神安居其中的背景,这个浸透人之劳作的空间作为平缓开阔的发光体向着天际和部落时代延伸,似乎取消了时间。田野与森林、天空一样具有原始的恒定性,在俄罗斯,在艾基的故乡克楚亚,田野也是他的声音开始和结束的地方。

田野里走着一个男人

他就像声音和呼吸

在树和树之间他似乎在等待

第一次被授予名称

  这是艾基去世前不久写下的诗篇。我们可以想象,诗中那个男人是最后一次走过田野,像往常那样,他同遇见的每一棵树亲切地打着招呼。作为一个拥有太少东西的人,他忧虑的却是太多。因为他知道:只要一个不精确的词就足以"弄脏"整个地区。

2007 年 8 月

幸存之眼
——读策兰的诗

对普通中国读者而言，保罗·策兰(Paul Celan)恐怕是最吸引人同时也最折磨人的诗人了。因为他的诗基本上抗拒翻译，即使是在西方家喻户晓、音乐性很强的《死亡赋格》，翻译过来也很难做到柔顺，更不用说晚期越来越支吾、破碎的诗了。但我敢担保，无论接触到的是哪一个译本，谁读过《死亡赋格》，谁就忘不掉它那声音与意义的奇特的对位法以及循环往复的曲式变化，它那令人窒息的集中营的绝望气氛也会传染给我们。好诗就像真理，是颠扑不破的，翻译固然有优劣，透过不同译者的阐释(翻译即阐释)，读者总是能一窥其原质。

阅读这首诗，我们很容易联想到叶芝的诗句："一种恐怖的美已经诞生。"众所周知，纳粹的美学是极强大而可怖的，它的一整套仪式具有摄人魂魄的力量，正是为了抵抗那种毁灭性的力量，策兰在这首诗中戏仿了在集中营里反复播放的音乐。美可以成为邪恶的装饰品，甚至可以被邪恶利用来充当暴力的工具，我写诗多年后才领悟到这一点。设想，一个有音乐教养的党卫军官是否会少一点残酷呢？当他听着音乐，玩着蛇，给情人写信，他的眼睛是迷人的碧蓝；当他发号施令，用子弹射杀你时，眼睛的碧蓝同样迷人。

为什么说"死亡是来自德国的大师",而不直接使用"死神"这个词呢?因为死神属于自然谱系,它与命运的必然性联系在一起,在策兰的死亡观念中这位神祇平淡无奇,而"来自德国的大师"则后来居上,这位死亡制造者技艺高超,在他手中,死亡并不意味着肉体结束的事实,而是某种可以不断翻新花样的游戏。

> 破晓的黑奶我们晚上喝它
> 我们中午和早上喝我们半夜喝
> 我们喝我们喝
> 我们挖一座空中的墓你躺在里面就不太挤
>
> (宋琳译)

起句就运用了对立修辞的手法,据说对立是犹太思维的一个特点。普通读者难免纠缠于"破晓的黑奶"的所指,这说明隐喻在诗性逻辑之外极可能成为理解过程中的陷阱,德里达所谓"隐喻的灾难"若是针对读者说的,并非言过其实。解读策兰的诗而不了解作为反讽的反词技巧,就只能站在"言语栅栏"之外一筹莫展。如果我们知道,"黑奶"在诗中是作为一个反词,正如"空中的墓"是另一个反词,用来抵制"奶"和"墓"这两个词的原意的,那么,我们就来到了诗性语言构筑的现实面前。在汉语中,dystopia(反面乌托邦)有时也被翻译成"地狱般的处境",集中营这个反面乌托邦的处境无疑是地狱般的,在那里面,一切都被颠倒了,不必一一列举更多的细节,开放的读者从接踵而至的暗示中将自行演绎那些动作和画面的意义。如果说生命在此时此地还勉强维系着,那是因为"死亡大师"正源源不断地供应着他制作的"黑奶"。

更准确地说,这种对生命的最彻底的侮辱,已然使生命蜕变成了死亡的残余物。"黑奶"聚集了太多的能指,它既是白昼又是黑夜;既是记忆之河又是忘川,我们越想确定它的所指就越是徒劳。

《死亡赋格》是策兰的成名作,1947年首次发表后,引起了巨大的反响,很短时间内就被翻译成十多种语言,还被编入了大学教材,但它也造成了不小的误解。首先是诗歌以大屠杀的野蛮行径为抒写对象的合法性遭到了质疑。思想家西奥多·阿多诺(Theodor W. Adorno)于1951年提出一个著名论断——"奥斯威辛之后,写诗是野蛮之举"①。作为一个对现代社会与文化具有强烈危机意识的思想家,在阿多诺看来,奥斯威辛本身作为灾难性的现代寓言是不需要也不可能被书写的,唯一应该做的是沉思。正如他在论著《否定的辩证法》终篇时所做的那样:沉思死亡的不公,沉思肉体的再生,沉思挽回以往的不公和痛苦……尽管后来阿多诺收回了他的论断,但是在遭到一些诗人的反对时,他一度对自己的观点作了发挥:"通过风格化的美学原则……一种不可想象的命运看起来似乎还具备某种意义;通过美化作用,恐怖中的某种东西被消除了。"(费尔斯蒂纳:188)

那种认为策兰"美化了"(aestheticizing)死亡集中营的看法足以说明人们对一首诗的理解与误读可以在相反方向上走多远。对诗人的种种柏拉图式的指控,在当代仍然持续着,西方如此,中国的情况也差不多。然而我们不妨听听策兰本人对这首诗写作动机

---

① 此说最初出现在阿多诺的一篇随笔 Kulturkritik und Gesellschaft 中,发表于一份社会学杂志。

的自述:"我认为自己所谓的抽象和实际的歧义是现实主义的时刻。"(费尔斯蒂纳:232)策兰的批评者或许犯了一个错误,即混淆了外部的时代压力和诗歌表达的内在需要。没错,受折磨的人有权利控诉或喊叫,这是天经地义的,然而,是否诗人在苦难面前保持沉默才是期待中的一种文明之举呢?阿多诺最初的态度似乎逼迫诗人不得不依据他的逻辑去作一个荒唐的比较:杀戮与写诗,哪一个更野蛮些?

罗扎洛夫说过:文学的本质不是虚构,而是对表达的需要。这句话提示我对虚构进行了思考。西方文论沿着亚里士多德的思路奠定了其诗学的基础:诗歌是虚构的艺术。两千多年来这一准则依旧不可动摇地被西方文学理论家遵奉着,罗扎洛夫是否是第一个挑战这一准则的人我不得而知,但抒情诗的真实性问题似乎在理论上一直悬而未决。《死亡赋格》的场景尽管经过了杂耍蒙太奇式的剪辑,不是"我"而是"我们"与那个"男人"的对峙既出自修辞有效性的考虑,又同历史瞬间的真实一致,集中营里不存在个别的"我",只有被剥夺了身份的一堆"我们",在为自己掘墓,在演奏赋格曲并跳起死亡之舞。策兰机敏地避开了个别角度,这正是这首诗的成功之处,全景聚焦使它获得了与海涅的《西里西亚的纺织女工》相仿的力度,区别仅在于策兰的语调不是愤怒的控诉而是精致的反讽,所谓"美化"的读者反应显然忽略了反讽的语言功能。

反讽是现代诗从浪漫主义发展出的一种特殊技艺或修辞策略,它包括戏仿、谐隐、内在戏剧化、寓言化、反词等。克尔凯郭尔指出:"反讽的修辞格具有一种亦为所有反讽的特色的性质,即某

俄尔甫斯回头

种高贵,这种高贵源于它愿被理解但不愿被直截了当地理解;结果是,这个修辞格不大瞧得起谁都能马上理解的直来直去的言谈。"(克尔凯郭尔:213)它的特色通俗地说,即所说与所指正好相反。策兰喜欢引用帕斯卡尔的话"不要怀疑我们的不清晰,这是我们的职业性"①来对自己的诗学进行巧妙的辩护,而一旦我们了解作为反讽的反词是与集体语境对峙的技巧,我们就不会茫然无措于"雅各的宝血,承受了天斧的祝福"(《黑雪》)和"我们死了却仍能呼吸"(《法国之忆》)这样的诗句。在《距离颂》中,同样的技巧产生了克尔凯郭尔所谓"消极自由"的效果,读者在模棱两可、层层递进的语序中,频频受到颠倒惯常思维造成的意义羁绊:

> 在你的眼睛之泉
> 生活着荒蛮之海上渔夫的网……
>
> 黑暗里更黑,我更赤裸。
> 只有丢掉信仰我才为真。
>
> 当我是我时,我才是你……
> 网困住了网:
> 我们在拥抱中分离。
>
> 在你的眼睛之泉
> 一个被绞死的人窒息了绳索。

(宋琳译)

---

① 原文为法文:Ne nous reprochez pas le manque de clarté puisque nous en faisons profession!

意象之间的关系是反词性质的,对于 Irrsee 这个策兰发明的词,敏感的读者可能会同他那句著名的表白联系起来:"我应该讲两句关于我在深海里所听到的,那里有许多沉默,又有许多发生。"(策兰:153)从某种意义上说,策兰是一个真正的超现实主义诗人,由于超凡的灵视作用,他经常将可视的外部风景置于不可视的事物内部,并摁动相似性原理的开关,于是,不可视者骤然变得可视了,但那种内部的风景依然是由黑暗构成,从那破裂的"海镜"折射出的只有来自地狱的光。当"一个被绞死的人窒息了绳索",目击者的眼睛和周遭世界,甚至"窒息"这个词本身也被窒息了。

或许并非上帝的缺席才滋长了策兰的约伯式怀疑,而是像"荒蛮之海"一样浩大的现世苦难,以及人在孤独的呼告中得不到上帝的应答使他成为一个曼德尔施塔姆那样的"终极事务的追问者"(费尔斯蒂纳:280)。费尔斯蒂纳认为"只有丢掉信仰我才为真"也可以译作"只有当叛教者,我才是忠诚的"(费尔斯蒂纳:53)。策兰的宗教观非常复杂,从他诗中出现的大量"渎神"的例子看,他似乎是一个彻底的叛教者:"上帝近在身旁,有如秃鹫的利爪。"(《孤独者》)"我骑着上帝去远方……"(《临近酒和绝望》)上帝在策兰那里往往对应于一个"无人",一个"谁也不是者",或许是一个深渊,而"上帝"这个称名或许不过意味着人的僭越。幸存下来,在回忆中写作,继续流亡,对于策兰而言,无非是泅泳于无边黑暗中的一次次"换气"。

策兰说过:"诗歌:可以意味着一种换气。"(Celan, *Le Méridien & Autres Proses*:73)压力下的写作的基本状态即是挣脱窒息的抗争,"换气"是必要的,而从这个词我还读出了更多的意味,它包含了价值重估和对传统的再发现以及对正典的修正性诠释。策兰衔接了自荷尔德林以来德语诗性中的形而上品格,但坚决打碎了语言的完整性,并放弃了赞美者的姿态。"他们挖掘又挖掘,如此/过去了他们的昼和夜。而他们不赞美上帝/"(费尔斯蒂纳:149)虽然策兰大量运用《圣经》典故,偶或戏仿赞美诗的形式,但主题和修辞风格都颠覆着创世神话和《圣经》以来的歌唱传统:

> 无人再从大地和黏土捏出我们,
> 无人为我们的尘土念咒祛魔。
> 无人。
>
> 赞美你呀,无人。
> 为了你,我们
> 愿意开花。
> 向着
> 你。
>
> 一个虚无
> 我们过去是,现在是,将来
> 也还是,开着花:
> 这虚无的玫瑰,
> 无人的玫瑰。
>
> (《诗篇》,孟明译)

放弃赞美之后诗歌能做什么?那里或许有一条更危险难行的

"荨麻路",即避开普遍象征的个人隐喻化的言说之路,在本应赞美的地方沉默,标志着一种深度的转向,用反讽的"水针"去"缝合"因失去生命的终极依托而使自古建立起来的价值体系"裂开的阴影"。"是时候了"这个习语因此变成了对不可能的诅咒。

> 我们相拥在窗前,路人从街上看我们:
> 是让人知道的时候了!
> 是石头要开花的时候了,
> 心儿跳得不宁了。
> 是时间成为时间的时候了。
> 是时候了。
>
>   ("Corona",孟明译)

"石头""花""眼睛""雪""心""黑暗"这些词一起构成了策兰个人诗学的内核。谈到奇迹,我们不妨听听一位东德流亡诗人在一篇报道中转述的策兰讲给他听的劳动营内幕:一组囚犯前往"毒气室",另一组立即释放,保罗从第一组溜到了第二组,党卫军就挥手召入另一个人替死(费尔斯蒂纳:23)。上述可怕的描述使得策兰的生还变得扑朔迷离。从那场空前的浩劫中生还已然是一个奇迹。那么,幸存之眼还看到了什么未向我们披露的秘密的奇迹吗?这样问无异于向继续留在人间的人寻求幸存的理由。"策兰所有的写作,就是'为平息内心愧疚的徒劳'"(如那位转述者所言),此说为理解策兰在二战期间遭逢的厄运,以及他作为现代境遇中人类苦难的又一位通过写作说出历史真相的见证者的不可替代性提供了心理基础。任何人都能从《深晚》这首诗的肯定语气

中辨识出策兰对上帝缺席的深刻绝望:

> 你警告我们:你们渎圣者!
> 我们熟知此事。
> 让罪降于我们
> 让罪降于我们的警号
> 让淙淙的海来临
> 让搅乱的摧逼的风来临
> 日午
> 让从未发生过的发生!
> 让一个人从墓穴中走出来。
>
> (叶维廉译)

　　要揭示策兰异常复杂的思想来源以接近他个人诗学的核心并非易事,他的写作无疑对精神的自我疗救具有重要意义,异常沉重的创伤经验足以导致一个人失语,在这种情况下,写作乃是对失语症的克服。法国社会学家莫里斯·哈布瓦赫(Maurice Halbwachs)认为:"失语症会造成记忆的减缩。"(哈布瓦赫:76)而且失语症患者与集体记忆之间的联系会因为其孤立无援的境遇变得非常脆弱。幸存者的个人记忆必须汇入集体记忆才能最后完成历史叙述,此一被意识到的使命之艰巨使得继续做一个诗人需要有十倍的勇气。我们只有将自己置于他的地位,才能理解他那从最私密的记忆深处生长出的高度隐喻化的言说方式,而精神的高贵恰恰表现在任何时候都不降低诗歌的难度。

　　这种难度在策兰与他的母语的关系上得到充分体现。《策兰评传》的作者指出了诗人策兰与母语之间那种吊诡的因果链:"策兰之所以成为一位模范的战后诗人,与他坚持用德语记录纳粹在德国制造的灾难密不可分。在自己的世界被彻底摧毁之后,他牢牢抓住既属于他、也属于凶手的母语——他剩余的一切也只有母语了。"(费尔斯蒂纳:"Introduction" xvii)策兰精通多种语言,从事了大量的文学翻译,同一母语的读者看到的是一个来自巴别塔的使者。然而诗人为什么必须只用母语写作?策兰的观点异常鲜明:"一个人只有用母语才能说明自己的真相。在外语环境下,诗人是在撒谎。"(费尔斯蒂纳:46)我想这间接表达了一种了不起的个人抱负,属于饮过不同的词语之源者的经验之谈。但还有什么比用凶手的语言写作抒情诗更折磨人的事?尤其是在它沦为杀戮自己的亲人和同胞的工具之后?我们在感人至深的写给母亲的悼亡诗中听到了诗人那充满矛盾的疑问:

> 妈妈,你是否还和从前在家时一样
> 能忍受这轻盈的德意志痛苦诗韵?

(《墓畔》,孟明译)

诗人和母语的关系类似于血缘关系,是一种先在的被选择的关系。在母语面前,任何一个诗人都是迟到者,用母语写作意味着传递它所承载的历史文化记忆的一种个人努力,只有伟大的诗人才具备给古老的母语带来新的活力的天赋,或完成从结束向开端转折的使命。在母语中作见证,同时超越个人的苦难,用新的劳绩去挽救她受损的声誉,这个事业竟然落在一个他的母语庇护者的遗孤身上,这本身是讽刺性的。没有什么比策兰式诗人与母语的关系更发人深省,且更具现代性的了。他的困境是波德莱尔意义上的,"为真实所伤,并寻找真实"(Celan, *Le Méridien & Autres Proses*:58)这句话颇能概括他生存和写作的双重困境。而对困境的突破亦将难度观念置于现代诗的首要地位,成为衡量现代性的一个重要标准,要说策兰对德语诗的贡献,最重要的是找回真实观念。在《对巴黎弗林科尔书店问卷的回答》中策兰说:

> 这门语言尽管在表达上有不可或缺的复杂性,它孜孜以求的却是精确。它不美化,不"诗化",它命名和确认,力图测量已有的和可能的领域。诚然,从某个特殊的观察角度,从自身生存的角度说话,关心整体轮廓和方位的,总还是一个"我",而不是语言自身,不是作品中的文字。事实本身不是现成的,事实要人去寻找和赢得。

(Celan, *Le Méridien & Autres Proses*:32)

在烙上明显时代印记的个人记忆的阴郁中,他发明了一种"灰色"语言,以适应表现"真"而不是使人愉悦的"美"的需要,语言"力图测量已有的和可能的领域",意味着将历史意识和未来意识同时引入当下的审美活动,并由此改变人们长久以来形成的"诗化"的成见。这里关键的是认识到所谓事实,即何以为真的历史并非触手可及,必须依赖良心的洞见,从个人"特殊的观察角度,从自身生存的角度"去识别历史涡流中的变故。写作与个人精神自传的同步性关联,使策兰的诗可以被当作自传式的证言来读。基于真实观念而非虚构观念,策兰对早期的写作作出了修正,放弃了《死亡赋格》的流畅和响亮的笔法,转向更陌生的地带,即转向语言深处的无声地带,从面对公众的开放性写作退回面对自我的封闭性写作,对社会问题的公共关注或对抗主题现在被灵性抒写所取代了,他需要某种"自沉"以便与更深的黑暗对话。策兰说过:"命名只会在语言的深处发生"(费尔斯蒂纳:173),心灵这个艺术必须穿过的海峡沟通着不同的广阔水域,自身却是狭窄而又险峻的,一不小心便会船翻人亡。心灵意欲为感觉的版图设立标记,于是那里出现了语言。这也是策兰的诗集《言语栅栏》所暗示的意义。然而,言语栅栏是一个自反式悖论,它既昭示诗歌的自我指涉——勘探可能的言说边界,也给出存在的困境。当语言经历暴力的劫持,被剥夺了开口之机,被割去了舌头——langue[①],它将沦为哑巴,神性将从言说抽离,存在之井将干涸,而"一个陈旧谎言的世纪"必将到来。语言幸存,即语言曾面临毁灭的命运,此时,语言的救赎就成为一个紧迫的任务。语言首先要做的是去见证,从黑暗的最深处开始。策兰的全部诗歌都在力图言说黑暗。

  说吧——
  但不要分开是与否……
  言及阴影者便是言及真理

(《你也说》,宋琳译)

  所谓黑暗是一种遮蔽力量,对光和真理的遮蔽,也是对历史真相和心灵的遮蔽,阴影乃是黑暗的诡计,黑暗的统治术。诗倘若不去"言及阴影",遮蔽是不可能自行消除的。当阴影被言及,遮蔽

[①] 法文中"语言"与"舌头"是同一个词,源自拉丁语 lingua。

的"陈旧谎言"的本质就可能显露出来。此即为什么策兰说:"不要分开是与否……"分开是一种强制,正如同一性名义下的排斥,是另一种强制,只有在人类的结合中,是与否的探讨才有最根本的保障,否则,非此即彼的简单观念势必走向独断论,并使在对话中向真理敞开的言说的可能性付诸阙如。

策兰的对话诗观正是产生于向真理敞开的言说的可能性之中,即"相遇的秘密之中"(Celan, *Le Méridien & Autres Proses*:76)。向真理敞开也意味着向他者敞开。当外部交流的直接性受阻,一种"示播列"(Schibboleth)[①]现象就将重新被思考,这个古老习语的原初字性涉及他者身份的问题,历史暴力正是通过语音测试来规划自我与他者的界域,换句话说,语音乃是"你从哪里来?"的最无遮拦的身份标志,被要求说出口令就是等待被指认。因此"在陌生人中歌唱"首先意味着被测听,而测听的非暴力方式要求尊重他者语音(引申为言说方式)的他者。策兰说,诗歌总是"朝向某种东西的":"朝向什么呢?朝向某种姿态开放、不受拘束的事物,朝向'你',也许某位可直呼其名的'你',朝向一种可谈论的现实。"(Celan, *Le Méridien & Autres Proses*:57)

读者往往对策兰诗中的"你"感到迷惑,这个词出现的频率如此之高,使它成为歧义纷呈、难以把握的一把"可变的钥匙"——至少在这个著名隐喻的多重暗示意义上。当我们听见诗人说:"你变换钥匙,你变换词"(策兰:27),我们也必须变换自己,才能

---

① 意为语音测试,转义为暗语、口令。《旧约·士师记》第十二章第五节:基列人战败以法莲人,让逃走被抓的以法莲人说"示播列",以法莲人咬音不准,说成"西播列",就被拿住杀掉。

接近和抵达那词的原初字性。这个"你"是对话的中介,诗人借此同自我、亲朋、上帝、神性、他者、词、情人、死亡、黑暗、时间、读者等世间万物建立对话关系,它有力地纠正了法西斯式话语和强权哲学的胁迫机制,无论是不可称名者或一块石头、一颗星、一片树叶,通过这个神秘的"你"便被呼唤出来,成为与诗中的说话者面对面的事物。"直呼其名"作为祈祷或招魂中的吁求与呼告,也是给予相遇者注意的方式。由于"你"的出场,相遇者来到了一个邻近地带:

> 心:
> 在这里暴露出你是什么
>
> (《示播列》,王家新、芮虎译)

策兰接过曼德尔斯塔姆的"漂流瓶"的意象,寄希望于诗歌的对话形式像瓶子冲上海岸一样实现"心灵的着陆"。对话是有条件的,对话的条件之一就是心灵的裸露。带着这样的渴望,策兰多年来倾听着海德格尔,并期待与这位哲学家的真实相遇。1967年7月25日,即在德国弗赖堡参加一次诗歌朗诵会的第二天,应马丁·海德格尔的邀请,策兰来到他的黑森林疗养所——星形木屋访问。策兰在访客簿上写下了"希望有一个字来到心中"等字。事实上,海德格尔方面也一样,此前一个月,在给杰拉特·堡曼(Gerhart Baumann)的信中他表示:"我知道他(策兰)的所有情况,也了解他重新出现的危机,正如人人都可能会有的。"(France-Lanord:229-230)德国哲学家伽达默尔在阐释策兰的诗集《换气》的著作《我是谁?你是谁?》中说:"我们必须承认策兰是一个有传承的'学者诗人'。"①他举了一个例子说明策兰知识面的广博,即海德格尔有一次告诉他,前来做客的策兰比海德格尔自己更了解黑森林的植物和动物。会面一周后策兰写了《托特瑙山》那首诗,此诗一开始出现的植物"安眼草"很快就将我的注意力吸引回"花——一个盲人的词"(《花》)、"那些敞开的人/把石头藏在眼睛后面"(《葡萄种植者》)、"他们收获自己眼中的葡萄酒"(《摘葡萄者》)、"双眼被人/迷惑致盲"(《图宾根,一月》)这样的诗句上来。说到底,历史的盲目需要得到诗歌的"安眼草"的疗治,而这种草的发现有赖善于识别的"幸存之眼"。

"诗歌不再强加他人,它裸露自身"(费尔斯蒂纳:"Introduction"xvi)——这是策兰离世前说的话。与作为知音的读者相遇乃是一种奇遇,它要求出神状态中灵魂的赤裸。诗人策兰,一个幸存者、犹太人、"哈布斯堡王朝的遗腹子"②、德语流亡者、隐喻大师,他在一个困难的时代里的写作,在祛除恶魔、追寻真实的艰苦卓绝的抗争中,记录下了一个抹不去的见证,他的写作在精神向度上与荷尔德林、卡夫卡、茨维塔耶娃以及曼德尔斯塔姆都有一种"密接和应"③式的内在对话,毫无疑问,他是一个现代人,他变换词语的高超魔术将使他在死后继续做一个现代人,而他同时是一个古人,《图宾根,一月》中那个朝荷尔德林塔走来的长着稀疏胡须的"酋

---

① 转引自苏晓琴女士未发表的译稿。
② 策兰自称。哈布斯堡:Habsburg,欧洲著名的德意志皇族,其家族成员为欧洲多个国家的统治者,也是1440—1806年神圣罗马帝国的统治者。布科维纳于1918年,即策兰出生前两年才从该王朝归属罗马尼亚。
③ 法语:strette,音乐术语,赋格曲中声音密切的重叠和应。

长"的形象不也是他的形象吗？是的,他哑巴似的试图以咿咿呀呀的方式谈论他的时代,完全出神。在《带着塔鲁莎之书》这首复杂的结满"气息水晶"①的晚期诗歌中,我们再次看到了那种出神状态：

> ……他已会飞,
> 用伤口飞翔,——从
> 米拉波桥
> 桥下奔流的不是奥卡河。可是
> 爱多深呵！
>
> （孟明译）

参考文献：

1. Paul Celan, *Choix de Poèmes*, Paris: Gallimard, 1998.

2. Paul Celan, *Le Méridien & Autres Proses*, Paris: Seuil, 2002.

3. John Felstiner, *Paul Celan: Poet, Survivor,* Jew. New Haven and London: Yale Nota Bene book, 2001.

4. Hadrien France-Lanord, *Paul Celan et Martin Heidegger*, Paris: Fayard, 2004.

5. 策兰:《保罗·策兰诗文集》,王家新、芮虎译,河北教育出版社,2002。

6. 克尔凯郭尔:《论反讽概念》,汤晨溪译,中国社会科学出版社,2005。

7. 莫里斯·哈布瓦赫:《论集体记忆》,毕然,郭金华译,上海人民出版社,2002。

---

① 德语:atemkristall,策兰自造词。

歌者最后的武器
——读《曼杰什坦姆诗全集》

> 词就是肉体和面包。词分享着面包和肉体的命运:苦难。
> ——奥西普·曼杰什坦姆①

一

曼杰什坦姆这个名字在我国已不算陌生,他与俄国"白银时代"的其他代表性诗人的名字紧密地联系在一起,他们是茨维塔耶娃、阿赫玛托娃和帕斯捷尔纳克,这几位诗人的个人命运和他们之间兄弟姐妹般的关系本身,构成了一种经常被文学史家所忽略的"诗人现象":诗人之间相互通晓的诗性原则作为心灵的万有引力,使相互倾慕最终变成了精神结盟。这一现象被布罗茨基归结为诗与帝国的对立,其结果是帝国崩溃了,诗则万古流芳。

专制制度下的"诗人现象"带有显而易见的否定因素和悲剧特征。结束长期流亡归来的茨维塔耶娃于 1941 年自杀;阿赫玛托

---

① 此文译名依据书名,为"曼杰什坦姆",其余各处译名采用"曼德尔斯塔姆"。

娃的丈夫与儿子多次被捕,自己的作品则长期被禁;帕斯捷尔纳克靠谨慎的策略幸存,最终被迫放弃了诺贝尔文学奖;曼杰什坦姆则早早地在1938年就死于流放地,且至今死因不明。有感于此,我在十年前的一首诗中曾写道:"他的死被草率地宣布,/经过改头换面的措辞,/半个世纪之后依然投下阴影。"(见拙作《曼杰什坦姆之死》)而在20世纪的俄罗斯,曼氏这颗发出炫目强光的流星不过是不计其数的失踪者之一。

有人说,曼杰什坦姆不该写那首冒犯斯大林的诗,因为正是那首诗惹出了麻烦。我想我们首先应该思考诗人在诗中运用技法的自由,其次才是以政治领袖为抒写对象的合法性问题,最后,这一事件作为古老的文字狱的现代翻版,难道不是读者暴力的典型个例吗?"克里姆林宫的山民"是否愿意尊重阅读伦理,完全取决于他对诸如此类的比喻所能忍受的限度。布罗茨基对统治者的心态十分熟悉,所以他说:

> 诗人惹出了麻烦,往往并不是由于他的政治,而是由于他的语言上的优势感以及由此产生的心理上的优势感。诗歌是一种语言叛逆的形式,它所怀疑的对象远远不止某一具体的政治制度;它对整个存在制度提出质疑。它的敌人也是成比例地增多的。
>
> (《文明的孩子》)

实际上"对整个存在制度的质疑"在下面的四行诗中表现得如此有力,以至谁若是简单地认为曼杰什坦姆行为轻率,谁就对人类惩罚制度的严酷及文明的可怕异化缺乏足够的感受和理解:

> 我们活着,感觉不到脚下的国家,
> 十步之外就听不到我们的话语,
> 而只要哪里有压低嗓音的谈话,
> 就让人联想到克里姆林宫的山民。

诗人在文字的内部工作,但诗歌无论怎样要求自治,历史语境都会在个人表达中制造出某种回声,世纪这只毛茸茸的巨兽蹲伏着,随时向诗歌发出吼叫,人在威权之下的处境只能是噤若寒蝉,因为恐怖的施与者讨厌诗歌具有的"语言叛逆"的天性。波兰诗人米沃什有一首短诗是这样结尾的:"在如此严厉的惩罚下,/无论谁敢于发出一个声音,/他就得将自己认作一个失踪的人。"(《使命》)读起来颇似为他的这位前驱者写传。

二

曼杰什坦姆1891年1月2日出生于波兰华沙一个犹太家庭,童年和少年在彼得堡度过,他的父亲是皮毛商人,母亲是中学音乐教师,俄国文学史家温格罗夫是她的亲戚。据他本人回忆,"母亲,尤其是外祖母,常以骄傲的神情吐出'知识分子'一词"(《时代的喧嚣》)。他与父亲的关系有着犹太式的紧张,这一点与卡夫卡、策兰的情况相似,而母亲则是他最初的文学引路人。曼杰什坦姆的诗歌天赋很早就得到前辈诗人、象征主义者安年斯基的赏识,但他迅速摆脱了象征主义的影响,并与"诗人车间"(一译"诗人行会")的成员古米廖夫、阿赫玛托娃、戈罗杰茨基等人一起创立了"阿克梅"派,成为他们中的"第一小提琴"(阿赫玛托娃,《日记之页》)。

"一俟曼杰什坦姆的第一本诗集问世,象征主义作为一场统一的运动便偃旗息鼓了。"(克拉伦斯·布朗,《奥西普·曼杰什坦姆诗选》,英译版序言)这本以《石头》命名的诗集(1913)为他赢得了"石头诗人"的称号,而写于1912年的宣言式短论《阿克梅派的早晨》,已显露出他扫除包括未来主义在内的各种诗歌偏见的个人抱负。石头这种"哥特式元素"是曼氏诗歌建筑学的基础,诗歌的目的是"唤醒在建筑重负中沉睡的力量",正如石头渴望被改造并进入"十字形拱"。

在同时代的俄国诗人中,无人比曼杰什坦姆更深谙浓缩与混合的诗歌艺术,他用过一个比喻——"阿拉伯式的混合、杂烩",很适合于描述他的诗歌。像"失眠。荷马。高张的帆"这样的意象并置,他运用起来娴熟得仿佛在实践意象主义的信条。他曾说:"俄国的语言和俄国的民族性一样,是由众多无止境的掺和、杂交、授粉和异族影响构成的……"(《论词的天性》)他的诗歌炼金术将希腊、罗马世界以及中世纪的形式熔为一炉,而他的个人独创性甚至就体现在当他"用所有时代、所有文化的语言说话",人们却能清晰地识别出他的声音,并感受到强烈的震撼。

自负、据说属于犹太性格中特有的急躁、儿童与英雄的复合、洁癖加上虔诚——当这些素质遭遇"剽窃"的指控和各种歪曲、谩骂,直到被告密者送往沃罗涅日,他的诗歌中始终有一个高亢、不屈、清亮的精灵在发声。有时他的自我辩护听上去颇为刺耳,譬如,"在俄罗斯只有我一人用嗓子工作"(《第四散文》)。或许只有少数几个知音真正理解了曼杰什坦姆诗学言说的价值,他的诗中"这种新的神奇的和声"难以指出其源头,所以阿赫玛托娃不禁发问:"曼杰什坦姆无师自通,这是值得深思的。我不知道世界诗坛可有类似的事实。"

即使在数度流放中,经历自杀与疯病的折磨,曼杰什坦姆的诗人本色在三册《沃罗涅日诗抄》中依然得到了更艰苦卓绝的展现:

在窒息之后,我的嗓门

响起大地的声音——最后的武器

或许可怕的不是惩罚,而是人的怯懦本性,只有诗歌是内心真实的《圣经》,作为一个"无畏地预知未来"的诗人,在灭顶之灾面前他亦不准备掩饰自己的洞见,此即为何,当他从词语的本性中发现了与苦难相邻的灵魂,而始终怀着"对世界文化的眷恋"。

三

曼杰什坦姆的大量诗歌手稿得以幸存,完全应感谢他的遗孀娜杰日塔·雅科夫列芙娜,她曾带着掩护他手稿的平底锅东躲西藏,而她的回忆录更是为诗人赢得了世界性的声誉。

1959年5月9日,保罗·策兰在为他翻译成德文的《曼杰什坦姆作品集》所写的跋中,将一个失踪者的漂流瓶讯息用他特有的迂曲但高度准确的方式(可能是第一次),向西方世界披露了出来:

对1891年出生的奥斯普·曼杰什坦姆而言,一首诗就是能被感知和抵达的地带,经由语言聚拢在此核心周围,且形式和真理就源自此核心：围绕此个人真切的生存，质疑他自己和世界的时日，他此刻的心跳以及千秋万代。所有这些无非是想说，曼杰什坦姆的诗，一位被毁弃的诗人的诗，现在是如何从废墟里发掘出来得以重见天日的，而他的诗对于我们今天又是何等重要。

（转译自 John Felstiner, *Paul Celan*: *Poet*, *Survivor*, Jew, 第135页）

有人认为，曼杰什坦姆诗中的音乐壮丽辉煌，他用词的蓄意的歧义与感知的复杂都是不可译的。策兰本人是一流的诗人与翻译家，他深信翻译是原作的回响，译事甚至被上升为情事来理解。他用诗表达了意义的移情："奥西普这个名字向你走来。你告诉他/那些他业已知道的……"正是基于这种对话，策兰更关心将曼杰什坦姆诗中的诗意翻译出来，故时常大胆地"转换一下形式，即言说的音色"。他将"黑色的太阳"译成"暗日"就是音色转换的一个例子。

我向这部《曼杰什坦姆诗全集》的中文译者汪剑钊先生讨教过如何处理曼杰什坦姆诗作中语速的问题。本着学者的严谨，他倾向于尽量忠实于原文的诗行单位，因为曼氏的飞行语速既是祭师般的语气决定的，又是意念原子高度密集的反映，读者如了解布罗茨基关于俄国诗歌重在旁敲侧击，而不突现贯穿始终的主题的看法，就会乐于接受曼氏的"天空……幻化成十三个脑袋"，或"俄罗斯、忘川和罗累莱"这类词语的"磁性风暴"的洗礼。我同意翻译中不存在唯一的版本，所以当俄文原意为"And I am alone on all roads"的诗句在中文中被处理成"我独自踏上所有的大道"（《啊，我们多么喜欢口是心非》)时,倘若我们不放过此关键时刻,那么,诗人赶赴劫难的孤独形象或可发出另一种回声:"道路千条我却无人同行。"

2008 年 12 月

无人居住的城

——卡夫卡的《城堡》与布拉格

> 苍白而英俊,神经质的手指
> 几乎触到了命运女神的腰。
> 但她转向星群,撇下那异乡人,
> 苦闷地寻找着隐遁的象征。
>
> ——《布拉格的漫游者》

一

我看到远处有一座城市,这就是你说的那座吗?

有可能,可是我不明白你怎么能辨认出那里是一座城市的。

此处的问答摘自《笔记本和散页中的断简残篇》。我们很难区分卡夫卡的随笔和小说,他的成形作品经常是从看起来随意写下的文字残片中发展出来,某种显著的一致性像磁石一般,使得任何表面混乱的精神碎片都呈现出次序和向度。所谓"卡夫卡式"

的，在我看来既是指作为他风格特征的迷人语调，又饱含他那对世界和文学的近乎绝望的热情。

众所周知，伊利亚学派的芝诺是因发明了悖论而闻名于世的：飞毛腿阿喀琉斯永远追不上乌龟。阿根廷作家博尔赫斯运用这一原理来阐释《城堡》以及卡夫卡其他小说的主题，迄今为止仍是解密卡夫卡的权威而有效的钥匙。土地测量员K与"城堡"的关系如同阿喀琉斯之于乌龟——后者与前者旷日持久的斗争永远不会有结果，K至死也无法进入"城堡"。

卡夫卡对芝诺式悖论的现代诠释，其发人深省的微妙之处就在于从诡辩中发展出一种暧昧的修辞术，并在小说这种虚构文体中发挥得淋漓尽致，他在读者心中作为寓意大师的形象正是由此得以确立的。诡辩对真理的劫持、梦魇、善与恶的奇怪混合、官僚体制的无所不在、人的无可奈何的符号化、乖戾与顺从，这些讽喻成为卡夫卡叙事学的基本格调。

《城堡》的复杂寓意往往让阅读者重临K的境地，寓意本身也成了可望而不可即的城堡。卡夫卡的小说在很大程度上糅合了哲学、寓言和戏剧的因素，他为小说文体设计的多变的故事迷宫，把小说引向了"芝诺的领域"，并从寓言形式中找到了小说的另一个起源。德里达曾援引保罗·德曼的话："反讽是一种共时结构，讽喻（寓言）则表现为一个连续的模式。"土地测量员K与城堡官员克拉姆之间纠缠不清、难以确定的关系模式，就是在一个连续的动作系列中展开的。测量土地的目的是使"财产易主"，所以必须从城堡开始，但被召唤而来的K却未能获得进入城堡的权利。K的障碍是因为"一切都来自城堡"，这一点他始料未及，于是，在弥漫着诡异气氛的村子里,他和他的使命一起奇迹般地进入了无限期的延缓。K的命运与《在法的面前》里那个乡下人惊人地如出一辙,这两个人物共有着一个原型,即精疲力竭的失败者。

在一个失去法度、充满威胁的世界里,延缓不仅表现为来自莽荒时期的生存意志,也表现为恐惧。对什么的恐惧?本雅明认为,"既是对原初、对不可追溯的事物的恐惧,也是对近在眼前、对迫在眉睫的事物的恐惧,而且程度相同"。人就是同时面对这两种恐惧的狭窄的中间地带。在延缓中,任何微小的拯救最终都归于徒劳,这一点卡夫卡在那句著名的箴言里已表达得非常坚决和肯定——"一切障碍粉碎了我"。由于笼罩着卡夫卡作品的神秘的"宗教式光晕",尤其是当人们在他与帕斯卡尔、克尔凯郭尔之间寻找某种精神渊源时,他常被视为一个宗教作家,而"城堡"也被当作一座"非尘世建筑"。

卡夫卡成功地逃避着对他的阐释,可以说他是20世纪最晦涩难懂的作家,一个普洛斯彼罗式的魔法师。"他带着他的精神乘坐着一辆魔法车穿越大地,包括那些没有路的地方。"援引证据和遁入魔法是他的双刃剑,不难看出,戴着土地测量员面具的K的身上显然活跃着堂·吉诃德的幽灵。卡夫卡在《致某科学院的报告》里说:"我模仿,因为我在找出路,没有别的原因。"在《残篇》中又说:"我只能接受一份委任状,即无人给我的那份。"这些话之高度隐晦,与他一贯的叙事学含混一道,使人们不可能不专注于"另有所指"的玄奥密旨,在猜测中将城堡和神恩联系起来也是顺理成章的,他的密友马克斯·布罗德就视卡夫卡为圣徒而似乎忽略了他的作家身份,因而遭到了另一些有识之士的反对。

哈佛的布鲁姆先生提醒人们,在卡夫卡世界里"有许多魔鬼装扮成了天使和神祇",的确,卡夫卡世界充满了可怕的变形和人无法操纵的魔力。看看这些卡夫卡的造物吧:变成甲虫的格里高尔,消失在大冰山后面的木桶骑士,自己能跳的球,生活在地下的耗子或鼹鼠,愚蠢而不知疲倦的助手,性行为肮脏的女性,更有代表被忘却事物的非驴非马的奇特杂种俄德拉德克……这是一个腐朽、昏暗、混乱、弥漫着地狱气息的世界,无论上层官员还是下层官员都像滑稽戏中的角色那样荒谬可笑。

究竟应该怎样辨认卡夫卡作品中的信息而不至于使真正重要的信息落空呢?这项任务的困难是巨大的。作为犹太人,他身上的犹太特性似乎带着远古的印记,而与他的父辈格格不入,他写下了长达三万五千字的《致父亲的信》,谴责父亲"专制有如暴君",他与父亲的紧张关系也导致《司炉》《变形记》和《判决》都以父子冲突为主题;作为犹太人中的精神流亡者,他对亚伯拉罕献祭的过度虔信存有怀疑,而犹太教神秘哲学、诺斯替教以及老子思想在他极其个人化的格言作品中都有体现;作为作家,他把全部的精力都投注给文学,他个人的心灵史在包罗万象的作品宇宙中留下了异常丰富的征兆,但对自己写下的东西并不满意,甚至在遗嘱中要求将它们付之一炬。这个柔弱、羞涩、自认在生活中无能的人,将上帝改造成"一种不可摧毁的东西"带在身上,对自己的矛盾及不确定性从未失去谦卑和优雅的意识:

> 就我所知,我自身并不带有任何生命所需之物,却只有普遍的人性弱点。在这方面它的力量巨大,借此我已强健地吸收了自己时代的否定因素,这时代当然离我很近,我也无权反

抗它,只是有权表现它。对那些不多的积极因素,或由极端否定而转向肯定的因素,我丝毫没有继承。和克尔凯郭尔不一样,我没有受那如今已公认松垮弛废的基督教引导而进入生命;也没有像犹太复国主义者那样抓住犹太祈祷披肩下摆,而这下摆如今正在飘离我们。我是终点,或是开端。

这种悖谬加上新发现的阿里斯托芬上帝(出自海涅)的喜剧,并没有使卡夫卡"重新审查世界"的任务失去悲壮,只不过其意义在日常性后面被荒诞所替代罢了。米兰·昆德拉认为,现代小说的一项发明是幽默,而它与宗教是格格不入的,但我在卡夫卡的幽默中感到苦难丝毫没有因反讽而失去其生命之重。本雅明将卡夫卡本人也很熟悉的犹太法典《塔木德》[①]中的一则传奇,作为《城堡》的古老原型加以引用,我觉得对我们理解卡夫卡所说的"时代的否定因素"很有帮助。那则由拉比叙述的传奇说:有一位公主被流放了,因语言不通,生活苦不堪言。有一天,她收到一封信,信中说,她的未婚夫已动身来她这儿了。拉比说,未婚夫就是弥赛亚[②],公主是灵魂,而她被流放后所在的村子是身体。由于当地人听不懂她的话,为了表达自己的快乐,灵魂就只能为身体设宴。

[①] 参看《塔木德》"革马拉"篇:"当一个人移位,大家都得移位。当一个人说:直到现在,我是头一个,也是最后一个,人们就按照阿巴耶的逻辑对他说:宁做狮尾,莫做狐头。"前引卡夫卡"我是终点,或是开端"句当出于此段经文。

[②] 比较一下"弥赛业"和"土地测量员"的希伯来语词形是有趣的。前者:mashiah;后者:mashoah。

二

一个作家与他生活之地的关系经常影响到他作品的特质,在谈论卡夫卡与布拉格的关系时,我们不难找到一些类比,诸如波德莱尔与巴黎、乔伊斯与都柏林、博尔赫斯与布宜诺斯艾利斯、佩索阿与里斯本,等等。作家与他们所生活的城市之间存在着一种互为索引的现象,写作重塑或者说强化了城市的性格,相反地,城市也为作家的个人想象提供了丰富的感性和坚实的历史现实背景。浸透着变迁史的城市地理是怎样作用于作家的心灵并催生了某一部作品的?要揭示这一过程并非易事,而一个伟大作家通过写作为一座城市绘制的文学版图,往往成为解读该城市的最佳指南。

如今在布拉格,卡夫卡已成为一个象征,诚如卡夫卡的朋友约翰尼斯所说:"卡夫卡就是布拉格,布拉格就是卡夫卡。"人们对他生活过的街区、居住过和办过公的楼房表现出极高的热情,这些地方因卡夫卡的存在而变得神秘。至少,对于外国人而言,卡夫卡使得布拉格成为某种遗址,某座"无人居住的城市",因为陌生化了的布拉格作为卡夫卡精神的装饰舞台(在与波德莱尔相应的意义上),需要借助红外线才能扫描,它的迷宫般的地形学也有待考古发掘。

"我不仅爱而且怕的布拉格"——这句话最准确地表达了卡夫卡对其故乡的感情。卡夫卡是一个梦幻作家,米兰·昆德拉认为他是第一个把不真实性引入小说的作家,即真正在小说领域提前实现了超现实主义者预想的"梦幻与现实之矛盾的未来解决方案"的作家,他的传记作者之一尼古拉斯·默里将他与别的作家比较时,有一处提到了他"对布拉格的精确描写",而在我有限的阅读中,卡夫卡似乎从未精确描写过这座宿命地属于他的城市,相反,他写道:"描写我梦幻般的内心生活的意义已使其他一切都成为次要。"

但这位作家毕竟出生于奥匈帝国时代的布拉格旧城,且一生大部分时间都是在该城度过的。佩索阿不爱旅行,他工作和居住在同一条街上;卡夫卡到过的国家也很少,他父母的家与他所在的"工人事故保险公司"办公室之间的距离可以说近在咫尺。在写作中,在孤独的散步中,他设想的总是怎样逃离布拉格。有一次,在经过位于兑莱卤赛特纳集市广场上的舒博恩宫时,他对年轻的朋友、音乐家古斯塔夫·雅诺切说:

> 这不是城市。这是时间大洋裂开的洋底,布满了梦幻和热情的乱石礁。我们可以像在潜水钟罩里那样,在这些乱石礁之间散步。在这里很有趣,但人们慢慢地透不过气来,和所有潜水者一样,他不得不上来,否则他的血液就会突进肺脏。

雅诺切在卡夫卡逝世多年后,出版了卡夫卡与他的《谈话录》,一般认为此书的内容不完全可信。不过我个人猜测,多亏了作者勤勉的追忆,卡夫卡日常生活的许多不为人知的层面才得以浮现在读者面前。

1902年12月20日,在给好友奥斯卡尔·波拉克的一封信中,卡夫卡写道:"布拉格不会放我走,对你也一样。这个老太婆长着一双利爪。我们只得屈服,要么就起来反抗。我们必须在布拉格的两侧——维谢赫拉德与赫拉德强尼(布拉格的两座山峰)放起火来。只有这样才有可能逃出去。"他像古代的先知一样,总是受到"乡村的诱惑",他以此为题列出的一份写作提纲,日后成为《城堡》的雏形。

然而布拉格这座"由炼金术士、有生命的假人和创造奇迹的拉比组成的城市"①,它的城堡和教堂的尖顶都是金色的,古旧的老城和小城区散发着中世纪的神秘气氛。穿梭于楼群、私人宅院和街区之间的小巷、幽径曲折回环,或隐或显,使外来者立刻在刺激和不安中产生迷失感。法国学者雅克·阿达利在一本研究迷宫的书中这样写道:"布拉格、圣路易岛、巴黎的西岱岛以及皮埃蒙特地区的市中心皆属于最美的迷宫。"

卡夫卡就出生在老城广场西北角的一所房子里,曾经随父母数度搬迁,最后住进了广场北面的奥培尔特大楼,那里是昔日犹太区所在地。从他的窗口看得见尼古拉街、巴洛克风格的金斯基王宫,还可远望"劳伦茨山和一座小教堂"(致格蕾特的信)。卡夫卡父亲经营的时髦用品商店和他就读的德语文科中学也都在广场附近。广场南面有一座房子叫做"独角兽",大学期间,卡夫卡就是在那里的贝塔·芳塔夫人沙龙里首次接触通灵学的。

为了逃避父母家的喧嚣,1916年冬到1917年春,卡夫卡在小妹妹奥特拉的帮助下曾经在著名的炼金术士街(22号)的一间小房子里幽居写作,小巷位于赫拉德强尼的布拉格城堡下方,同城堡

---

① 传说由布拉格的炼金术士制作的小人,原文 Golem,在《圣经》和犹太法典里译为"未成形的体质",即上帝创造亚当早期的一种形态。奥地利作家古斯塔夫·梅林克著有小说《假人》。

的城墙连在一起。1995年夏,我第二次来布拉格时造访了这间房子,对它玩具般的窄小空间印象深刻,很难想象《煤桶骑士》《中国长城》《猎人格拉胡斯》等名篇就是在这里完成的。

卡夫卡1922年1月的斯平德尔莫法尔之旅,通常被认为是《城堡》的灵感来源,布罗德指出城堡山脚下的村子即埃尔茨山区的岖崂那片居住区。但生活在"鸟笼般"的布拉格城中的卡夫卡,对雄踞于高地之上的这座辉煌的皇宫禁地为何从未产生过幻觉呢?且他曾与那里只有一墙之隔。正如在小说中,K曾通过小旅店门上的一个窥孔,亦幻亦真地看见了城堡内部的秘密,生活中的卡夫卡表达了相同的愿望:"生活大不可测,深不可测,就像我们头上的星空。人只能从他自己的生活这个小窥孔向里窥望。而他感觉到的要比看见的多。"

深夜里,当他不得不离开炼金术士街时,他体验到一种现世目标不明确的孤独,听着护城河与远处伏尔塔瓦河的水声,卡夫卡不禁想到:"在狭窄的街道中,在星光下锁上房门是一种奇异的感觉。"

科塔萨尔

我读过《跳房子》,这部小说的奇特结构令我想到另一个结构方面的奇才,乔治·贝雷克。这种结构是为阅读而设想的,读者可以按照传统的读法,循着页次往下读;根据作者的提示,先读某些章节,后读某些章节;还可以放弃某些章节不读。通过这种方式,作者一方面构筑了一个真正的迷宫(他本来想给它取名《曼陀罗》),另一方面又扮演了阿里阿德涅的角色,把帮助走出迷宫的线团交到读者手中。

科塔萨尔是博尔赫斯的高徒,在短篇小说方面也是成就卓然,但与南美其他同代作家相比,他的节制可能显示了小说艺术更大的难度。对于幻想文学他有自己的理解,他认为"写作在一定程度上就是驱邪",作家只是需要驱邪的条件和气氛而已,因此他并不制造魔幻,而是把故事引向某种无法控制的现实。人们谈得最多的他的早期短篇小说之一是《被占据的住宅》。不久前,在里科莱塔文化中心一个关于他的展览会上,我看见中心展厅的屏幕上反复播放的就是这个短篇的演绎镜头。兄妹俩"同居"在一个巨大的房子里,那是古老的祖传的房子,位于罗德里格斯·佩尼亚街,有橡木门、葛布兰式壁毯和复杂的走廊。叙述者"我"喜欢收集法国书籍,当他读书时,他的妹妹伊雷内织着毛衣。日子悄无声息,偶尔只有书页翻动和金属针碰撞发出的微小声响。有一回在夜里,"我"到厨房去煮马黛茶,发现餐室和书房里都有响动;不久就进一步发现,嘈杂声已到了厨房和浴室,到了兄妹俩居住的橡木门这边的部分,这证明他们已没有了立锥之地,哥哥抓着妹妹的手逃了出来,并把钥匙扔到阴沟里去了。占据者是谁？故事开头暗示过同族的堂兄弟们,那么,这种外部的胁迫力量就涉及对乱伦的禁忌。做出这种心理分析式的批评当然是许可的。

但是小说还有另外的读法,即来自乡间的人对知识分子的排挤,他们是在庇隆的号召下,到城里来对知识分子加以侵犯的(颇类似于"文化大革命"时期在中国所发生的情况)。这是寓言式的读法。科塔萨尔本人在小说写出后四年,选择了流亡法国,他自己正是被笼罩现实生活的"不确定力量"驱赶出去的。小说成了谶语。与其说写的是一个梦,不如说他处理的是一个卡夫卡式的梦魇。

1964年4月16日,在一封从巴黎寄给Graciela(Maturo) de Sola女士的信中,他写道:"我的阿根廷在我的记忆中是如此清晰,如此完整,面对它正在发生的一切,使我受到难以医治的折磨。我想迄今为止的这些记忆正在帮助我写一部非常阿根廷的作品。"这部作品应该就是后来完成的《曼努埃尔之书》。1961年以来他去过好几次古巴,作为流亡的左翼知识分子,古巴革命的成功促使他思考南美洲的事业,阿根廷的命运在他那里也与古巴革命联系在了一起,这部书恰是古巴经验的产物。科塔萨尔还将切·格瓦拉的战地笔记《山区与平原》改写成短篇小说《会合》,据他说,切本人读过,觉得很好,但不感兴趣。显然对于作为革命家的切,文学的价值要低于现实的价值。科塔萨尔有一首以《切》命名的诗，对他的深切感情溢于言表，我把它试译成中文时略作了删节：

> 我有一个兄弟，
> 当我进入梦乡时
> 他正向大山进发。
> 我要以我的方式
> 寻找他的声音，
> 不时像泉水一样
> 自由地行走在
> 他身影的近旁。
>
> 我们从未曾相见，
> 但这并不要紧。
> 当我进入梦乡时，
> 我的机灵的兄弟
> 将指示给我，
> 在夜的另一面
> 他的幸运星座。

科塔萨尔流亡法国三十多年，大部分重要作品都是在巴黎写作的，其余或写于联合国教科文组织总部的办公桌上，或写于他的阁楼书房里（其中之一位于 Rue du Général Beret）。说 20 世纪西方文学的精神体现在流亡文学中也许并不为过。科塔萨尔认为他初到法国那些年还不能算流亡，因为他还回得去，后来庇隆政府不让他回去，才等于真正经历了放逐。我认为这多少是一种英雄主义。人们选择离开故土有许多理由,其中之一是免除恐惧("避秦"或孟子所谓"不立危墙之下"是也),因此流亡主要是一种精神氛围。

谈到写作,不能不谈谈个人兴趣对文学的影响。科塔萨尔早年就是一个爵士乐迷,喜欢路易斯·阿姆斯特朗、杜克·埃林顿、杰利·罗尔·莫顿。后来《跳房子》的主人公奥利维拉也是一个爵士乐迷,那是很自然的。科塔萨尔声称他没有写作计划,希望写作能像爵士乐师即兴演奏那样自由进行,他说过:"写作是一种音乐的运动。"相对而言,他对探戈的热情不如爵士乐。我最近读到一篇文章,题目是《长篇小说中的探戈》,认为他的长篇小说运用了探戈的节奏(他自己曾谈及书必须有爵士乐那种紧张的气氛)。探戈也是紧张的,不过更加肌肉化。

庇隆下台的次年,即 1984 年,科塔萨尔在布宜诺斯艾利斯去世,人们用与他的名字相同的那几个音节,命名了一座广场。

傀儡的仪典

——巴尔蒂斯的视觉诗性

一 对偏执的偏执

现代绘画的一个显著特征是,画家的工作必须传递绘画性。有关绘画的形而上沉思引发绘画性——即视觉的诗性与当下艺术活动相关联的意识。"我们的看引导着我们"——正如保罗·策兰的诗句所暗示的那样,视觉引导是艺术家意图中最本质的因素。一幅画不仅是可见世界的微缩,还是与不可见世界的对话,"看"作为视觉的交谈,是从先在于作品呈现的经验积累开始的,换句话说,对话早于当下时间中的观看。具象方法与抽象方法的对立或许是虚幻的,同样是针对绘画性的现代界说的一种偏执。史蒂文斯认为,现代诗歌中存在的"非折中的貌似有理和固执己见"同样存在于绘画中,不管你愿意与否,现代性既是失乐园以来的时间救赎,又是乌托邦碎片的折射。

如果说现代性是一种必要的偏执,那么巴尔蒂斯对现代性的诠释导致回归传统的坚决态度就是对偏执的偏执。我不太能接受巴尔蒂斯是一个保守主义者的观点,我也不关心他作为一个天主教徒的虔诚（我更愿意把他当作现代信仰的叛教者）。相对于毕加索这样的多产及多变的艺术家，他只是保持了惊人的一致性，他的变化如此之小，那只十岁时丢失的猫，直到九十岁时仍在寻找。这位空间魔法师有他自己的爱丽儿。重复、冥想、观摩，用一年或更长的时间完成一幅画，在必要的时候又毫不犹豫地把它毁掉，皮埃尔·马蒂斯订购的那幅《读书的卡嘉》就没有在作者本人的审判面前幸免。这并不是唯一的例子。卡夫卡式的自我否定，几乎成为一种献祭。而向完美致敬的最理想的方式则是，为它提供另一个版本。在《马拉美全集》中我们看到同一首诗的若干变奏排列在一起，仿佛骰子的若干个面，共同赞美着令人绝望的偶然。《街道》《三姊妹》以及更多的作品也创造了类似的视觉和弦，在如此长的时间跨度里，场景与人物即使做了调整，也没有本质的变化，除了感官对它们所起的微妙反应，那些不同照面的暂停瞬间，仿佛"物质起了波澜"。

二　可见物

在巴尔蒂斯成长的时代，具象绘画在西方主流绘画的视野里正在销声匿迹。画家马松刚走进展览巴尔蒂斯作品的画廊，立即就退了出去，原因是他看见了具象画。这是巴尔蒂斯首次举办个展，我不知道诸如此类的事件带给他的刺激是否强化了他的孤独意识。终其一生，他都在从事一项修复视觉诗意的工作，坚信绘事之道乃在于看见。他与同时代的天才们在趣味上如此疏远，或许只有贾柯梅蒂一人堪称他的知音。而被尊为精神之父的里尔克对少年巴尔蒂斯的影响,直接激发成了他的创作灵感,其影响甚至持续到他的晚年——这一则诗人与画家相互感应的轶事,无疑将创造活动与守护神的秘密联系了起来。

当我长时间凝视一幅巴尔蒂斯的画作,我惊讶于一个事实:它们给我带来的喜悦从未减弱。一条我曾多次走过的巴黎的街道,以另一种形式出现在我面前:铺面上方的帆布遮棚、朝外开的百叶窗和阁楼的形状、石板瓦屋顶上高高低低的壁炉烟囱、梦游般的行人、陶醉的孩童、古怪的形体……这些意象与它们的结构,根植于我的记忆之中,使我越来越倾向于赞同艺术是对已经存在而非可能存在的次序的发现的观点。契合是存在的。只不过20世纪的前卫艺术运动将人们的视线引向了各种流派的花样翻新,没有人像这位画家那样对可见世界具有不可动摇的专注,让着色的物体像被遮蔽的真相,现身于由"纯粹的看"组织起来的次序中。

画作本身亦是从空间分离出来的可见物,其形式产生于空间摹拟,因为空间作为场是对现身的允诺;但可见物的现身取决于它如何被看见,并成为另一种可见物,即画作本身。巴尔蒂斯被称为视觉的享乐主义者,其实他的想象性虚构的运用从未超越相似性原理和基本的几何法则,其中产生挑战性的是他的"个人诗学"。可见物本身应该受到尊重,一幅画的魅力需要在透明中保留必要的暧昧,这一矛盾很难调和,此即为何巴尔蒂斯的人物总是具有半是天使半是傀儡的特征。画家或诗人梦想建立的"现实与想象的综合体",关键并非使不可见变为可见,而是使可见物仿佛首次被恰到好处地看见。

三　傀儡

巴尔蒂斯满足于做一个匠人,不断地从头开始,仿佛为了验证一句德国谚语:"只发生过一次的,压根儿就没有发生。"现实对他而言是一个折磨人而又令人销魂的谜。他的作品既不是象征的,也不是寓言或半寓言的,他也几乎不运用神话原型,然而主题性绘画却充满令人不安的歧义,他不断锤炼写实技法,却不忠实于写实主义原则,相反,1933年版的《街道》让我们看到行人定格在间隔的游戏中,每个人都像"枝相邻而不相知"的叶子,或跳棋格子中的滚珠,即使穿着衣服,灵魂却无保护地裸露着。他们貌似我们视觉经验中的真人,实际上只是一些表情固定的傀儡。

散步的厨师、抱孩子的主妇、肩扛板块的木匠,在间隔中永不会相遇。朝我们走来的少年踌躇满志,左手已从裤子口袋里抽出,右手夸张地抬到了胸前,睁大的眼睛空洞无物;与他相向而过的妇人避让着,一只脚踏在行道石上,身体保持着微妙的平衡;手持连线玩具网球拍的小女孩穿着老式罩衣,机械地向她的球前倾,脸上并无儿童的天真;只有那一对纠缠在一起的年轻人的身体姿势是热烈的,我们不知道他们是谁,由于被本能所驱使的性欲,他们毫不在意他人在场,我们也不知道他们低垂的目光是陶醉还是暴力的暗示。这个白日梦集体中的每一个人,是否都在存在的深处牵拉着一个共同的世界?他们的神态更像被无名所填充,异常生动,却不知归宿。

里尔克写道:"傀儡远不止是一个东西。然而正是这种不算一个东西,就其完全不可救药状这一点来说,包含了其超常分量的神秘。"傀儡绝不是被操纵者,它们被制造出来,是为了操纵我们的感觉。《房间》里那个拉开窗帘的侏儒为什么会出现?《圣安德列贸易通道》里拄杖而行的老太婆究竟要赶到哪里去?猫据说比人知道的要多,巴尔蒂斯的画中总是游荡着这些慵懒而乖戾的幽灵,它们被什么东西所遣派?而《乌鸦大构图》的梦魇氛围则很容易使人联想到爱伦·坡式的阴森恐怖。那些永远昏睡不醒的女孩不都是在装样子,她们更像是被弗洛伊德的巫术咒语所催眠。

四 肉身在场

每一具肉身都是一个司芬克斯。作为一个会活动的物体,倘若肉身所承载的生命信息、情感内容、欲望与表现被清空,它沦为无意义之符号就必不可免。肉身缺乏广延性,它囿限于它自身,在时间中沉沦似乎是它盲目命运的普遍模式。但是肉身毕竟在空间中留下了印记,曼德尔施塔姆在一首诗中写道:"永恒的窗玻璃上,留下了/我的气息,以及我体内的热能。"生命是肉身在空间中的铭刻,我们的哈气在玻璃状的物体表面形成纹饰,在美的静观中它是不会消失的。这首诗的主题也让我想起史蒂文斯那首著名的《彼得·昆士弹琴》中的诗句:"肉体死亡;肉体的美却活着。"但肉体的美只有成为一个永恒瞬间的理念,才能在绘画中找到暂停的形式。巴尔蒂斯从他的前驱弗兰切斯卡那里学会了人物造型的诀窍,即让时光之翼栖止在身体与光影交汇之瞬间的技艺。

西方艺术对肉身的再发现只是文艺复兴以来的事,文明对肉身的贬抑似乎一直延续着亚当的羞耻记忆。斯多葛派哲学家将身体视为皮囊,阿里阿诺(Arianus)借宙斯的口吻说:"身体并不属于你自己,它只是比较精致的泥土混合物。"由物质构成的身体之灵性的匮乏,甚至是一种罪愆,诺斯替主义认为物质元素是从悲伤、恐惧、困惑的情感与无知中产生的,一个下等的神兼工匠德穆革(Demiurge)创造了我们这个低级的物质世界。巴尔蒂斯的人物与想象中的德穆革泥俑有相似之处,他们驯顺于身体的物质属性,是一些空间的梦游者,就像拉美特利(La Metrie)的自动机器,或勃鲁盖尔的悬崖边的盲人,现在走在了巴黎街头。精通舞台布景设计的巴尔蒂斯,知道怎样让日常生活的戏剧展示一个自足的舞台,人物自己上演着心灵的神秘剧,躯体被欲望、痴迷、惊惧或幻觉所肢解。观众是不存在的。

　　肉身的私密性与视线的闯入形成的张力,既关涉美学,也关涉心理学。《凯西的梳妆》中,海士克利夫低头不看他身旁的情人凯西,她让管家梳着头,敞开的浴衣下的身体裸呈在梳妆台前,似乎对镜中的反射漠不关心。而《黄金时代》那个壁炉前的男子,背对着斜卧沙发、持镜自照的女孩,她裙摆滑落的下体能感到壁炉里熊熊火焰的温暖,却没有遭到可能转身的目光的冒犯。只有观画者被给予自由,能够借助对姿势与意象的结构性理解,摹拟出那潜在的视线。

　　肉身的欢乐在雷诺阿的画中是漫溢的,巴尔蒂斯在展现它们的同时,却让它们带上十字架受难的印记,有评论指出:"他所渴望的并非赤裸,亦非分尸的形貌,而是受十字架所困。"未必是十字交叉的结构隐含着什么象征,赤裸的快感形式由于受到看的暴力的介入，迅速转化成一种承受。看的自由给予了观画者，看的任意性却剥夺了可见物退出在场的自由。它们只是在那儿，暂时逸出了时间之流。

五　目光的疾病

当我在奥赛博物馆观看库尔贝那幅《生命之源》时，我惊讶于画家的勇气。作为一个现实主义者，他只是想打破面对性器官的视觉禁忌，其中绝无半点颓废，画得太逼真了，反令人不忍直视。但在巴尔蒂斯对少女身体的着魔般的偏爱中，我们感受到另一种东西，它使人不安，却并不引起兴奋。那些被安排在视域中心的女孩们的性感部位，之所以像打开的禁园并使春光泄露，似乎是事故使然。《爱丽斯》中那位漫游奇境的精灵的性的袒露完全是无意识的，她好像正在朝天花板放大，年龄也随着突然增长。既然她是在梦中，一切就都有可能。于是我们看到一个与卡罗尔的童话小说情节不符的成熟而稍嫌丰满的形体。如果那是爱丽斯梦见自己的未来的形象，那么她该知道她有多诱人。这里我们很难对某种精致的趣味避而不谈，我想说的是人们称为颓废的东西。

我最近读到："颓废是一种目光的疾病（disease of eye），一种艺术的窥淫癖之性强化。"（见卡米拉·帕格利亚《性面具》第27页）无论如何我们都会同意，颓废是一种现代发明，尽管窥淫癖未必一定属于现代。如此多床榻、沙发或圈椅间的裸体的确是"高度的倦怠"，要么她们已经是牺牲，正在等待一个原始秘教仪式的开始。《黄金时代》或《做梦的特蕾丝》中的女主人公几乎属于纳喀西斯的变体,她们无论持镜自照还是闭目假寐,都在悄然向不由自主的变形过渡。那种拉康所谓"自恋用来包容欲望的形式的首要意义"或许不是艺术家的激情,而是入神状态中的另一个自我。当巴尔蒂斯说,凯西也可能是他自己,我们没有理由不相信。难度在于为入神状态设境。严羽说:"诗之极致有一:曰入神。诗而入神,至矣,尽矣,蔑以加矣!"此理论同样适合于绘画。《山》是"一首处于山的位置的诗",光和阴翳下的睡姿令人目乱神迷;而当我们的视线与《蒙特卡维罗风景》中那两个眺望者的视线交叉,就会发现"深穿其境"的灵视是广布于画面的,这内在目光的深处堆积起超越言表的更高的寂静。

  无须讳言,正如以往的诸多评论所涉及,巴尔蒂斯的"小处女"画作属于西方绘画史的遗留物。理查德·莱伯特在《绘画中的女孩形象:现代性、文化焦虑与想象》一文中追溯了西方观看方式的演变,儿童的性作为一种视觉符号,自 18 世纪后期开始影响着欧洲的道德品性。从夏尔丹到格勒兹,少女都是纯真美好的标志。但巴尔蒂斯似乎要挑战最后的禁忌,并且,他果真再度引发了苏珊娜与长老间的古老纠纷。《吉他课》就是一个例子,迫于压力,他对继续展出它颇费踌躇。

  "什么是色情?库尔贝《睡女》画中的花瓶,那蓝色十分色情。"我觉得巴尔蒂斯此话已为色情与窥淫癖心态作出了最具说服力的区分。要求画家医治目光的疾病或许是过分的。

六　离去的人

　　的确，巴尔蒂斯很少谈及自己的作品，保持审慎的缄默是他的优雅所在。他通过绘画建立起来的童年乌托邦，在教堂的意义已经疏远的当代，是对俗世生活之意义的肯定。在游戏的心灵中，艺术自身取代了信仰，成为最高真实。对日常性的着迷是导致他选择具象方法的主要原因，正如普鲁斯特深深陶醉于记忆中的生活场景，使写作变成一次往昔的盛大的重临，他找到汤匙的叮当与锤子敲打在火车轮上的轰鸣声之间的联系，巴尔蒂斯则发现了封闭在房间里，在桌上或地板上反复进行的、无穷尽的玩牌或阅读的下午。绘画的游戏性与儿童时代的仪典相似，猫、纸牌、镜子、书或各种玩偶像仪式道具一样服务于祈祷或占卜。那些儿童有时来到门外的街道上玩耍，如我们在《圣安德列贸易通道》和《街道》所见，有时则在大小公园里出没。巴尔蒂斯的怀旧感如此强烈，从20岁时的作品《卢森堡公园》中那个在水池边拨动小帆船的男孩身上，我们已能觉察出感伤的自传性，一种浓郁的抒情色调，此诗性天真一直保持到最后几年所作的《猫照镜》系列，令人惊叹不已。

　　巴尔蒂斯对贵族身份的认同应该理解成感伤，他不承认他的世纪，宁愿生活在古代，对机械文明深恶痛绝；趣味的唯美或许是他选择隐居的原因，而这些足以使他成为世上少数最睿智的人。气质上他其实是一个东方艺术家，谦卑导致他只留下极少几张自画像，而在《圣安德列贸易通道》和《黄金时代》中，我们反复看到一个体态像画家本人的背影，当它出现在《山》中时，则抛下人群，孤独地远去,且几乎要消失不见了。这些富有暗示力的背影与里尔克的诗句"不管做什么,我们都有着一个离去的人的风采"(《杜伊诺哀歌》第八首)是多么契合。因为唯有孤独是艺术的伴侣,当艺术家远去,那由于长久劳作而显现的幻美留在身后,得以为目光所庆祝。

我没有谈及巴尔蒂斯的风景画,那些可以和普桑与卡拉瓦乔媲美的画作,属于美学上的地理发现,带有强烈的宇宙印记,人在其间倍感清新。而对庄子和宋元山水画的喜爱,可能影响了他观赏意大利和瑞士风景的方式。他盛赞倪瓒的"逸笔草草,不求形似"的观念,故风景画中透着西方绘画中少有的逸气。凭记忆所作的《蒙特卡维罗风景》中那两个后来添加上去的眺望者,在比例上就调整了西方式天人关系,小小的身影仿佛青绿山水中的人物,引颈于绵延不绝的寥廓,它证明东西方对绘画性的理解有望超越材质。

2007 年 10 月 21 日

忧郁者的礼物
——关于本雅明的《单行道》

作为"欧洲最后的知识分子",瓦尔特·本雅明的理想主义色彩是不言而喻的,这本书有一个意味深长的题记:"这条路叫阿西娅·拉西斯街,她作为工程师使这条街整个地穿过了作者。"阿西娅·拉西斯不仅是本雅明当时所追求的情人,也是他的精神对应性的一个象征,正是她促使后者踏上了前往莫斯科之路。在对《单行道》的题旨的多种阐释中,有人指出 One-Way 暗示了作者将走向共产主义政治的不归路。本雅明属于第一次世界大战后德国左翼知识分子中的一员,对"无产阶级成为雇主的国家"曾产生强烈的幻想,但这种幻想不久即破灭了。因此,完成于 1925—1926 年间的这本非学术性的书,如作者此前在一封给终生密友苏勒姆的信中所说,更多的是通过"内心资源来表现一种'政治'"。倘若不探究他异常丰富的内心资源,我们的确难以把握书中的主导性题旨。

《单行道》的文体特征属于意大利作家艾柯在 20 世纪 60 年代提出的"开放的作品",但本雅明的实践早了好几十年,并且他所产生的世界范围的影响迄今还只能勾勒出其大致轮廓。这位出色的文本策略家,要求自己的"每一本书都是一个策略",在完成教授资格论文《德国悲剧的起源》后,似乎出自反学院派的目的,他写了这本——借用苏珊·巴克—莫尔斯的话说——"非形而上学的形而上学"之书。与康德的主体认知相比,它更接近于胡塞尔的现象学兴趣,即体现出将理念放置在客体的背景中加以经验还原的反独断论的努力。实际上,《单行道》的意图在《德国悲剧的起源》中已有所显露,前者说道:"真理—内容只有通过沉浸于题材的最微小细节之中才能掌握。"而《单行道》的形式(本雅明喜欢用"物质—内容"这个词)正是反映魏玛共和国时期社会状况周遭那些不为通常理智所觉察的琐事、微型物体及其言语断片的意象式并置,阿多诺的序言准确地称之为"意象(Denkbild)集",而不是"断想集"。

意象是主体与客体在恰当的空间位置上的瞬间遇合,它的出现永远带有即兴或偶然的特征,与概念思维的那种对世界的整体把握和终极理念观照中的主体性傲慢不同,意象,正如阿多诺找到的那个绝妙比喻,以"短路"的方式点燃了新思维的火焰,这种短路恰是对概念思维的谜语构造的照亮,并终将使之熔为灰烬。意象带有梦幻性质,作为"未经调理之经验的载体",给惯常的僵化的思维带来惊颤。无须概念的中介,意象是对生活世界直接观照的结果,即对事物本来面貌剔除了过剩的主观性的客体的重建,意象运动即我们称之为隐喻的方式,是对概念思维无以言说的本真世界的言说。这种言说类似于早晨起来后的述梦,它存在着另一种危险性。

在《早餐室》中,本雅明说:"与梦中世界依然处于若即若离状态的人通过叙说出卖了这个世界,他必然会遭到报复。"述梦必须在完成了黑夜世界向白昼世界的过渡之后才能进行,"因为梦的内容只有从另一岸边,只有在光照的白日才能凭依梳理过的记忆来讲述"。同样,尽管意象和隐喻聚集着意义爆破的能量,通达意义的彼岸仍需要一种类似于洗漱的净化才可能避免沉沦的灾难。述梦是反智的,但没有智性的参与就将遁入黑暗的迷宫,前判断的存在似乎可以验证这一点。与布莱希特对一目了然的偏好相反——有一则佚事说,他的书房里有一个木刻毛驴,挂在它脖子上的一个小牌子上面写着"我也应该能看懂"——本雅明却援引犹太神秘主义者对古《圣经》的看法,声称自己的文本至少有49层意义。这并非只是一句玩笑话,而是基于任何事物都不可能一目了然的判断:"在所有事物中,暧昧性远多于确实性。"书写抵达的正是事物本身的暧昧性,因此作者应该从任何可能的明了解释中逃逸出来。

《地下挖掘工程》是这样叙说一个梦的:

> 我在梦中看见一片空旷之地,那是魏玛的集市广场。那里正在进行挖掘工作,我也用手在沙子中挖掘。这时候露出了一座教堂尖塔的顶端,我十分高兴地想:那是前泛灵论时期的墨西哥神殿,一座远古时期的墨西哥教堂。我笑着从梦中醒来。

本雅明不喜欢弗洛伊德,对超现实主义却非常着迷,没有文献证明他与超现实主义成员有过交往,但他十分熟悉他们的作品,并专门撰写过论超现实主义的文章。上述引文是典型的超现实主义文本。远古的墨西哥神殿出现在当代魏玛的集市广场,"挖掘"这一梦中的动作暗示着剔除遮蔽,即让某物从遮蔽状态中显现出来,它比任何预设的推导更能激活我们的想象。参看《帝国全景》中对混乱的大众直觉的描述,或许就能找到为什么前泛灵论的异教意象会出现在本雅明梦中的答案,现实忧患经常使智者转向远古或陌生的文明,大众直觉的衰退、通货膨胀、法西斯主义,以及种种衰亡的不祥之兆,使本雅明在转向对东方和马克思主义的朦胧憧憬的同时,也开始了对现代性的批判。

阿多诺认为《单行道》可以归入本雅明"计划从事的有关现代主义源起研究中去的第一部著作",我们从他的波德莱尔、巴黎拱廊街研究中都能发现在《单行道》吉光片羽的思想—意象中已经出现的敏锐判断,在对19世纪下半叶室内空间、街道、广告方式乃至邮票交易的细致观察中,本雅明看到了现代人与物之间亲和关系的丧失:"物追随人类的衰变在用自身的蜕变惩罚着人类,而国家本身也参与到了这个物的蜕变中,它像物那样折磨着人们……"居室的奢华只适合于死尸;社区和交通工具的发达像高压统治一样在限制迁徙自由;破碎邮票的粘贴使得那些图案带上了腐败气息;广告借助影像更是以可怕的速率和力量将物径直抛向人们,物通过这种暴力实行了对人的驾驭。

本雅明并不是一个完全的犹太神秘主义者或辩证唯物主义者,正如他的同胞汉娜·阿伦特所指出的那样,他属于无法被归类的作家,他身上的种种矛盾是他最迷人的地方,用以描述他的精神特征的两个大小和远近都对立的原型形象——土星与驼背小人展现了他气质上的忧郁、迟缓和笨拙,以及似乎与此相反的奇妙的心灵感应性。正是这个在他的时代不合时宜且居无定所的人身上,烙上了更深的时代印记,他像卡夫卡一样运用天才的预见力预言了现代主义的消亡,他甚至对书籍文化的未来发出了惊人的警示。马拉美那句"世界的存在是为了成为一部书"的著名格言在本雅明身上激起了两种回响,在他看来,一方面,书籍是可让读者栖居其中的微型世界;另一方面,"现在所有的迹象都表明:书籍这种传统形式已开始走向末路"。诗人在未来的"图画书写"文化中将如何树立在精神领域的权威,有待于他们去发现自己的角色。当代文化生活从机械复制到全面的市场化,已经制造出难以统计的精神废墟,回到本雅明,难道不是使我们恢复对此文化征候的洞见力的一个必要机遇吗?

　　文化即聚集,本雅明更像是各类非独断的思想—意象的聚集者。读这本书我们会发现类似格列弗在小人国旅行的惊讶,使儿童入迷的"小世界的范式"使本雅明深深入迷。据苏勒姆回忆,摆在克吕尼博物馆里那两颗他的某个犹太同胞在其上镌刻了整部犹太舍玛的麦粒,曾得到本雅明的热烈青睐,他对世界的残片的聚焦使得众多消失的意义以急迫的方式被抢救了出来,这种方法被称为缩微术。借助它可以捕捉到现实中"被一般理智所鄙视的微妙踪迹"。另一方面,由于对宇宙的不计后果的开发,现代人的心灵不再从宇宙体验中获得理智和远见,本雅明本人就是此一进程中的牺牲品。他的死成为一个神秘难解之谜——1940年在逃难途中的法国和西班牙边境,他自杀了,人们至今也没有找到他的墓地。赶在纳粹的迫害抵达以前率先结束自己的生命(早一天或晚一天极可能都不会发生),对此,我们无论做宿命论的解读,还是归之于对不祥之兆的天才洞察力,都不能不发出长长的慨叹。

来自隐秘的另一个
——读《世界美如斯》

> 人们在语言中寻找的就是最基本的自由——
> 能够道出自己最隐秘的思想的自由。
>
> ——雅罗斯拉夫·塞弗尔特

2005年8月谢世的杰出的女作家苏珊·桑塔格在《诗人的散文》一文中写道:"诗人们的大部分散文——尤其是以回忆录形式写成的散文——都是用于记载诗人那个自我的胜利出现。"她指出,这是因为诗人写的关于如何成为一个诗人的自传性文字,需要一种"自我的神话",还因为这同时意味着诗人的存在是一种"高昂的存在"。20世纪俄罗斯和东欧诗人的命运,与同时期的中国诗人有很多共同之处,他们中有些人的献祭式的生命历程可谓高昂,在诗篇之外,幸亏有诗人们留下的自述及怀人之作,才使我们得以了解他们与时代之关系的紧密程度、涉及诗人声誉的一些重要细节,尤其是诗人之间的天使般的友谊,或许更重要的——一首伟大诗篇诞生的始末。

诗人的自传或回忆录作为散文,并不必比诗歌作品逊色,任何文字一旦写下,对于个人写作史而言都是自传性的。好诗人的散文有一种强度,一种收放自如的个人的天赋,能向读者透露在其他地方难以获得的东西,揭示生活中不可思议的一面。如果说回忆录通常离不开自我的神话,那么为他者作见证有时则是它更重要的功能。顺便举一个例子,设若没有阿赫玛托娃对曼德尔施塔姆的回忆,我们很可能永远不会知道当她为他用意大利语背诵但丁的《炼狱》第三十三歌时,后者突然哭了这件事情。它是一个重要的诗歌事件,对于诗人的精神风采和性格而言并不比死于流放更次要些;而曼德尔斯塔姆的遗孀娜杰日塔的回忆录,甚至被布罗茨基评价为接近于诗人的一次复活。记忆就是有着如此神奇的力量。

　　捷克诗人塞弗尔特的晚年回忆录《世界美如斯》新近被译成中文出版,在坊间引起了一些议论。这本接近500页的书,读起来并不觉得沉闷,有些章节甚至是扣人心弦的。在收入书中的那篇与比他年轻9岁的同代诗人赫鲁宾的谈话中,塞弗尔特曾坚决地说:"回忆录我是不会写的。"理由是记忆力差,他还透露了一个怪癖:每次做完报告后就像销毁罪证似地急忙把讲稿扔进下水道或河里去。说过的东西和写在纸上的东西所产生的影响是完全不同的,如果做报告有时言不由衷,写回忆录却必须绝对诚实,因为良心的拷问必然要渗透往事的追忆——考虑到《世界美如斯》写作的时代背景和政治环境(它出版于1982年),我们不难推断出诗人的难言之隐,对某种文本之外的东西的阅读期待说明了问题。

　　然而正如不能将写作抒情诗当作回避——塞弗尔特一生共写了36本诗集,也不能将沉默简单地归之于懦弱。更多的时候,情感上的欠债反成了折磨人的"第二自我",即那个忧郁地意识到迟至衰朽的暮年也未必定然以胜利的姿态出现的自我。正是出自"还债"的需要,塞弗尔特本来构想了一个给二三十位朋友、故人写长信的计划。这个计划不知何故改变了,最终我们看到的本书,在共分成四章的每一章中,除了引言部分,主体全是由环绕着某一事件、人物、场景、时刻等的记忆片断构成的。我宁愿相信这是一个文本策略。关于记忆力,有另外一个例子证明塞氏的自谦,对于他的出生地布拉格日什科夫区,他曾毫不含糊地说,即使眼睛蒙上黑布被人牵着走,他也能认出每一条街道来。事实上这本回忆录的行文方式颇类似于他一生在故乡城区所作的不计其数的美学散步,不按时间顺序来组织回忆的内容,而是跳跃式的、漫由无意识记忆的牵引,且在不断回溯的努力中遭遇往昔的人与事,它们最终错杂或并置地呈现出来,纷繁而清晰,连同那些以散佚或断裂的方式作用于联想的未说出的部分,恰好印证了博尔赫斯的一句诗:"不存在的唯有一样:那就是遗忘"。

塞弗尔特活到 85 岁高龄,经历过两次世界大战和 1968 年的苏联入侵,对于发生在 20 世纪捷克的许多重大历史事件,他是痛苦的亲历者和见证者。无论遇到何种变迁,他始终没有选择流亡国外,一生主要时光都是在布拉格度过的,但个人经历并非没有传奇色彩:因为想当一个诗人而辍学;18 岁时,在刺杀当时的总理克拉玛什博士的事件中受到了牵连;首都解放前夕几乎在德军的枪口下丧生,却奇迹般地活了下来,这次经历的巨大震惊使他变成了陀思妥耶夫斯基式的名副其实的幸存者,而他的好朋友、历史学家弗拉迪斯拉夫·万楚拉却被盖世太保关进佩切克宫,再也没有回来。塞弗尔特回忆在收音机旁听到对万楚拉的屠杀令的情景时,悲愤不已地写道:"报出这个名字意味着我们整个一代人惨遭杀戮……报出这个名字意味着我们整个国家都在鲜血横流。"塞弗尔特在捷克拥有民族诗人的崇高声望,首先因为他是历尽沧桑的祖国的不倦的歌手,同时与他的诗作抒写战争造成的巨大创伤经验不无关系,因为那种经验在沦陷国是人所共有的。那首直接取材于灯火管制的诗《熄灯》有如下隽永的诗句:"我将平静地对这个夜说:你不是那最可怕的。"这首诗连同别的强烈暗示的诗作,竟然逃过了保护国检察官的眼睛,真是不可思议。

关于这件事我想不妨多谈几句。在涉及保护国时期他本人和霍兰等其他一些诗人的诗歌本事时,塞弗尔特透露了一个勇敢的人的名字,他叫维莱姆·科斯特卡。正是他利用工作之便,巧妙地把原来被划了红线删节的诗在付梓时恢复了原貌。在铁蹄或高压下的写作,根据列维-斯特劳斯的观点,属于一种他发现并命名的"隐微写作",这种特殊的文学技巧是持异见的作者被迫使用的。战争期间塞弗尔特和他的朋友们用这种技巧维护了人的尊严,在战后的漫长岁月里,除非不得已而沉默,这位嗓音纯正的抒情诗人从未中断过以隐微的方式表达对自由的向往。虽然他没有像哈维尔那样数度坐牢,他也从未在诗歌上与一种强制的政治—意识形态合作。可能是 1970 年,一份在罗马出版的流亡杂志引用了他对古·胡萨克的答复:"你想让我们(作家们)支持你的立场,因为你知道我们在这个国家里享有道德的威望。但是如果我们支持你,我们就将丧失这种威望,那样我们对你也就毫无用处了。"(参见〔美〕威廉·哈金斯《诺贝尔奖获得者捷克诗

人塞弗尔特》一文)

我在最近的报纸上读到一些评论,有人认为《世界美如斯》的作者沉醉于风花雪月,我认为这显然是一种误解。塞弗尔特的确直言不讳地反复讲述了他对女性的爱恋——"从孩提时代起,女性的发香对我就有吸引力";"我与之保持着这种柏拉图式恋情的还有一位美丽的女人,那就是穆利罗所画《圣母无原罪怀胎》中的圣母玛利亚"。然而,女性(我们别忘了"缪斯"和"语言"在西方文化中的阴性身份)对于诗人而言总是象征着一种引导的力量,那种被称为"非人世的"的东西渗透着感觉或情欲的因素,只有对美的高度专注,意即爱,才能完成布罗茨基所说的"现实向更高层次的抒情、向一首诗的过渡"。

诗人天赋中特殊的财富——感性,是杰出的诗人毕其一生都在保持和维护的,通过语言与世界的亲密接触,在诗歌中呈现给我们一个肯定的世界,将它归之于乐观主义或悲观主义都是过于简单化的。塞弗尔特在获得诺贝尔文学奖后的一次访谈中称自己"发现了感觉主义",似乎回到了早年参加旋覆化社时期与友人一道倡导的"纯诗"立场。他的那首写于1920年代初的诗《非凡的节日》,因表达了无产阶级对幸福未来的狂热想象,遭到一些人的诟病,对于这首应景的少作,他并没有掩饰懊悔之情,这少有的真诚是令人钦佩的。如果有人问我,20世纪的东欧诗人给我留下的最深刻的印象是什么?我将毫不犹豫地回答:道德勇气。塞弗尔特并没有试图在回忆录中为自己辩护,相反,他将这种权利交给了诗艺,并将控诉和反讽有节制地结合进抒情。在巅峰之作《瘟疫柱》中,他提醒人们"不要听信关于／这次瘟疫已经消失的谎言",

俄尔甫斯回头

预见灾难的能力同样源于对世界的爱,凭借这种爱,他在告别这个尽管多灾多难,但依然美丽如斯的世界时,也为诗人的职业做出了有力的辩护:

> 我深信:寻求美的词句
> 总比杀戮和迫害
> 要强!

2006 年 3 月 25 日

第三辑

城市诗和我
——兼答曹五木先生问

1985年前后,诗歌中的城市意识伴随着某种美学的冒险激励过我。现在回想起来,对城市感性的沉溺、抱负,以及对旧形式的不满,在我还相当年轻的躯体中滋生了过多的偏执。我和我的几个朋友试图通过写作营造一种迥异于田园诗的氛围——很大程度上得益于只有上海这座大都市才能提供的经验和视野,年轻人往往热爱极端,容易倾向于认为,没有什么比极端更能表达对美学权威和公众趣味的冒犯了。

大致说来,由我起草的发表在"中国诗坛1986'现代诗群体大展"上面的一份表达我们(张小波、孙晓刚、李彬勇和我)共同倾向的文件——《城市诗:实验与主张》(未署撰写人)体现了如下三个基本观念:其一,对城市背景下人的日常心态的摹写;其二,对物质幻象的讴歌,呈现符号的新质感;其三,反抒情,对媒介持不信任态度。众所周知,"实验"属于80年代众声喧哗的观念发明之一,城市诗作为广义的第三代诗歌的一个分支,所从事的正是实验性的写作。然而,诗歌的成败从来不取决于预设的理论,我们也许永远都是在尝试以诗歌的方式言说,实验的精神也许本是现代性的一个特征。城市,对于20世纪80年代的中国而言,也许真的还是一个相当陌生的隐喻。如果说过去我相信观念的重要性,那么现在我更加珍视经验本身。

在回忆80年代的诗歌运动时,我不会不谈到思潮的影响,例如关于朦胧诗的争论和对西方各种现代流派的译介等。我记得初读北岛的诗时内心一度产生的不安和兴奋,他的政治敏感和他风格的冷峻都很吸引我,我和我的朋友们秘密分享过他的《雨夜》《黄昏,丁家滩》那种英雄主义和爱情糅合的诗体。他的写作有着圣徒的气质。不过在我的记忆中我从未模仿过北岛,他和朦胧诗一代人的时代语境毕竟与稍后的我们这一代(我并不是以年龄区分,而是以美学气质)存在着差异,我们中最出色的诗人意识到诗人和语言的关系乃是一种本质的关系,因此一开始就对语言问题格外关注。

1986年的"大展"已经显示了第三代诗与朦胧诗的差异,第三代诗内部业已出现明显的分流。悉心研究过当代诗歌内部运动的学者知道,某种起源性的东西早在朦胧诗出现之始已经在酝酿之中,但朦胧诗不能完成语言转换的艰巨任务,朦胧诗的主体基本上是"大写的人",要等到第三代人出现,才有了"小写的人"。他者化、还原论、莽汉、撒娇派和城市颓废者,主体的这一变化决定着语言姿态的变化,因此语言的还原,首先是主体向着诗性之真我的还原。

简单回顾一下我自己的早期写作。少数几个批评家曾经指出了我的智力倾向(毋宁说是一种对智力的喜好),这一方面是我偏爱玄学、人与宇宙的隐秘联结、埃舍尔的画以及禅宗语言观的原因,但我也知道,诗歌的难度毫不逊色于任何艺术与科学。实际上,猝不及防的生活从未停止过打断我可怜的智力游戏——把文字符号编织成勉强可称作诗的东西。米洛什说:"诗应写得少而勉强",这句话给了我安慰,而我写的少多数是因为慵懒和浪费,总不可因之沾沾自喜吧?《致埃舍尔》和《视觉的快感》为我在坊间赢得了"哲学狐狸"的绰号,我不知道是否名副其实。前者那令人不快的螃蟹卡农与回文诗般的结构,在我和虚拟的对话者之间建起了一个可供话语回环往复的通道,或许写这首诗时我并不清楚,诙谐的语调后面隐藏的是严肃的恐惧。它的视觉迷幻与《视觉的快感》不同,后者以无人称的方式排列诗行,我的意图是静态地呈现视像。想一想如此境界:主体转换成他者而在场,使纯粹观看成为可能,物返回它们自身的相互映射之中。说到底,物的沉沦需要得到词的拯救。

我参加"大展"的诗是《站在窗前一分钟》。关于这首诗,如今可能只留下题目值得谈一谈,它涉及我个人阶段性的诗歌观念。现在看来,它从内容到话语方式真是连我自己都感到陌生。诗运用了反讽的语调,或者说摹拟了一个"城市公民"的内心独白,描述站在窗前剃胡须的短暂时刻里,对一天内可能遭遇的事件的想象。我曾经在打印稿上把"一分钟"从标题中划去,后来还是保留了,因为考虑到与我当时提出的"诗歌是诗人生命瞬间的形式展开"这一命题的一种呼应。而窗这一城市神秘剧必不可少的道具,波德莱尔早就运用自如了。

为了贯彻我自己的"理论",那一两年间我写了一系列以城市为背景的"瞬间诗歌",不管愿意不愿意,反正那些诗是写出来了,病态的、焦灼的、固执己见的,时不时还做着太空漫步。《站在窗前一分钟》属于朱大可命名的"事态诗",与"今天派"的意象方法非常不同。史蒂文斯在某处说过:"诗人以内在的暴力反对外在的暴力。"这首诗作为一个例子,是城市异化的产物,它的诗意是卡夫卡式的变形记。现在我肯定不会那样写了,那种自渎的语境属于我的"地狱一季",我庆幸没有在里面逗留太久。

当年的城市诗观自从我1991年去了巴黎以后已有了很大的修正,我继续写,只是不再关心读者的反应了,诗人朱朱正确地指出我从对某种趣味的破坏转向内敛的形式冥想,这同我身处异域有关。城市诗作为追寻现代性的产物,需要我们对现代性本身再作反思,例如针对"反抒情"来说,倘若反对的是做作的、自我无限放大的虚假抒情,那么我现在仍将坚持,因为道德化的一本正经和与此对立的轻薄文体,无论过去还是现在都大量地存在,诗歌的声誉正因此受损。

90年代诗歌的发明之一是叙事,在诗中大量运用的历史或个人叙事,使转型期的写作出现了一种朝向稳健的态势,意识形态的对抗以隐微的方式转换成诗歌修辞的迂回,这一文本策略某种程度上是有效的。但这种古已有之的"姑为隐语"(王夫之)之"用晦之道"(刘知己)即间接表达,倘若不能达到反讽的微妙,文本的乐趣就会大大丧失。追求速度的技术主义助长了一类也许可以称为"学术诗"的重复生产,这可能是当前写作的一个危险征候。"对媒介的不信任"源于禅宗,而诗人愈对语言的本性有所悟,就愈会像特兰斯特吕姆那样,既怀疑诗,又陶醉于诗。博尔赫斯也曾打趣地说:"或许就连我批判现代性的举动其实也都是现代性的一种。"(《博尔赫斯谈诗论艺》)这同样适用于我在谈论城市诗时产生的矛盾心态。

  当代诗歌是否有一天会从抒情的"原罪"中回归？城市与自然能否出现布莱克式联姻？相对于自然诗学和历史诗学，中国至今未建立起一门与写作实践相平行的城市诗学。是否注定要回到上世纪三四十年代中去寻找资源？当代诗人几乎别无选择地都是城市诗人，自从乔伊斯为我们描述了城市中的尤利西斯流亡，那种现代境遇就降临到了每个人身上。那么正如基准线对绘制地图的重要性一样，当代诗人恐怕无法推却城市精神版图测量员的工作。

  敏感的读者可能注意到了，在这篇短文中我下意识地为城市诗做了辩护，而我的本意是还清一笔旧债。这种在中国现代新诗传统中出现不久的诗歌类型现在还太年轻，人们至今不是仅在题材的层面上谈论它，就是对它保持审慎的沉默。有位相当懂行的女士问过我，你们的城市诗除了眼花缭乱的色彩和明快的节奏以外还剩下什么？关于这个问题，我想引用我的朋友孙晓刚的一个告白，他认为城市诗"致力于为心灵和感官活动设计一个'场'，是我们的一项补救行为"（《城市诗我见》）。我觉得他说得颇有风度，我们曾经用青春多彩的、有时是过于暗淡的诗描述过我们生活于其中的城市，一方面对未来景观的"设计"非常着迷，一方面对工业污染、异化、城市焦虑症给予心灵的伤害作出了即时的偏执反应，无形中触及了一个具有暧昧倾向的正反乌托邦的复合体，一个令人不安的阿莱夫式模型。个中消息三昧不详，倘若逃离并非唯一的出路，亦庄亦谐的美学或许依旧适用。

俄尔甫斯回头

  城市诗有可能为未来诗学提供一种新的维度。尽管我认为，真正融合了传统和现代性的、具有更高综合和启示功能的城市诗还有待被书写。

2006 年 9 月 1 日

诗的青鸟,探看着回返之路
——马铃薯兄弟 Vs 宋琳

一

马铃薯兄弟(以下简称马):阿宋你好,大学时代这样称呼你,如今叫起来依然很亲切。二十多年过去了,当时似乎遥不可及难以想象的人生中年,已然降临。可是为什么,在心态上我觉得昨天就在身边,青春并没远去?是诗歌的造化,还是时光本就这么短暂?记得刚进大学时,我对诗歌还很懵懂,你已经写出比较成形的诗歌了,印象里是很美、很田园,又有点忧伤的那种。那是1979年的秋天。我们住在相邻的两间宿舍。记得你常在一个笔记本上写诗,每有新作,就请同学看,我是有幸的几个读者之一吧。我几乎看过你大学时期的所有诗稿。这是我第一次和一个诗人这么近,我得承认,我的诗歌的启蒙,是和华东师范大学80年代那个创作活跃的气氛有直接的联系的,你和张小波在那个时期的诗歌气氛的形成过程中是关键的人物。当然还有一些其他的人。我们是同窗,可我一直不太清楚,你开始学诗、成为诗人的最初经历。你什么时候开始写诗?最早发表作品是什么时候?是一首什么样的诗？是什么推动你开始写诗？谁对你的写作产生过比较重要的影响？请你说说。

宋琳(以下简称宋)：你像过去一样称呼我,使我倍感亲切。二十年正好也是尤利西斯离开故乡的时间。有多少事情可以经历啊！昔日同学的风采还在吗？得知你一直在写诗,我感到一种欣慰。诗,与天地同在,也滋养了我们,所以我经常心存感激。自称为诗人,就是骇然把一种重负压在自己身上,反观过去的写作不免汗颜。写作正如一条河,磕磕绊绊,无意间已来到一个地带,它可能开阔,也可能狭窄。天命如何？几乎是无法预知的。

初中二年级,我读了我父亲的诗,那是我生命中的一次重大发现。当时我大哥宋瑜(余禺)已经在写了。他把我的第一篇韵文给父亲看,受到好评,这样我就决定当一个诗人了。我读所有能找到的分行排列的东西,像中了魔一样,脑子里只有诗。我中学时代就有习作发表在县文化馆办的刊物上,记得是因为害羞而以同学的名义拿去投稿。大二时,我们共同的同学邹锡明把我的一首诗推荐给他家乡温州的刊物《春草》,算是第一次正式发表,诗我早已忘记了,题目大概是《我的心》之类,很幼稚的。你当时熟悉的也大都是我不成熟的习作。大学期间我有机会读到《今天》上的朦胧诗,同时阅读了大量外国诗。最使我着迷的诗人应该是艾略特,他的玄学和诙谐很合我的胃口,自从读了《荒原》,我受到很大的震动,原先诗中明朗的调子变得灰暗起来,这另一方面可能与我的家事变迁有关,我精神抑郁,患有严重的失眠症,艾略特帮助我找到了一种表达自我的新途径。1985—1986年的诗现在看来形式上相当极端,过于极端了。影响过我的外国诗人还有里尔克、博尔赫斯、瓦雷里。史蒂文斯诗中浓郁的中国味促使我思考,在新诗中重现汉语魅力的可能性。

二

马:你有一个雅号叫"哲学狐狸"。这个雅号最早好像是 80 年代中期被"授予"的。起初虽然不乏善意玩笑的成分,但我觉得这其中的概括成分还是满准确的。你觉得,哲学和诗歌是一种什么样的关系?你如何处理好二者的关系?换言之,哲学在你的诗歌中是如何存在的?

宋:这个绰号最早出现在我们的同学朱大可为诗合集《城市人》(原名"城市诗人")而写的序言《焦灼的一代和城市梦》中。时间是 1985 年。他似乎从我的诗中嗅到某种哲学气味,认为我的《视觉的快感》是一首"参禅诗",他在另一篇专门谈论我的文章中还提及"禅宗风度"。我自己并不完全赞同朱大可对诗歌的理解,作为一个诗人气质的批评家,他的一些观点在我看来过于激进了。但是善于抓住特征毫无疑问是他的天赋之一。诗是诗,哲学是哲学,诗开始于哲学终止之处,在诗中直接说理是不适宜的。但正如海德格尔所说,诗与思之间存在着一种古老的对话关系。在西方传统中,哲学与诗的柏拉图式对立即理性与非理性的对立,是德国浪漫主义试图超越的。从形而上学到诗化哲学的转向似乎是一种语言的回归,即回到前苏格拉底时代的诗意表达。中国先秦哲学中也存在着大量泛诗文本,《道德经》就是一首哲学诗。它们可以成为后世诗歌的精神和语言资源。我们尤其不可忽视禅宗给予诗歌的影响，禅宗对语言的不信任以及对世界所持的静观态度，都导致中国古代诗学"不落言筌""不涉理路"观念的产生，促使诗歌致力于在语言中塑造沉默。实际上，古代诗歌的空灵之美是我所向往的，如果说我的诗中有哲学因素，那么来源比较驳杂，有老庄、禅宗，也有神秘主义和存在主义的影响，在处理得好的情况下，它们将被形式所吸收，否则就可能由于偏爱观念而有失含蓄。

三

马：与早期诗作相比，你90年代以来的诗作有一种沉潜的力量，避免过于尖锐的东西，并且多了孤独。我在《给臧棣的赠答诗》中读到这样的诗句："这就是我每天的生活／惭愧，徒然，忧心忡忡"，孤独与惭愧的结合，形成了一种复合的悲剧性情怀。孤独感比较容易理解，可是惭愧的意绪应该怎样把握？是由于某种处境和经历造成的吗？是某种自责？请你谈谈这类情感产生的根源。我甚至还在你的作品中读到了一种虚无，为什么呢？

宋：你知道我是一个虚无感十分强烈的人。因为失去亲人，我很早就体验过生命的虚无，去国后又体验到旅思的虚无。生活，写作，一切都得重新开始。我想惭愧应产生于孤独，而孤独又加深了惭愧，流寓生活的长久孤独感甚至会导致失语。荷尔德林在《漠涅默辛涅》中表达了相同的情感："我们没有痛苦，身处异域他乡／我们几乎失去了语言。"漫游的诗人是母语的携带者，失去了语言之后又能做什么？当母语在非本土语境中沦为"没有意义的符号"，你能体验到的孤独是双倍的，因为这必定也是母语的孤独。

我经常自问,异域的写作是可能的吗?如果承受不住异域生活的孤独,写作就将蹈入更大的虚无。奇怪的是,孤独也滋养了那种纯粹是为了克服失语症的写作。在这种情况下,写作的确成为治疗或自救的行动。《给臧棣的赠答诗》我自己并不喜欢,它可能传达了一种作客的悲愁,一种矛盾自责的心理状态,记录下我在巴黎散步(此诗原名《当我漫步巴黎街头》)时炼狱般的复杂体验,虽然我本希望写得轻松一些,到头来还是如此沉郁。

四

马:我想到20世纪80年代,诗人们心比天高,而且目标单纯。那时候整个社会大环境也相对单纯,却催生了热情和诗歌,第三代诗歌的背景,似乎就是在这个矛盾的坐标系上。而现在,社会变得复杂丰富,可心灵似乎模糊了,诗歌中的热情被掩藏起来,或者说已过多染上了世俗与物质的光泽、欲望的油彩。从个人的角度,你怎么理解诗歌在这个时代的意义?

宋:80年代是诗歌的黄金时代,朦胧诗和第三代诗歌的相继出现,真可谓群星璀璨。十年对于诗歌而言意味着一代,我指的是获得同代人美学认同感的时间跨度。朦胧诗之后,我们这些当时的大学生由于某种神秘感应而从各地突然出现在诗歌地平线上,经由与西方诗歌从误读(得益于西方经典的大量翻译)到对话的内在接触,西方心灵的源泉开始在我们的写作实践中与汉诗的道统合流。朦胧诗出现的首要意义是恢复人的尊严,继起的第二代诗(或后朦胧诗)则通过集团性的语言实验尽可能地将表达推向了极端。对于五六十年代出生的诗人来说,80年代无疑是令人怀念的。它证明精神的解放、活力、青春的秘密仪典是诗歌常新的要素——我是这样理解你所说的单纯的。进入市场化时代后情况不同了,诗歌遭到再度流放,在文化生活中更趋边缘化了。我们当初为之抗争的自由表达空间,年轻一代诗人恐怕还得重新开始,他们遇到的障碍或将更为复杂。诗歌在任何时代都担当着抚慰心灵的角色,在我们这个精神荒芜的时代,我不知道这样的期许是否过高了?

五

马:我所熟悉的当代诗人们大都过着一种粗糙的生活,作品中不缺少所谓原生态。而你似乎一直与精致为伴,缜密似乎是你作品的一种艺术特征。你是一个井井有条的人,即使出现暂时的迷乱,也能很好地克制与调整。这一外在的观察,似乎和你的诗歌还是恰好吻合的。诗如其人。请谈谈你的生活与写作。你说过,首先是生活,然后是诗。怎么理解这句话的具体含义?

宋:生活可以粗糙,诗艺则需日益精微。且粗糙未必是原生态的基础,细胞和花朵从不粗糙,诗艺又何能满足于粗糙呢?我的诗未必达到了缜密,司空图描述缜密的境界是"要路愈远,幽行为迟"。通往缜密的语言幽径是难以速达的,必须独自走很长的路,迷而不返的危险亦随时存在。我们只有把精神锻造成博尔赫斯所谓"纤细的工具",才能将"粗糙的生活"转换成为诗歌保留的优雅。生活中我并非井井有条,我是一个不切实际、耽于冥想的人,没有计划,没有时间观念,遇事经常抱着逃避主义的态度,当我说"首先是生活,然后是诗",其实表达了我对生活的渴望。诗歌有赖于生活,但那是什么样的生活呢?里尔克认为,在日常生活和伟大作品之间存在着一种古老的敌意。怎么办?去写还是去生活?依我之见,要写出好作品,必须尝试着去化解这种或那种敌意。

六

马:诗歌是情感的产物,而理性因素在诗歌中始终占有自己应有的位置。你的诗歌中情感与理性的关系处理得非常好。就是说,它们在感情上很有穿透力,又是经得住推敲的,也不难从你的作品感觉到冥想的气质。重要的是,对理趣的爱好并不造成诗歌抒情的流失。我关心的是你是怎样达到此一境界的。

宋:诗歌中的理性因素或许主要是建构形式的能力,毫无疑问,作者的诗歌观念将对写作起主导作用。例如,你对古代诗和现代诗、对中国诗和外国诗的看法都影响你采用什么形式、你的语言观(依赖口语还是书面语),也决定你的风格取向。叶燮把诗歌的内容概括为理、事、情。我想他说的理也就是观念。在中国新诗形成的过程中,"现代性"可能是最重大的一个观念,我们必须对此问题进行思考,从中又引申出另一个重大的观念:"汉语性"。诸如此类。一个优秀诗人的写作总是在观念上进行突破,提供了某种方向性的东西,某种新的可能性:超前或复归;预见或怀旧。他的这类有意识的写作为当代提供了新的审美维度。然而,我们很难把观念和趣味分开,趣味不高、徒有观念的诗,就是钟嵘所批评的"理过其辞,淡乎寡味"的诗。在汉诗的传统中,相对于理趣更重情采,言志说应结合于缘情说。如今"发愤以抒情"似乎不合时宜,假叙事以说理则大行其道,"抒情的流失"在所难免。我意识到来自当前的语境的压力,我也在调整自己,但仍坚持没有感动就没有好诗。

七

马:你写作每首诗歌是否都有一个机缘?我记得,是1983年春夏之交吧,我们一起去上海郊区的一家印刷厂校对夏雨诗社第一本诗歌选本《蔚蓝色的我们》。那时是雨季,道路泥泞。我们下了汽车寻找印刷厂,这时一个美丽的姑娘也从同一辆车上下来,大概是一个在城里上班的姑娘,她可真美。多少年我都不能淡忘那种情景。那个情景肯定也让你感动,因为你的一首诗里出现了一个郊区姑娘湖蓝色的身影。再比如,1985年有一次你去溧阳竹箦山区我的暂住地,后来我在你的《旭日旅店》这首诗中就惊讶地发现了竹箦这个地名,它被赋予了一种特别的意味。你似乎很善于敏锐地把新的偶然际遇带入深思熟虑的作品中。这是你开始创作一首诗歌时带有共性的进入方式,还是一种机缘?

宋:"最美的花在城市附近的村舍微笑/没有人知道她的身世"这两行诗中说不定有那个郊区姑娘湖蓝色的身影?她也许被写进了另一首诗,我也已记不清了。《旭日旅店》的确是那次竹箦之行的结果,同时我还写了别的诗。秋雨绵绵,困在乡村旅店里,联想到梵·高等,那情景仍历历在目。每首诗几乎都是机缘。写作的过程就是如此:某种东西触动你,你预感到它,然后它上升到意识,最后成形了。《文心雕龙》所谓"物色相召,人谁获安?"或卡夫卡"被动审美"说的都是同一回事,一首诗总是先被看到,然后才被写下的。事物带出词语。

八

马: 在写作上,你对自己的要求似乎非常苛刻,也似乎对自己的每一首诗都寄予很高的期望。你的写作数量相对比较少,是不是和这有关?我亲眼看过你对一篇东西的打磨和斟酌,真的是异常用心。有时,你的写作让我想到杜甫,那种对语言的精雕细琢,那种拈断数茎须的苦心。你近年的写作是否还是如此?你怎样看待写作中的即兴成分?

宋: 我写得不算少,但明智地毁掉了不少手稿,并非写下的东西都值得发表出来。另外,一首诗的成功是相对的,它其实处于永远的未完成状态,如若要达到预期的效果,必然需要放慢工程,修改一首诗的乐趣不亚于灵感来临的最初状态,诗无论如何总是需要重淬的。你一定也体会到那种只有不厌其烦地打磨之后才会出现的亮光。"怀着炼金术士的耐心"并非虚言,何止是杜甫,一个词出现在不恰当的地方,总是令人不安的。我们对语言之神奇有所希求,那种更高的境界让人陶醉,于是我们的工作有时颇类似于土拨鼠,不断地朝向词根挖掘,直到意义之甘甜涌出。我认为每一首诗都应该是一个节日,或是一个"被恰当地看到的物体"。至于即兴诗或自动写作当然也是吸引人的,我的诗中也保留有相当多的即兴成分,佳句并非都由雕琢而成,"情往如赠,兴来如答",回声似的笔触常常是出人意表的,只是不能完全依赖灵感,诗的工匠成分并不少于即兴成分。

九

马:在对诗歌的爱与追求及对诗歌纯洁性和高贵性的维护上,你的坚持是十分不一般的。你自己是否意识到这一点?这样做是否也牺牲了某种写作的痛快淋漓?

宋:诗人或许是天生崇拜语言的人,诗歌的纯洁性和高贵性是每个诗人都在维护的。年轻时我一度相信痛快淋漓,现在我认为写作既是语言的狂欢,又是一种苦行。

十

马:80年代的诗歌,有许多名字和许多细节,有一些在时间中被强调、被突出,而有一些被后来的论者刻意或不经意间忽略了。比如华东师范大学的《夏雨岛》,比如那本复旦和华东师大四位诗人的诗歌合集《城市人》——它甚至可以代表80年代中期的诗歌水平及诗歌出版水平——现在似乎很少有人提及,你是那四位诗人之一。你回头怎么看80年代在你创作道路上的意义?

宋:《城市人》也许真的被忘记了,但城市诗歌应该还有人记得。城市诗歌作为80年代的一个现象,产生于上海,在当时的语境中无疑是很先锋的,风格上也有别于其他流派,它承接了30年代上海城市文学的某些脉络，认真的读者不难从中发现颓废。李欧梵先生从芝加哥来，特意到华东师大找张小波和我，对新出现的城市诗表现出浓厚的兴趣。我自己从来不以城市诗人自居，从福建乡村考大学来到上海，我的城市感性中有大量属于"震惊"，我表达了这种震惊。张小波的诗当时还是很受瞩目的，他的长句式和超现实方法令人耳目一新。孙晓刚讲究停顿的透明风格，李彬勇的郊区体验，都有属于个人的东西，可惜潜力后来没有得到发展。我们当时是多么年轻呀！被当作学院才子之流，是过于自负了。欧美现代主义的主要特征是城市，中国现代意义上的城市化进程才开始不久，诗歌处理城市题材还未创造出本土特色，可以说真正的城市诗歌还未写出。我们当初的尝试对于年轻一代可能有值得借鉴之处，对我自己后来的写作而言也是没有白费的。

十一

马：作为80年代的大学生诗人和后来的第三代诗人代表之一，你在整个80年代都是在场者。最近我和于坚的一次交流中，他说过大意如下的话：第三代诗人和大学生诗人有某种同构性。而大学生诗人或第三代诗人，甚至可以从甘肃《飞天》的"大学生诗苑"中找到雏形。你在那个园地上，曾是个引人注目的名字，那是个命名大学生诗歌明星的地方。相比之下，我觉得，在现在为数并不算少的诗歌媒体中，似乎已没有哪个媒体可以具备这种公认的命名能力（公信力）了。是这样吗？

宋：一个刊物有一位善于发现的好编辑是年轻诗人和作家的

幸运。《飞天》的"大学生诗苑"的确造就了不少"大学生诗歌明星"。值得一提的还有后来被迫停刊的《中国》杂志。现在有多少文学期刊我不太了解，但诗歌媒体公信力的削弱我以为是文学被边缘化的结果。当然，真正关心写作本身的诗人不会把媒体看得太重要。

十二

马：你是否有某种一直遵循的写作原则？按照你的理解，一首好诗大致是什么样的？

宋：我的写作原则就是把诗写好。趣味还是很重要的，趣味即美的感受力。从趣味的角度看，只有两类诗：好诗与坏诗。语言通过诗歌描述的世界，意图达到世界最本源的真。什么是真？诗歌回答的方式与哲学不同。正如阿波罗的神谕是通过橡树叶来暗示的，诗歌也是暗示的艺术。但我们在诗歌之外已经知道情感关涉到真。诗与真，即诗与世界——作为情感进入语言，或作为语言进入情感的世界，对应于技艺与准确。对什么而言的准确？一首诗的动机、主题及其实现的效果。准确取决于对技艺的忠诚。动机的纯粹、对一首诗的效果的预见，包含在技艺中。但我们经常听到这一类说法：情感应终止于写作之前。或曰：强烈的情感会冲垮诗歌的形式，因此不适合于诗歌。虚假的情感产生虚假的诗歌是不言自明的，但不具备情感的诗歌必不是好诗。与别的艺术一样，诗歌的世界是感性的世界，诗歌作品作为存在是可感可触的，因为诗歌乃语言的躯体。嚎叫的诗也是诗，区别仅在于风格。然而，的确存在另一种诗,譬如,静观的诗。它不直接处理情感,而只是单纯地指给我们看一个被"恰当地看见的物体"(柯勒律治)。我认为一首好诗应该同时在智力和情感、视觉和想象诸方面满足我们。

十三

马:前些年国内有过民间写作与知识分子写作的争鸣,虽然其高潮期已过,但在诗歌界形成的深远的鸿沟一直延续到当下。你如何看待这种分歧?你觉得这种分歧和你有关系吗?是否会对你的写作及思考产生影响?

宋:民间写作与知识分子写作的争论除了被夸大的立场分歧,我想还有一些别的具体原因,涉及诸如话语权利、公平原则等。我认为分歧固然存在,前提却含有更多的理论预设。知识分子本应属于民间力量,反过来,民间的活力本应是知识分子写作的重要源泉。广而言之,过于强调意识形态的差异对写作是不利的,而且诗人并不需要获得任何别的特殊身份才能写诗。这场争论如果深入到语言内部来进行或将更有意义些,作为同行,诗人之间的歧见莫大于对待语言的态度了。如果通过一场争论引起社会对诗歌的注意,或许也有好处。写作最终从个人出发,而又归结到个人。我关注过这场争论,它促使我思考一些问题,但对我的写作并无影响。

十四

马:诗人最终必须以诗歌面对时间的检视,浮躁过尽,留下来的东西才是有价值的。你对作品在时间中的影响有什么期待？你的哪些作品是自己希望被时间记住或会被记住的？

宋：诗歌有它自己的命运，一经被写出，就交给了阅读。我曾经把阅读比喻成弹奏，意思是善于感应的心灵，能够将文字转化成音乐。而正如弹奏可以反复进行，一首好诗也应该经得住被反复阅读。诗无达诂，宛如一面虚明之镜，其深度不可穷尽，这就是真正的匠人更注重效果的原因。写作的秘密之一在于虚构出一位超级读者——他或她，一个可信赖的倾诉对象，一个听者，同时是灵感的源泉。没有缪斯，就没有古希腊诗人；钟子期死后，俞伯牙便不复鼓琴。知音神话无疑是我们祖先的神话中最动人的原型之一。

我以为一件作品能否流传并不要紧，重要的是，它是否曾经真实地触及心灵。作品与读者的相逢应该是一场奇遇，一种指认，你的信息在宇宙中被接收也许需要一亿年，你等不了那么久，那个信息将替代你漂洋过海或进行星际旅行。我的写作还在进行之中，我对自己也还不到盖棺定论的时候，能"被时间记住"的作品名单就让时间来开列吧。

十五

马：在你从事写作的道路上，哪些人对你的诗歌审美取向产生过重要的影响？我记得一度你曾经研究济慈，对同时代的一些诗人有过较高的评价，比如张真等。现在有哪些当代中国诗人是你所看重的？

宋：济慈的清词丽句一度是我写作的目标，特别是他的激情，那是一种无法回避的感染力。我曾研究早逝诗人的秘密，发现他们都创作力超常，在极短时间内写出大量的作品，海子也是如此。同时代诗人中，张真是一位早慧的诗人，她在1983年前后就已写出一批相当成熟的诗歌。当代诗人中我比较喜欢南方气质的诗人，柏桦和张枣的早期诗令人联想到卞之琳和废名，透出南方的缠绵与书卷气，但无论在抒情的强度还是形式的复杂性方面都超过了后者。同北方的开阔、沉郁相比，南方气质偏向轻逸、甜美。与其说南方诗人（包括具有南方抒情气质的北方诗人）在文本策略上回避了朦胧诗的对抗意识，不如说他们更注重文本的有效。我偏爱的南方诗人还有胡冬、孟明、朱朱等，北方诗人西川的部分诗作我也喜欢，而为我所尊敬的诗人则不胜枚举。

十六

马：《今天》是当代汉诗最重要的文本之一。你现在是它的编辑还是组稿人？你能简单地介绍一下它的运作情况吗？《今天》的出版情况是怎么样的？比如刊期、择稿的标准、经费筹集、印数等。我从网上偶尔看到目录，好像和国内的创作现状有一点隔。它现在的办刊定位是什么？

宋：从1992年开始，应北岛之约，我一直是《今天》杂志"诗与诗评"及"译文"的编辑。这个栏目的另一位编辑是诗人张枣，我们轮流，一人负责组一期稿。《今天》属于季刊，编辑部设在美国，同人分散在各地，且都是业余的；出版者是香港牛津大学出版社，也曾与台湾的联经出版社合作。经费来自国外的基金会和国内外私人捐赠与赞助。作为一份海外的汉语文学期刊,它的印数有限。《今天》的诗歌没有固定的选稿标准,不注重流派,但对精神性和文字的质量要求较高,它希望体现汉语写作当前阶段的最高水平。"与国内创作现状有一点隔"可能有两个原因:一是地理的,二是主观的。我们的审稿周期比较长,这也使刊物失去了部分稿源。我们正在努力缩短这个距离。

十七

马:请介绍一下欧美等国你所了解的诗人的现状,以及你和他们之间的交往状况。你在面对世界的时候,是否感到了中国诗歌的某些差距。而根据我对转译的作品的了解,我感觉,当代中国诗歌其实已完全可以与世界站在一个平等对话的高度了,中国诗人比起中国的其他文化形态,似乎在面对世界时更有值得自信的理由。你在一个交汇点上,怎么看这个问题?

宋:我接触过一些优秀的外国诗人,比如俄国诗人捷纳狄·艾基、南非诗人卞廷博,他们的诗值得介绍到国内来(事实上我正在通过法语试译艾基)。言谈中他们似乎对中国古典诗歌和哲学都不陌生,并且非常喜爱,对中国当代诗歌的了解则不多,这主要是译介的问题。我想就艺术高度而言,中国诗歌与外国诗歌是很难比较的,它们各有自己的传统。如果把诗歌看作文化内部活跃的源泉,那么我们的诗歌曾经受到的破坏是极其严重的,当代诗歌恢复了一定的元气,然而,诗人身上才子气似乎还太重,多少妨碍了精神的开阔。艺术领域也许从来就不存在平等对话的问题,应该看对话本身所能达到的深度,文化自信力的恢复是对话的前提,这有赖于对自身及别的传统的了解。其实对话在 20 世纪 20 年代,从梁宗岱就已开始了。当代诗人当然已写出一批好诗,而能代表自身文明高度的作品,或者尚需假以时日。"平等对话"这一提法宜慎用,它极有可能导向民族主义,这是我们需要警觉的。你谈到了自信,我觉得还应补充一点,即谦卑。

十八

马:请简单地描述一下在离开中国的这些年里,你主要的工作和生活情况?

宋:1991 年离开中国后我在巴黎第七大学读过书,断断续续地在私立学校教过书,做过导游,也在书店里打过工。但很长时间里都处于失业状态,经济来源主要靠妻子的薪水。

我对自己这种不事营生的状态既庆幸又颇内疚,必须承认,诗歌不能充当面包。另外,我也应邀参加过一些国际诗歌节,或到大学、书展朗诵诗歌,作为流寓者,我将此视为一种礼遇,它同时表达了西方知识分子的好客。

十九

马:作为一个诗人,你有没有一种害怕被遗忘的恐惧感?害怕被遗忘是否也可能是一种写作的动力?这些年,有一些身在异国的诗人在国内已没什么声息了,可你却似乎并未脱离国内的诗歌现场,诗歌活动、选本,以及评论也都有你的身影。这种在祖国的在场感,对于一个漂泊者的写作具有怎样的意义?

宋:被遗忘是或迟或早的,因为在场总是暂时的。当然,不在场将被遗忘得更快些。异域的写作作为一种不在场的写作,显然更为寂寞,即使作品在国内发表了,除了一些亲人和朋友,通常也很少得到反馈,此时写作既是一种自我对话的需要,又是超越地域阻隔的、与过往从远处建立起联系的方式。一首寄往国内的诗,有时就带有漂流瓶的意味,你满怀期盼,但不知道那个潜在的对话者是谁。我近年在国内发表的诗作,大都因由朋友的推荐或约稿,我从中感觉到一种珍贵的友情的温暖。因为人不在现场,诗成为与现场沟通的不可替代的媒介。诗的青鸟,探看着回返之路。

二十

马:一个相关的问题,离开中国的母语环境,寓居境外的中国诗人,创作上是否存在一种悬空的隐忧?出国的诗人们,是否存在因生存或文化氛围之故而出现创作力退化的隐忧?你认为,同母语语境的脱离,与写作者的现实环境和阅读者的环境脱节,对一个诗人的写作是否会造成什么伤害?

宋:对于诗人来说,境外的生存无疑是严峻的,即使像北岛这样著名的诗人,虽然有一些基金会的帮助和大学的邀请,仍难免朝不保夕之虞,更何况并无国际影响的诗人。这一点也许不为国内一般读者所了解。但就创作力而言,仍然要看个人的情况。本土作为诗的原初之地,主要是一种精神氛围和语境。不管走多远,游魂总要回到原初之地并从源头吸取精神力量的。或许,寓居境外的诗人都能意识到,离开故土本是为了更好地认识故土和描述故土。在此意义上看,寓居境外并非就必然同母语语境脱离。相反,流亡体验甚至强化了故土之思,在我看来,诗人在文化的异质比较中如若获得一种双重视野,与国内环境保持审美距离,不仅不会对个人写作造成伤害,反而可能整体上为汉语写作带来新的可能性。

二十一

马:随着时光的推移,你是否会对创造力退化感到担心?或者对于一个真正的诗人来说这个问题是多余的?你如何看待一些诗人搁笔的现象?

宋:任何人都不能保证不退化。杜甫老而愈精深开阔,自己却感慨"老来诗篇浑漫与"。在我们的同代人中,搁笔的优秀诗人大有人在,我感到惋惜的同时也非常迷惑。众所周知,三四十年代的诗人搁笔主要是政治原因,80年代的诗人呢?经济原因抑或创造力退化?我想任何外部原因都不该导致一个诗人放弃写作,除非他被强行剥夺了写作的权利。如果哪一天我停止了写作,就可以说,我放弃了成为诗人的资格。

二十二

马:接下来的一个问题和所谓"大诗人"有关。你认为中国当代诗歌是否贡献出了自己的"大诗人"?什么样的诗人可以算作大诗人?

宋:就当下而言,我们大概可以推举出十个左右大诗人(允许我暂时不说出他们的名字),他们肯定已经存在了。我认为的大诗人是确立了某种写作方向,并以其风格和形象对文坛产生了难以估量之影响力的诗人。我们需要史蒂文斯所说的那种"折磨人的大师",即"值得重视的人",但年轻一代会为此做出回响。今天的大诗人,也可能在未来只是一个小诗人,他被更大的诗人吸收了。每一代贡献出自己的诗人,直到出现可以与古代精神媲美的伟大。

二十三

马:作为50年代末出生的诗人,在不惑之年,是什么在支撑着你写作?引申出的一个问题是,你为什么写作?市场经济是社会发展的一种选择,他给人提供了自由,同时给人的精神乃至生存带来严重的压力。对商人,甚至对大众传媒,这似乎是个好时代,而对诗人呢?我感到一种浮躁和不可终日的末世感。它提供了素材,但也可能伤害诗歌,使一种潜心的写作成为不可能。据你了解,欧美的诗人,生活在更发达的资本主义社会,他们是怎么处理这些矛盾的?

宋:从来都有淡泊名利的人,他们写作主要是自娱,无意间却成了别人的楷模。欧美的诗人与我们相比,较少意识形态的压力,但生存的压力未必少,文学基金会这类民间机构的存在就能给某项写作计划带来具体的帮助。所谓市场浪漫主义无论在哪里对诗歌都是不利的,这一点发达资本主义国家的诗人比我们有更多的感受。在法国,就我所观察,尽管诗歌也处于整体文化的边缘,但诗人还是很受社会尊重的。由于出版自由,诗集可以问世,一年一度的巴黎诗歌书展及专门的诗歌书店的存在就是例子。潜心写作的条件与社会的整体氛围的确不无关系。我在国内逛书店,发现诗歌读物在大量减少,在一般的书店里则几乎绝迹,这一现象是颇令人焦虑的。在这种情况下,作为同行,我由衷地想知道,你为什么而写作呢?是否仅出自对诗歌的爱好?我也许可以说,我写作主要是因为不能割舍必然要消逝的事物。

二十四

马:你有没有尝试过用非母语进行诗歌写作?你从事翻译吗?
宋:没有。我的外文能力不够用于写诗,但做一点翻译是可能的。

二十五

马:我注意到在你的一类作品中,似乎平和、优雅、理性占了上风,你对诗歌中展示人性、欲望、身体、愤怒及原始的生命力怎么看?
宋:对欲望和原始生命力的讴歌其实一直是我的主题,早在80年代的诗歌《人渊》《无调性》中就已初露端倪。1994年,我去了南太平洋的新喀里多尼亚,岛上土著的诗意生活使我深深入迷,后来写了那首《在嘎呐克人的部落里》,一些诗人朋友,比如陈东东、赵霞,私下里给予它慷慨的好评,我自己也觉得还不至于愧对那些质朴的人们。这首诗不知你读过没有?我现在的风格在你看来也许过于古典了?

二十六

马:互联网对诗歌的影响似乎越来越大,甚至有一种说法:诗歌进入了互联网时代。你考虑过这个问题吗?你是否注意过互联网上的中国诗歌?你可否介绍一下欧美的诗歌网站?

宋:尽管我很少上互联网浏览诗歌,但听说网上很热闹。这是另一个让诗歌发出声音的渠道,是一个新的活力场所,一种新的对话方式。这样一来,似乎人人都能成为诗人了,这对写作本身是很有利的。不过,人们也可能滥用这个自由表达的空间。写作除了交流,需要一定程度的闭关独造。很抱歉,欧美的诗歌网站我不太了解。

二十七

马:能不能简单介绍一下,在欧洲国家,中小学或大学的语文教学中,诗歌教育是个什么样的状况?

宋:仅举一个例子吧。有一天,我去巴黎的一家大型连锁书店Fnac,在儿童读物厅,赫然看见了里尔克的《杜依诺哀歌》。这个例子能否说明一点问题?

二十八

马:你有一句"名言":"诗是一种超越对立人格的思维方式,是化解仇恨和障碍的力量。"在我看来,这与你的创作实际相吻合。你能不能对此略作发挥?

宋:那是我在大连国际诗歌研讨会发言中谈到的,一两家报纸的记者引用了,于是就成了"名言"。诗必须超越对立思维,我相信诗有这种超越能力,正如我相信"对于美而言,真理的对立面也是真理"这一论断。诗是对世界的爱,这种爱甚至可以提升到宗教的高度,所以能化解仇恨和障碍。《神曲》的结句是:"爱也移动日月和群星",诗一旦获得爱的深邃和博大,将所向披靡。

2004 年 6 月

答法国 *Poésie* 杂志问

问:对习惯于文体分工的法国读者来说,中国作家的多文体写作的丰富性令人惊叹。你怎样对待这一传统?

答:是的,传统中国文人不仅写诗,也从事其他文体的写作。或许应该反过来说,中国古代文人几乎没有不能写几句诗的。唐代,诗赋甚至成为科举取士的途径。虽然古时文体分类很细,仪轨颇严格,但诗在广义上本属于文章,如《昭明文选》就收入诗作。中国文学一开始就有一种泛诗的倾向,盖因单音节的汉字在组词时容易造成骈偶俳谐的对应效果,二言、三言、四言、五言、六言、七言、九言句式的对句在战国之前都已出现,汉人将整齐、对仗等诗歌的格律因素运用于属文,创造了赋与骈文这样华美的文体。班固说赋是"古诗之流"(《两都赋序》),其实可以看成是古代的散文诗,可见以诗为文由来已久。现代意义上的诗歌专业写作是较晚近才出现的。不过历代都有诗人一生主要致力于诗歌写作。唐朝伟大的诗人李白和杜甫就是显著的例子。现、当代诗人中尝试多文体写作的并不鲜见。文体的差异说到底并不那么重要,比如博尔赫斯就一直致力于模糊文体界限的写作。就我个人的兴趣而言,诗歌一直是首要的,因为诗歌是语言的最高形式,文学史上的经典作品表明，人类的深度情感经验通过诗歌得到了最佳表达。

问：什么是你的主要文化参照？如何看待当前在中国发生的变化？

答：我的文化参照既不是单纯来自中国，也不是单纯来自国外，我希望自己能以古今中外为参照。这个期许也许过高了，但总可以用古人所谓"虽不能至，心向往之"自勉。作为一个移民，我的文化身份是不纯的或者说多重的，尽管1991年移居法国以前我一直生活在中国，并且更重要的是，我始终用母语写作。恩培多克勒说，我们主要是用我们的血液来思想，汉语对我而言就是我的会思想的血液。因为我写作时既是在用母语思想，也是作为集体记忆的母语在思想。具体地说，我的诗意经验与汉字这种表意文字存在着某种血缘关系，其实每一语种的诗人和他的母语之间的关系也都是如此。我们之所以用这种方式而不用那种方式说话，就像表情一样，是无意识的作用，母语对我们精神的支配力量是天经地义的，也许可以用"写作的天命"这个短语来表达，那种关系多少有点神秘难言，而每个人只有通过自己的写作去披露。

我努力想弄清楚目前在中国发生的变化，它的确令人眼花缭乱。各种变化中最大的变化恐怕还是人们的精神状态和价值观念，任何一种以经济为动力的加速运动不可能不带有很大的野蛮性，它或已动摇了社会的基础。最明显的现象是道德的普遍沦丧。诗人与道德家不同，但马拉美认为诗人甚至是最讲德行的人。写作是具体地反对堕落的行动。

问：中国北方和南方诗人在诗意感受力方面似乎很不同。你怎样评价这种"地理诗学"的特殊性？你自己是怎样定位的？

答：地理诗学？这个概念颇有意思。我喜欢这个概念。是的，在中国，诗歌风格的地域差异早已形成北方与南方两大传统。我们可以推举出两部对后世最有影响的诗歌总集——《诗经》和《楚辞》作为北方诗歌和南方诗歌的早期代表。前者产生于中原黄河流域，后者产生于长江流域的楚地。扬雄认为："诗人之赋丽以则，辞人之赋丽以淫。"（《法言》）他区别诗人和辞人，指出了北方的朴素和南方的奢靡。扬雄虽然是南方人，文风诡奇，诗歌观念却在北方一边，这可能与《诗经》被奉为儒家经典有关。《楚辞》作为文人诗歌在抒情气质上与《诗经》的民间歌谣体的确非常不同。

在当代诗歌运动中，如果仔细比较，也不难发现朦胧诗和稍后出现的后朦胧诗（第三代诗）在气质上的那种地理属性。同北方的开阔、沉郁相比，南方气质偏向轻逸、甜美。与其说南方诗人（包括具有南方抒情气质的北方诗人）在文本策略上回避了朦胧诗的对抗意识，不如说他们更注重文本的有效性。我是典型的南方人，归属于南方，归属于我的故乡福建闽东的山川风物——随着与日俱增的回忆，早年生活的题材对于我的写作将显得更加重要。但是作为记忆的携带者，我同时希冀自己的诗歌视野尽量拓展，回归本土和不断越界这双向的冲动将把我导向同一源头。在我看来这不仅不矛盾，还能激发想象。诗歌的神奇之一是帮助漫游者从更远处回归，它好比尤利西斯之筏。

问：文学和艺术的相互激发是否是中国文人的传统？它怎样

体现在当代感性中?

答:文学和艺术的同源现象是普遍的。中国古诗最初与音乐配合而存在,《尚书》所谓"歌永言"是也;另外,金石诗铭和在画上题诗的传统也由来已久。中国历代都不乏诗人兼画家、书法家或音乐家,例如,嵇康、王维、苏轼。这些人被称为通才。嵇康不仅写诗,还善弹古琴,精通乐论,传说他临刑时最后弹奏的《广陵散》遂成绝响,而他的形象则体现在"手挥五弦,目送归鸿"这样的诗句中。王维的诗和画并为世人所重,苏轼对他有一个著名评语:"味摩诘之诗,诗中有画;观摩诘之画,画中有诗。"因中国古代诗画大抵都追求兴寄,气韵和意境,即都以体现人与自然的和谐为最高理想,其中成就卓然者如王维,诗和画一致地以模山范水为旨要,互为其表。苏轼亦诗、书、画兼通,为后世式,他在一首诗中说道:"诗画本一律",可见他也是主张诗文与众艺的极致并无差别。我曾在他的一幅《前赤壁赋》手书真迹前流连良久,不禁产生当世风雅难追古人之喟叹。

一代有一代之文学。现代诗歌是不讲究格律的自由诗,比古诗独立,感性更复杂,难度也更大了。不过,形式虽不同,精神却只有一个。在二十多年学习写作的实践中,我似乎很迟才意识到人们可能夸大了新诗和古诗的差别。重读卞之琳写于 30 年代的《断章》《尺八》等诗,发现他所做的无非是让现代诗从滥觞时期的无节制的感伤变得节制了,他的讲究"建行"正是和晚唐李商隐诗的"事物当对"观念相一致的。作为迟到者,当代诗人应该不断地向古人学习,以弥补文化教养上的不足,从古代艺术中寻找灵感,意识到我们的遗产实际上是如此丰富,并在写作中努力面对整个传统,这些对于重新建立文化自信、免除身份缺失之虞是至关重要的。我自己的诗歌经常取材于艺术,如早期的实验诗《致埃舍尔》《流水》,前者是与荷兰画家埃舍尔的对话,后者与古琴曲《流水》同名,也是有感于这首中国古乐透过飞船向茫茫宇宙播放以寻找人类知音这一事件(诗人陈东东后来以跨文体长诗的形式再度改写了它)。我的另一首小诗《听李禹贤弹古琴》则试图再现"最后"的古琴音乐家的当代生活,以暗示古代精神的内核——"礼乐"在我们时代的丧失。

问:您对现代性有何看法?

答:一个困难的问题。完整回答也许需要写一本书,但那是专家的事,让我尝试大略言之吧。现代性产生于一种理想,它在西方是与各种激进思潮相联系的,此刻我想起兰波在《地狱一季·告别》中"必须绝对现代化"那句宣言,它预示了紧接着到来的文学世纪。也许可以说从未有过比现代主义更复杂、深刻、更惊心动魄和更具反叛意味的运动了。迄今,现代性这个命名在各种语言中都已成为一种文学艺术、生活方式,甚至是意识形态的标准,它的早期汉语译名"摩登"则蜕变成时髦和魔力的标签。它的基本内涵并未失去,即表达了对技术、发展、进步的渴望,以及对梦幻、速度、镜像的沉迷。现代主义运动的 Avant-garde(前卫)姿态把诗人、艺术家与世俗分离开来,使他们成为部落成员,他们的生活要么被当作圣徒,要么被当作狂人。然而,现代性的基本标志——国际性,最终还是反过来把诗人、艺术家的创造推向了注意力的中心。特别是在观念的发明方面,可以说硕果累累。比较而言,"后现代主义"似乎是取消命名的命名,是一种延伸,只不过比现代主义更极端、虚无、破碎罢了。

问题在于"现代性"在中国属于"逼迫在场"而不是自然生长的观念,它输入以后成为一种令人不安的标准,如今人们已开始意识到过度的现代性的危险,它好比欲望的苹果,而且是上了发条的苹果。我预感到随着对进步观念的怀疑,很可能导致 21 世纪的文学重新评估现代性。过去并未消逝,而是沉淀于历史记忆之中,文学与其说是发展的运动,不如说是回复的运动。通过对文化积层的挖掘和词语的考古,修复历史记忆很可能成为当代文学的使命。在中国这样的所谓"发展中"国家,既容易受益于现代性,又容易在借鉴和效仿中丧失其古老的文化身份,尤其是文化再生能力。移植和嫁接已通过大量的翻译,在语言的层面上开出文化融合的花朵,这无疑非常必要,而且将继续对中国文学产生影响。但这种影响不应该是单方面的。我期待着中国当代诗歌有朝一日能够克服现代性的焦虑,重建古代精神的伟大。

2001 年(原文有改动)

逍遥即拯救,而不是其反面
——张杰 Vs 宋琳

一

张杰: 宋琳兄你是哪一年出国的,当时出国原因是什么？出国后你不仅居巴黎,还居南美阿根廷很长时间,请谈谈你在国外那些年的异乡生活？和国内比,有没有什么不一样的心理感觉或文化反差？你现在的近况,众多诗友文朋也很是关心,也请介绍一下。

宋琳: 我是1991年11月11日抵达巴黎的。这天正好是第一次世界大战停战纪念日,下着绵绵秋雨,我的妻子怀着身孕到机场接我。她是法国人,我们在上海认识近一年后结了婚,她当时还在巴黎高师读书。我移居法国主要是个人原因,当时的环境对我确实很不利,几乎没有别的选择。当时我虽然回到学校,但被取消了讲课的资格,这种境遇让我觉得有机会去一些陌生的国家,结识当地人和不同的文化,这是一种幸运。

异乡生活在我心理上的影响之大一言难尽,它是始料未及的,我感受到巨大的文化差异。在抵达的最初兴奋过去之后,问题也就真正出现了。由于与过去生活的无限期阻断,对于写作而言随之而来的便是失语症，不仅因"异乡物态与人殊"使然，还有阻隔与漂泊造成的"此恨绵绵无绝期"的那种挥之不去的孤寂与焦灼。想了解这些复杂的内心感受请参阅我的《关于域外写作的一封信》(《扬子江诗刊》2006 年)，另外有我在国外写的诗歌为证，这里从略。

巴黎是我向往的城市，它本身就是一座博物馆。有一回，我在地铁里向来自杭州的诗人蔡天新指示一条广告，上面写着"巴黎至少是世界上最美的城市"，足见巴黎人是多么的骄傲，在我看来他们有资格表达这种骄傲，因为没有哪座城市比巴黎更美了；另一回，日本汉学家是永骏为在巴黎相聚的北岛、张真和我摄影留念，在圣苏尔比斯广场的一间咖啡馆前，而当时谁也没注意到，就在我们身后，有一条标语赫然写着："外国佬，滚回去！"——被拍下来了。总的来说，法国人温和、好客、理解力好，这与中国人相像。我结识的朋友都是左派没有右派，与我一样是人类主义者。有一回游行，我无意间走到人类主义者中间，感到人若超越种族和文化隔阂该是多么美好。1997 年我举家去了新加坡，2001 年又去了阿根廷，这些经历大大丰富了我对南洋和南美洲的知识，我个人诗歌的版图也得到了拓展，你知道我可是到过马丘比丘和火地岛的为数不多的中国人之一。我算不上一个旅行家，但我试着用心去丈量人类不同的家园，被写下来的只是点滴。2003 至 2005 年，我每隔半年回到国内，在中国青年政治学院中文系教书。目前我受聘在沈阳师大中国文化与文学研究所工作。谢谢关心我的诗友文朋！我的近况很好，诗也还在写着。

二

张杰：下面这段文字很有趣，我抄录如下："华东师大曾经是当代先锋诗歌的圣地之一，同时是'文化盲流'的集散地。诗人宋琳等人办过一份民间诗刊，就叫做《盲流》。留校的青年教师宋琳是这个群体的精神领袖。经常看见一群年轻学生跟在宋琳的身后，在后门的小酒馆里神出鬼没。其间时常夹杂着一些身份不明，举止落拓的陌生人。诗社和文学社成员的宿舍里，经常会出现这样的情形：一阵敲门声。开门看时，便看见门口站着一位陌生人，乱蓬蓬的长发，邋里邋遢的黄军装，神情诡异，目光阴沉。开口便说：我叫××，是×××(诗人)的朋友。说着，便从破烂的军用书包里掏出一叠纸，说，这是我的诗。主人接过一摞杂七杂八的纸，略为翻阅过后，当即叫道：走，后门喝酒去！一通胡喝海吹，东倒西歪地回去，这位远省某偏僻乡间流浪过来的诗人，也就成了宿舍额外的成员。住上十天半月也是常有的事。偶尔也有某个家伙一直赖着不走，吃完了大家的饭菜票还要借钱。在忍无可忍的情况下，把他介绍到外校诗社去。至于这位可怜而又可嫌的'波希米亚人'的最终下落如何，那就不得而知了。"（选自张闳《丽娃河上的文化幽灵》）

我是翻查后，才知道丽娃河是华东师大校内的一条小河，原来此小河竟鼎鼎大名，是华师校园文化的一个传奇象征，犹如未名湖对于北大一样。所以，对母校的丽娃河你有没有想说的话？上面那段文字也很好地勾勒出了你和校内外诗友在20世纪80年代的身姿,如同张闳最后总结的:这就是 1980 年代的精神气质:酒、激情、流浪和穷愁潦倒,一种彻底的"波希米亚化"的精神。读了这段文字,你对已逝的 80 年代和当时的生活与写作是不是有诸多回忆和感触?

宋琳:我的感受与张闳的描述很接近。那时我们虽然穷愁潦倒,却不为物质发愁,过得很充实,诗、玄学和天下事把我们联系在一起。

丽娃河在华师人眼里是很有传奇色彩的,听起来像一条流过伊甸园的河。茅盾小说中那个白俄女子丽娃丽妲的形象使这条河带上了浓重的异国情调,或许正是这个原因,校方曾经征集新的命名以使它本土化,而终未果。你没听说过河上还有一座小岛吧?大三时我和几个同学发起成立夏雨诗社,我们的诗刊《夏雨岛》就是因之而得名的。刘向《说苑·贵德》有言:"吾不能春风风人,吾不能以夏雨雨人,吾穷必矣。"以雨人为师德之譬,是此岛原初命名的本意。岛上有亭,亭内一度设打字间,我的一些早期诗就是在这里打出来的。有时候为了第二天赶印出诗来,我一边写,女打字员等着一边打字,不觉间已通宵达旦。倘若没有那些不眠之夜,我的青春该是多么苍白啊!

80 年代的精神气质的确是"波希米亚式"的,恢复高考后我们这些外地来的大学生恐怕是"文革"后最早的城市盲流,尽管是合法的,却没有任何优越感。在上海,一个外地人差不多就等同于盲流,我给我们自办的另一份油印刊物取名《盲流》就是认同那种城市异乡人的身份。我在华东师大求学和执教 12 年,除了婚后出国前的几个月,基本上都住集体宿舍,差不多过着一种类似原始公社的生活。我总是深夜才开始阅读或写作,书从不读完,诗常写过即扔。我是一个不受时间观念束缚的人,是青春的慷慨挥霍者。我的宿舍常有耗子出没,床下的袜子几乎找不到成双的,废弃的手稿满天飞。光临过寒舍的上海和外地诗人算起来可以开列一个长长的名单。真有假冒某某或身份不明的访客,但通常只要能说出一个诗人的名字来就会受到款待,因为诗人的名字在那个时代就是秘密接头信号。

1980年代的华东师大云集了一批非常出色的诗人、作家与批评家。朱大可、张小波、李劼、格非、王晓明、张闳、李洱……我的老师施蛰存先生曾说:"北大有北大的传统,我们华东师大也应形成自己的传统。"而实际上施蛰存先生就是我们这代人精神的秘密源头,他是30年代上海城市文学的主要奠基人,诗、短篇小说、文学翻译与学术研究的成就都很高,堪称大师。他的存在是一个磁场,对历届中文系学生都构成了巨大的吸引。另一位我极为尊敬的前辈诗人是辛笛先生,他的女儿是我的师姐,所以读书时代有机会常去他家拜访。辛笛谦和而温厚,一谈到诗就激动得不得了,自嘲是一个"哑嗓子的陀螺",说到紧要处,翻出艾略特或奥登的某一节诗读给我们听,读着读着嗓子又哑了。辛笛的诗追求传统诗意的淡泊,又深得李商隐深情缅邈之心法,给我很大的启发。他的《航》是现代诗歌史上的一首杰作,意境深阔,直抵天人之际。"将生命的茫茫/脱卸给茫茫的流水"——这样的诗句你读一遍就忘不了。关于辛笛先生的诗艺有机会我再专门谈。这里我想提一下师承的重要性和年轻时能得到前辈诗人的点拨是多么幸运。我的悼亡诗《骊歌》以一个对句结束,诗如下:

> 有消息说你在河对岸捡拾过一阵野草莓
> 有消息说后来你回过故乡笑容胜似当初

这两句诗过蒙先生的错爱,我至今还清晰记得他热情地靠在沙发上吟哦并点头称赞的情景,告诫我说:"现代诗还是应该有意境,有错落的音律。"他甚至在《萌芽》杂志上写推介文章,评析我的另一首诗。对晚辈不吝奖掖如此,那样的长者风范至今都是我的楷模。

80年代是思想相对开放的时代,也是观念爆炸的时代,借用批评家奚密的观点,是"诗歌崇拜"的时代。现代诗是这一代人的"圣经"。早在上大学的途中,初次读到福州的地下刊物《兰花圃》上舒婷的《四月的黄昏》和《珠贝——大海的眼泪》,我就预感到一种完全不同的美已经诞生。然后是从高年级同学那儿借阅《今天》,如获至宝(至今不知道那位叫哈若慧的师姐怎样获得《今天》)。北岛冷峻的诗风最吸引我,顾城的小诗似乎更为朱大可所青睐,他把《灰色》《远与近》抄在班级出的墙报上,同我们自己写的诗贴在一起。文史楼的走廊在80年代初就是华东师大的民主墙。系统读多多的诗则要等到老木编的《新诗潮》出来。

在夏雨诗社的早期诗友中,张小波与我交往最为密切,他身上的"波希米亚"气质也最为显著,他向往蓝波式的冒险生涯。我们不仅经常在一起写诗,还相互修改对方的诗,由于受女生崇拜,难免染上才子习气。他1984年从教育系毕业后,没多久又回到母校,浪迹上海。我们写诗初期虽受"今天派"影响,还是自觉与朦胧诗不同,第三代诗人的交往遍及全国,各有各的圈子,但彼此呼应。当时王小龙在上海已很有诗名,我第一次打印自己的诗稿后,便送到青年宫（大世界）去向他请教。1984年孙晓刚带万夏来华师找我，短暂的会面，但印象深刻，之后就开始通信、约稿。我记得张小波很早就同于坚、石光华有书信来往。1985年尚仲敏将我的《致埃舍尔》和张小波的《巴比伦塔》带回成都，发表在首期《大学生诗报》上，不久牛汉先生发现了我那首诗，又将它发表在《中国》创刊号上。而通过岛子，我很早就读过翟永明的诗，多数当年的大学生诗人的名字是在《飞天》刊物上见到的。到了1986年，"第三代"全体浮出了地表，我在上海终于见到了北岛、舒婷、马原。"现代诗群体大展""青春诗会"、北大艺术节，各地寄来的地下诗刊……真是不亦乐乎。

三

张杰：1996年7月你写的《孩子，红鹿，水壶》这首诗给我留下了极其深刻的印象，我认为这是首凸现你内心逍遥精神的上乘佳作。诗里的三个核心意象：孩子、红鹿、水壶，组成有机的融合整体。全诗充分使用象征寄托、借物寄情、借人表意、借景写感的手法，从共同感受中表现出极具个人内心逍遥精神气质的独特感受。诗建构的轻故事有剪辑的情节，有动画片式的配音，甚至有幕后的花絮，合起来汇成温暖奇异的效果。其中，"红鹿出现过的地方现在一颗星在漫游/它大概渴了，像我一样变的沉默"，"……身边的这只水壶/……用它的方式参与我的写作，/随时满足我？……？孤独的欲望之渴"这些诗句自然却含深意。在这里，红鹿、一颗星、水壶形成一种时序和想象的转化，一切万有的物都在变化，物与物之间互相在变化与转化，人也是万物之一，人在其间"自化"，因因循内心自然而成"逍遥游"。

想象在这首诗里不仅是愉悦和静观，也是对现世生活的一种超然态度。而这种温暖的想象依一种庄周式的逍遥——不是藏起来，而是弥漫在处世里——进而传现于文字。这首诗深层里也体现了庄子哲学而非西方哲学意义上的形而上学，是一种人生观。总之这首诗很好地传达了一种心灵选择，充满了对自然生活和心灵生活的向往和描述，如果说这首诗有立场，那么我认为逍遥、爱和自然就是它的立场，而诗中温良的想象也自然参契出了物物转化的精神。

于是由这首诗，我感测着你对庄周逍遥的热爱，你对自己的作品、庄子和逍遥，以及对纷纭城市诗歌意象的一种不定时主动脱出或保持一种逍遥精神气质的诗写，有无个人的思想考虑或写作考虑？

宋琳：你对《孩子，红鹿，水壶》这首诗的悬解可能超出了它的作者意图，但我仍引为知音之言，因你点出了一个关键。我稍谈点本事吧。此诗的灵感产生于 1996 年夏天在瑞士阿尔卑斯山区小住期间。我在给诗人朱朱的信中谈到了这次旅行对我的特殊意义。那个叫作 Altanka 的小村庄只有一条村道，就像里尔克笔下欧洲最后的村庄。它比我小时候居住的七步村还要小，只有十几户人家，村头是刚装修一新的小教堂，居民多是老人。我看到一种古老的生活方式仍在这个富裕的国家留存，八十老者犹上山背柴，牧人的装束令人想到萨福诗中的希腊。我们住的房屋古色古香，是 15 世纪留存下来的，石基座、主体木结构、天花板很低。有一个大石臼就摆在室内,阁楼上堆着各种型号的登山鞋和鞋楦子。山顶是终年不化的积雪,雪水在山谷中形成湖泊。我们几乎每天都去爬山,到林中采蘑菇或蓝莓,徒步五六个小时,偶尔会发现峭崖上的红鹿或麂子。晚上,孩子们睡后我在厨房餐桌上写诗,体验到一种原始的、宁静的诗意,它唤起了我早年乡村生活的记忆。关于这首诗,女诗人赵霞写过一篇短文谈它的技法,我想它的意象构成还是有些特点,我把几首诗的内容压缩成了一首诗,似乎并没有将形式撑破,读起来还算自然。

我还将 Altanka 的经历写成了另外几首诗。1998 年夏天在法国、西班牙边境的比利牛斯山区,我同样颇有收获,《采撷者之诗》是其中之一。我是一个爱山的人,一见到山就会灵魂出窍,而只要我们愿意返身大自然,到处都会发现藐姑射。你说到庄子和逍遥,难道不是大多数隐逸诗人共同向往的境界吗?岂止我一个人的独好呢?万物自化,而乾坤清气,盈虚消息需要诗人去感受和传达,自不待言,其实这也是我们需要向古代诗人学习的地方。我觉得"庄老告退,山水方滋"应该改成"庄老开道,山水方滋",因为正是老庄的自然哲学为山水诗以及田园诗传统的形成提供了诗性观照的基础。我比较喜欢隐逸派的诗,当前主流的理论较为强调对现实的介入,隐逸一路则少被关注。

什么是逍遥?我认为逍遥即拯救,而不是其反面。古代早有老庄救世说,明季通儒方密之就曾指出老庄之旨,在于救世,他引述余全人的话说:"庄子苦心于救世而放胆于为文",乃因"世之溺于功利"而不知返久矣。"而别路以为善刀,不犯锋芒,使人莫争,不堕暗痴,留其高风,故为贵耳。"真可谓善破悬解之论。

"物物而不物于物"是困难的,"妙万物而为言"同其困难。结庐人境的我们怎样做到心远地偏？不如看山。随手抄录一段苏东坡对隐逸派形象的描述以与你分享："吾闻君子,蹈常履素,晦明风雨,不改其度。平生丘壑,散发箕踞。坠车天全,颠沛何惧。腰适忘带,足适忘履。不知有我,帽复奚数。流水莫系,浮云暂寓。飘然随风,非去非取。我冠明月,被服宝璐。不缨而结,不簪而附。"

四

张杰：什么时候你开始画架上油画？你觉得画画对你的生活、写作有没有什么实质性的影响？你平常画的多吗？前段时间在北京798一画室聚谈,我看你对韩国一画家的马戏团油画很喜欢,还有你2001年9月在布宜诺斯艾利斯创作的10小节共56行的《马戏》一诗里,也能看到你对马戏的偏爱。《马戏》这首诗写得克制而激情灌注,能充分感受到你对场景和心理意识的指挥般的鹰眼摄取,以及对语言创新、场景和心理意识相互融合的完满一致,而这些都源自你对马戏的偏爱。请谈一下你为何对马戏题材如此钟爱？我有时就在想,马戏在某种程度上是否也是一种不可多得的跨文化逍遥存在呢？这一点好像和顽强的童年记忆,和一些成长潜意识有关,很有趣,但似乎还不止这些,比如马戏里的魔术表演和驯兽师,还给我们传达了一种超现实和神秘力量的展示,但好像还不止这些。

宋琳：一说到"架上油画"就颇有点专业架势对吧？其实画画

迄今只是我的业余爱好而已。我并没有受过正规的绘画训练,但一直喜欢美术,中学时代住在文化馆,临摹过一些宣传画;下乡那些年为逃避劳动,也常为生产大队画宣传画。我二哥在美术、音乐方面的天赋都很高,我跟他学了一点基本技法。在华东师大,我与艺术系的朋友张隆谈论最多的画家是克利,1985年前后通过张隆接触过西南新具象画家张晓刚、毛旭辉等画家的作品,很喜欢。通过我的介绍,张隆在1986年第一届北大艺术节上,以幻灯形式展出了新具象画派。90年代以来在欧洲和北美、南美,我有很多机会参观博物馆和印象派以来的大型展览,大开了眼界。有一年,女画家邵飞离开巴黎前将她的画箱留给我,为了自遣,我时有涂鸦之作。回国后,2005年给作家莫言的小说画插图,又因王艾、老车等朋友的鼓励和视觉神经的作用便季节性地替换了文字。而我能够拿出来的画作还是很少。

　　马戏和杂技,包括街头艺术都是我所偏爱,90年代初写过一首短诗《柜子诙谐曲》,是童年看江湖艺人表演的经验表达,张枣读过,觉得不错,建议我发展一下相关主题。有一句——"年龄把我们轻轻抛掷",触及年华易逝的黯然,也是一种普遍经验吧。《马戏》写于"911"事件后的几天,原名《天使与马戏》,真有点鬼使神差,我刚到阿根廷不久,面对那样不可思议的人为灾难说不出话来。本世纪伊始,全球性的灾难接踵而至,通过电视看到的灾难场面已不能引起人们的同情,这首诗多少影射了这一可悲的心理现实。马戏本身是危险和高难度的,但它不指向灾难,《马戏》中的天使着火则暗示了灾难的不测以及人自身的无力自救。诗歌这种古老的魔术或许在文字的范围内还能引起人们的惊讶,但与人的蛙跳一样,不过创造了"一点点惊讶的距离"。诚如你所说,马戏是"跨文化逍遥"的一种样式,也与"顽强的童年记忆,和一些成长潜意识有关",你对此诗的解读着重在于它的复杂隐喻,我想并没有导致过度阐释,谜一样的现实常常要求我们将词语扩展到感知和理解的边界,我在本诗中做了一点尝试。对了,我也画了一两幅马戏图,所以注意到那个韩国画家。

五

张杰:你的这六首短诗,《外滩之吻》(通过追忆糅合诸多纷纭城市体验来隐形书写特殊时代的爱情诗);《公园里的椅子》("每张椅子隐含一个永远的缺席者":一种城市之空和谶);《时装杂志》("妩媚所向披靡……但我们被记忆削损着":被城市浮华裹挟的沧桑独白);《秋天的散步》("一种透明的悲哀":特有的城郊静思);《扛着儿子登山》(亲情视角里父爱的奇美世界);《上海的一条河》(对城市美好事物的留恋及对河流被污染后的现实的无奈和惋惜)。括号里是我读后的总印象,但文本要复杂细密的多,可供分析研磨展开的点也很多,城市万花筒般的镜像和心理复杂感受不一而足喷涌呈现,相互缠绕融合,令幻美丛生,而相关心理热烈、低徊和沉思亦同步同趋,以上我这些陋见,你认为和第三代诗人中你所代表的城市诗派的创作理念是否有出入?从1986年诗歌大展以降,至今22年已逝,你对城市诗派的早年诗理主张可否有重申或微调之处?

宋琳:你谈到的六首诗,至少有四首属于城市诗,两首关于上海,两首关于巴黎。《外滩之吻》可以当作爱情诗来读,而它的个人自传性的隐微能指在叙事结构里不是很明显,所以容易被忽略,同时在技术层面上它有时空交错,历史意识也在其中起作用。我生活过的上海、归来者的上海和集体记忆中的上海交相杂陈,使它成为一座"恍惚之城"。你知道要在一首诗中整体呈现上海是不可能的,于是我更多运用设境和细节提纯。《上海的一条河》是对1986年稿的大幅度改写,河即苏州河。我处理了大工业的恐怖景象,并没有多少夸张,而诗中也有对早期移民到来的想象——第一个到来者怎样沉思这条河。关于巴黎的两首诗或可留到别处谈,这里就从略吧。

城市诗并不单纯是城市题材的诗,现代性主要是对城市感性的抽象。自从波德莱尔以巴黎为对象写诗,世界范围内的美学革命已然发生,而本雅明的理论发现至今仍有巨大的现实意义,他率先预言了我们的时代。关于我对城市诗的个人理解的前后变化,在《城市诗和我——兼答曹五木先生问》这篇未刊短文中已有涉及,这里摘录开头两段作答:

> 1985年前后,诗歌中的城市意识伴随着某种美学的冒险激励、过我。现在回想起来,对城市感性的沉溺、抱负,以及对旧形式的不满,在我还相当年轻的躯体中滋生了过多的偏执。我和我的几个朋友试图通过写作营造一种迥异于田园诗的氛围——很大程度上得益于只有上海这座大都市才能提供的经验和视野,年轻人往往热爱极端,容易倾向于认为,没有什么比极端更能表达对美学权威和公众趣味的冒犯了。
>
> 大致说来,由我起草的发表在"中国诗坛1986'现代诗群

体大展"上面的一份表达我们(张小波、孙晓刚、李彬勇和我)共同倾向的文件——《城市诗:实验与主张》(未署撰人)体现了如下三个基本观念:其一,对城市背景下人的日常心态的摹写;其二,对物质幻象的讴歌,呈现符号的新质感;其三,反抒情,对媒介持不信任态度。众所周知,"实验"属于80年代众声喧哗的观念发明之一,城市诗作为广义的第三代诗歌的一个分支,所从事的正是实验性的写作。然而,诗歌的成败从来不取决于预设的理论,我们也许永远都是在尝试以诗性的方式言说,实验的精神也许本是现代性的一个特征。城市,对于20世纪80年代的中国而言,也许真的还是一个相当陌生的隐喻。如果说过去我相信观念的重要性,那么现在我更加珍视经验本身。

作为参照,我再将写于1985年的诗《人群》的一节引在下面,供关心这一问题的读者批评:

> 我之外的一切都是距离吗
> 有一张脸像鱼一样游来 又很快离开
> 没有用意也没有所求 似乎非常古老
> 车子停下时我在动
> 汽油味灌满了空瓶 沿街滚去
> 我坐在地铁出口处的长椅上读报
> 明天还是如此
> 人群都长了羽毛 一跳一跳
> 但卸不下笨重的面具

在更远的远处他们是乳房低垂的鸟类
向我俯下身来 我想:
我要打开的是哪一只魔盒
是我被无形之手打开了吗

六

张杰:除了你所写的林林总总关于城市题材的优秀诗歌外,你还写过诸多温润和美的描绘自然异域风物的短诗力作,如:《从盐根海岸看黑曜岩绝壁》《采撷者之诗》等。因为多年的海外漂泊,你也写过很出彩的孤秀、哀婉、悱恻、耐咀嚼的漂泊诗,如 1997 年你创作的《途中》《漂泊状态的隐喻》这两首诗,尤其是《途中》这一首,我读后不仅是感动,还有深深的难过。比如下面的诗句,有着超常的感染力和震慑力:"没有伴侣,没有投宿之地/绝望的时刻!错过的犹闪烁在远方//野兔窜向小树林,落叶陈腐的叹息/与沾满露水的双足彼此安慰//夜总会已收场,城边的最后一盏街灯熄了。/一个扛着铁铲的人走向公墓的门。//游荡了一夜,在这陌生的城市。现在/晨曦催我入睡,空空的车厢里我感觉温暖。"这些剪影般个人传记式的诗意表述让我触到你在异地午夜所遭受的无助、凄凉以及晨曦车厢里的自我温暖和慰藉,令人不已,亦感同身受。想知道诗中的"曼海姆"在哪里?另外也想请你谈谈海外漂泊所带给你的一些另样写作思考和人生感悟,同时这种漂泊,除去浪漫的光环,对你的写作和身心是否会形成一种或多或少的灰色影响和伤害,如果没有这种阴影,那是否海外漂泊对写作的积极意义更大些?

宋琳:曼海姆是波恩和巴登—巴登之间的一座德国城市。因乘错车我不得不在这个陌生城市的夜中游荡,我将此视为神意的警示与馈赠,虽然表面上更像一种惩罚。途中漂泊的人不可能不格外警醒,并不时追问生命有无方向。明朝普贤禅师的一句话我曾引为师训:"脚踏毗庐,目空宇宙的人,为何仍在途中?"古诗有"落日恐行人""月出惊山鸟"句,惊恐作为夜行途中的体验也是漂泊者的秘密,岂能与家居者在冬日火炉边的感受同日而语? 这也是我喜欢《古诗十九首》的原因。我写了那种真实感受,但并未考虑是否影响到写作的积极意义,或许阴影本身亦有其积极意义,没有阴影的人是不存在的。当然,我有时会流露出感伤,那肯定是会伤害到语言的。

七

张杰:前段时间我看了你翻译的俄罗斯诗人艾基的诗,翻译得灵动深邃,成功展示了艾基诗歌的汉语面目,和传统意义上我们对俄语诗歌的阅读期待不同。对你而言,法语、英语和汉语这三种语言之间,你对它们分别有着一种什么样的思考? 为何选择翻译艾基的诗,是不是有什么特殊的原因? 在法国这么多年,你比较喜欢的法语诗人都有哪些? 诗歌在当代法国具有怎样的文化位置,法国民众对诗歌又是怎样一个态度?

宋琳:我第一次见到艾基是在 1992 年的鹿特丹国际诗歌节上。在诗歌节的安排下,与荷兰汉学家贺麦晓合作试译了九首他的诗。那么明净的诗,没有内心的高度圣洁是不可能写出的,艾基的语言素朴、简洁、为了避免意识形态化的流畅,创造了一种支吾、停顿的不连贯语气,像艾米丽·狄金森那样,他喜欢欲言又止,即在语言的断裂处塑造沉默,从而让诗歌唤起古老的俄尔甫斯倾听力量。艾基诗歌与当代俄国诗歌语境乃至世界诗歌语境保持自觉的距离,他相信神性的复归,故倔强地走自己的路,在孤寂中生活和写作,不向世俗权势(包括语言权势)妥协。2007年秋季号《今天》杂志上有我的一篇分析艾基沉默诗学的文章《谛听词的寂静》,可以参阅。

我继续翻译艾基的诗一方面是黄礼孩的约请,一方面是艾基前年的突然去世使我意识到向国内读者介绍这位我敬爱的诗人的急迫性。事实上通过北岛的文章,不少读者已经产生进一步了解艾基的期待。至于"成功展示了艾基诗歌的汉语面目"恐怕过誉了,我知道译事之难,只是不得已为之。日前读到汪剑钊先生直接从俄文翻译的数首,感到欣慰,毕竟是首次有非转译的汉语艾基了。

诗人是服务于母语的人,这是我的主要观点,但学习外语可以帮助我们认识母语。法国诗歌影响了几代中国诗人,我也受惠于它多多。勒韦尔迪说过:"法语至少是世界上最轻盈的语言",正是这种轻盈诞生了龙沙、维庸、波德莱尔、奈瓦尔、马拉美、蓝波和阿波里奈尔。而我喜欢的诗人还应包括瓦雷里、夏尔,塞内加尔的法语诗人桑戈尔也曾使我非常入迷。

超现实主义诗人与乡村诗人雅姆散发出的魅力很不同,并不妨碍我的同时欣赏。马拉美诗学的矿藏仍需要我们好好探测,我认为他并未过时。与别处相似,诗歌在法国也在边缘化,马拉美早有先知先觉,并视之为正常。法国的诗歌教育据我的一般观察,要比当代中国好得多,我在别处说过,就不重复了。

八

张杰:上海、巴黎、阿根廷、北京和现在你工作的沈阳,这些城市在你的诗歌旅程中各自扮演着什么样的角色?

宋琳:十岁以前我生活在闽东山区一个叫"七步"的村庄,在我外祖父母家中。不久前在中国人民大学的一个诗歌研讨会上我谈到"十岁以前的生活"对于我的重要性。我相信童年世界观对一个人的影响是终生的,那个方言小世界像一个梦中的驿站,有它自己的传说和绵延至今的古老习俗。我在诗集《断片与骊歌》中回溯了在七步的童年生活,目前我还在处理这一主题,它是我精神力量的一个源泉。

1970年初我告别了自己的村庄,来到闽东地委所在地宁德蕉城,和我的两个哥哥一道回到我父母身边。但没多久灾难就频频光顾我家,死神以骇人的方式那么快地夺走了我的双亲。

那种深度的精神创伤在今后的生活中还会一直影响我,请原谅我暂时保持沉默。高中毕业后照例去下乡,直到1979年因考上华东师大而离开福建。

你列举的城市中还应加上新加坡,我在该城生活过四年。迄今我在大城市生活的时间已大大超过乡村,但我本质上还是一个小地方人,温柔的方言塑造了我性格的主要方面,而从一个城市到另一个城市,给我的写作不断提供新的和复合的感性经验,经常是,当你离开一座城市或地方你才能描述它,地理上的错位使个人诗歌版图的坐标呈现往返错综的多重逆向走势,我常有强烈的过客之感,大概是频繁迁徙的缘故吧。而毕竟每个生活过的城市或地方都会在诗歌中留下印记,它们的呈现需要时间。我反而羡慕那些一直生活在同一个地方的诗人,他们的诗只作为"本地的抽象"就足够了。

九

张杰:新世纪的第一个10年也接近尾声了,与上世纪90年代相比,诗歌的地图变化可不小,你可以简单地描述一下这个变化吗?你对未来诗歌的走向有什么看法或预测?

宋琳:这个问题对我而言实在太大了,肯定难以胜任,应该去问批评家。优秀的诗人在不断调整自己,这个变化我也已注意到。还有,诗人的道德感在增强,我指的是为语言负责的意识。"盛唐惟在气象",如今缺乏那种气象,最近的未来会不会出现呢?还很难说,但已经出现了一些端倪。潘维、陈先发、朱朱都是可期待的,还有柏桦的复出……必有命世之才出才能使未来从隐晦变得明朗,并烛照现在。

十

张杰:你对诗歌话语(主要指当代诗评和某些关于诗歌的观

念)与诗歌写作的关系有什么看法?

宋琳:当代诗歌批评的话语资源主要来自西方,包括现代性的整套观念。2004年臧棣请我去北大做了一回演讲,我的题目是"现代性与诗学的回归",强调回归和重建本土诗学。后来我注意到柏桦提出"汉风",孙文波提出"中国性",意思大同小异,关键在于在写作中真正体现汉语诗性,历史意识和地区性意识并重,最终是经由比较而对母语意识的再发现。

十一

张杰:从与当代汉语诗歌或者说诗坛关系的幅度,你可否描述一下自己在当代中的位置(如果足够理想的话)?

宋琳:我的最舒适的位置永远是在自己的书桌前。诗读到佳处,会心而笑。

十二

张杰:你看国内或热闹或坐冷板凳的诗歌评论吗?你觉得诗歌评论对一个诗人或一个诗歌群体的成长和定位重要吗?诗歌评论是否可以打破一种遮蔽?诗歌评论的效力会不会随着作者的持续创作而减退?当一名优秀诗人面对另一位优秀诗人的批评评论,或面对诗歌评论界否定或批评你的作品的评论时,你认为作者该怎样对待?你认为在评论文本内外,大量的阅读、引经据典、索引和自己抛开既有权威的独特创见和特有审美批判,以及一种评论的公正和公信力,究竟哪个更重要?最后,写诗歌评论需要一种理论天赋吗?

宋琳:我欣赏鲁迅"举世誉之而不加劝,举世毁之而不加沮"(语出庄子)的批评态度。社会不公正的现实也反映在文学批评领域中,一定程度上可能是乡愿的作用吧。我指的是任何对写作有益的批评总是有尺度的。一首好诗经由批评家的阐释,意义应该得到敞开而不是遮蔽,因为批评的功能是发现、选择和启示。权威性来自"不和众嚣,独具我见"的道德勇气和理论天赋。

否定性的批评如果是在充分尊重和理解诗人的前提下做出,本不该引起意气之争。

严沧浪说:"诗有别才,非关书也;诗有别趣,非关理也。"诗话或点评式批评中常有真知灼见;经典是靠一流批评家的工作得以确立的,正如韩愈、苏东坡之于杜甫,本雅明之于波德莱尔,海德格尔之于荷尔德林。我向这样的批评家脱帽致敬!

诗人爱美名,"君子疾没世而名不称",圣人无意必固我,至人无名。

对不起,我跳着说,没能一一回答你连珠炮似的问题。

十三

张杰:你觉得一个诗人或作家,当他(她)写作素材耗尽时,他(她)是否可以完全以自己的隐私为创作素材?甚至为了获得一种未来写作素材,你赞成他(她)去为此冒险吗?如果你不赞成为获得一种写作素材而去冒险现实,那你将会采取怎样的弥补或补偿措施?

宋琳:我不认为存在着"写作素材耗尽"这样的问题,写作的内在需要减弱才会最后导致搁笔。写作本身是精神的历险,别的冒险则全属个人的事。诗人感物,连类无穷,是想象力在对有缺陷、不完整的现实做出补偿。

十四

张杰:你对诗歌与人性的关系怎么看?诗歌中的人性呈现和小说中的人性呈现,以及现实中的人性呈现有区别吗?

宋琳:诗歌是一种文明,是人性中"圣洁的一面"(借用女诗人宇向的诗题);小说中的人性呈现更多样,也更复杂。但文学不可能没有虚构,所以与"现实中的人性呈现"还是有区别。

十五

张杰:你如何评价90年代以来中国新诗写作的总体走向和局部走向?

宋琳:1988年是我极为颓废的一年,朱大可和我策划《中国先锋诗歌词典》未果。

90年代以来,新诗结束了语言的狂欢和集体写作的幻想,诗人经过一段必然的沉默和调整,寻找更为坚实的、个人的声音,历史叙事被知识分子诗人所强调和运用。《现代汉诗》《反对》《南方诗志》《九十年代》都在推动有倾向性的写作。与阿多诺对"奥斯维辛之后"的诗歌写作可能性提出疑问相似,欧阳江河对90年代以来的国内诗歌写作进行了梳理和总结,他肯定了西川、王家新、陈东东、孙文波、张曙光、臧棣、萧开愚等诗人的知识分子立场与修辞策略。实际上,这个群体之外还有更多的诗人呼应了同一诉求,而在修辞策略上则存在差异,于是口语写作与书面语写作的路向渐行渐远。知识分子派、民间派、第三条道路,以及域外流亡写作构成了90年代以来的诗歌写作生态。我个人的写作不可能不受到现实政治的影响,我也在不断调整自己,但我认为诗歌的目标总是高于政治。

十六

张杰:"诗是关于诗本身的,诗的过程可以读作是显露写作者姿态,他的写作焦虑和他的方法论反思与辩解的过程。"(以上见张枣《朝向语言风景的危险旅行——当代中国诗歌的元诗结构和写作姿态》)。

所谓"元诗",依照诗人的说法,是一种"诗歌的形而上学"⋯⋯在经典的"元诗"模式中,诗歌会以什么样的形象出现呢?它或是济慈的"希腊古瓮",或是史蒂文斯的"田纳西坛子",或是冯至《十四行集》中那面"把握住把不住的事体"的风旗,或是布罗茨基的"蝴蝶"。这些形象虽各不相同,但有一个共同的前提,那就是基于词与物的现代分离之上的诗歌对现实秩序的挣脱。从这种挣脱出发,语言能够在惰性的现实之外,发展出一种更高、更自由的秩序。

但实际上,90年代出现的种种叙事性、及物性的写作方案,在根本上仍属于瑞恰慈所言的一种"伪陈述",语言本体论的立场非但没有被放弃,反而可能变得更为极端了。诚如另一位诗人所概括的:"历史的个人化"与"语言的欢乐"构成了90年代诗歌的两大主题。这两个主题其实已合成了一个主题,因为只有在独特的文本组织中,"历史"才能真正被个人把握,只有站在词语的立场上,现实才能被想象力吸纳为风景。在这个意义上,90年代诗歌对诸多人文主题的接纳,也往往是围绕"元诗"意识展开的,道德的追问、历史的关怀,最终仍会落回对写作本身的检视(以上见姜涛《"全装修"时代的"元诗"意识》)。

无论是说"对语言本体的沉浸",还是说"当代诗歌的本质寄托在写作的可能性上"(以上见臧棣《后朦胧诗:作为一种写作的诗歌》),在这些诗人的表述中,不难听到一种激烈的抗辩意识,以及对一种新的文学秩序的渴望,这恰恰暗示"元诗"意识本身就是一种政治意识。如果说它真的被普遍分享的话,那么它最大的功效,不是简单地等同于语言活力的激发,而是通过对一种自明的、绝对的"现实"的瓦解,在与既定社会意识秩序的疏远中,建立了当代诗歌可贵的场域自主性。与此同时,诗人的社会身份也得到重新塑造,不再扮演公众舞台的主角或社会法庭上一个吃力的自我辩护者,在文学自律的现代想象的庇护下,他们通过放弃大写的自我而获得专业的自我,成为一群"词语造就的亡灵"。

然而,问题的复杂性也由此产生了。随着时间的推移和社会环境的变化,当现代性承诺的幻境以全球化的消费现实从天而降,当既定的社会意识秩序已灵活多变,与大众的趣味一道容忍了诗人的冒犯,甚至将这种冒犯吸纳为一切的原则的时候,诗人们对"语言本体的沉浸"是否还能如此高调,是否在暗中也变得暧昧不明,则是一个应该继续追问的问题(以上见姜涛《"全装修"时代的"元诗"意识》)。

基于以上"元诗"观点,你对"元诗"有无话要说?你对当代诗歌中的"元诗"意识如何看?或你所理解的"元诗"与诗歌写作,"元诗"与现实的关系是怎样的?或你理解的"元诗"与纯诗的关系是怎样的?

宋琳:"元诗"与纯诗都与马拉美的诗歌理念有关,他解释纯诗是一种绝对诗歌。尽管"纯诗"最早由瓦雷里正式提出,实源于马拉美(当然还可以追溯到波德莱尔与爱伦·坡)。这位诗人的雄心实在是了不起。我理解的纯诗是诗歌的理想类型,是诗歌剔除散文的杂质之后达到高度自足的一种语体标准。元诗作为"诗歌形而上学"或"形而上诗学"可以看作是纯诗观念的延伸,但元诗不同于纯诗,后者更多的是一种理论预设,瓦雷里自己也认为它在实践上是达不到的;前者在语义上包含对诗歌本性的追问,我们关于诗歌的种种理解最终必须回到这个终极层面上来,当一个诗人写道:"诗是这首诗的主题",他就是在进行元诗写作,你认为这是语言的自我指涉也可以,因为现代诗在经过历史语境的巨大变化之后,早已失去了古老的象征秩序,所指与能指也已经断裂了,或许作为对诗自身的拯救,回头审视诗性的基础并将此形而上的观照纳入具体的写作行为之中是一种明智。

理论上,每一首诗都应该隐含一个元诗结构。这或许也是人们所理解的诗歌现代性的一个重要标志。张枣的文章我以前在

《今天》上读过,手边没有文献无法征引;姜涛的理论素养我也很钦佩。针对诗歌的语言"幽闭症"的当代征候,我想起马拉美可能被忽略了的一句至理名言:"文学的目的在于召唤事物",看上去这与他的诗歌观念构成了悖论,然而诗歌的这种召唤功能难道不是它的目的本身吗?就是说,诗歌在召唤事物的同时也在此一召唤中现身,词与物通过向对方移位而创造了在场,词不是物,但凭借对物的精确命名,词让物带上了符号特征,正如一块吸铁石拥有磁性一样,一个置身于诗性关系中的词就是一个意义场。同样,物在诗性观照中从不可能独立于词,正如铁被磁化了一样,物要么成为词,要么有待成为词。物的沉沦有待于词的拯救。语言的命名作为召唤,使物从原始混沌或重量定律中逸出,遵循另类逻辑,即维科的"诗性逻辑"而获得新的生命。

2008 年 5 月 9 日写于北京

域外写作的精神分析
——答张辉先生十一问

问：您出国的动因或机缘是什么，是否与诗歌有关联？

答：在几次笔谈中我多少涉及了这个问题，这里我想摘引一段笔记中的话，作为对个人生活事件的一种抽象的注释："想想流亡与诗人命运的关系：中国历史上第一个诗人的身份获得确立的同时，流亡便与诗人结下了不解之缘，或者说流亡便选择了诗人。从屈原开始，直到我们的世纪，我说的不是统计学意义上的流亡，而是作为精神生活的某种延续性，没有哪一代中国诗人能够免除那潜在的威胁。"我是从出国那个具体时间（1991）及其前后国内精神氛围的回顾中，将当时的社会状况联系我的真切感受，而提出上述质疑的。我的离去与诗歌没有直接关系，我只是去履行任何普通人都可能有的家庭义务——就我的初衷，这不容我考虑对诗歌写作的利与弊。主观上我相信诗歌写作的消极能力，压力下的写作之现实挑战恰恰助长了"发愤以抒情"，诗人必须尽可能获得回应现实的"消极能力"，并对现实有所助益，我完全赞成这一点。但过于强大的现实如果扼杀了诗意转换的可能，诗人对语言这一"危险的财富"（如荷尔德林所说）的持存将丧失相应的社会基础，引申而言,众多诗人的出走如果是时代的错误——我知道我个人的选择算不上什么——那么,诗神的惩罚我理应接受。

问:您如何处理生存状况与诗歌的关系?在工作与诗歌之间您更强调哪一点?

答:"无论做什么,你都带着离去的人的风采。"——里尔克《杜伊诺哀歌》中的这一行诗,讲的是一个四海为家的人的故事。这个历史上最具精神性的诗人中的诗人,画了一幅背影朝向远方的自画像,留给命运与他相似的读者。离去就是不在此处,就是从离去到离去,但不是由此及彼。在巴黎,里尔克曾经是我的向导,他知道我会在哪个街角迷路,于是就以幽灵的先知先觉提前等在那儿。作为读者的你知道,即使我说的不是幻觉,事情也必然如你所料,初来乍到与客死他乡是不同的吧?曾经,一度,我每天穿过的卢森堡公园也总是等在那儿。亭子。椅子——布拉克画中那种铁圈焊成的单人靠背椅——有那么一张等着我去坐下。橡树巨大而孤独,成排站在秋天的傍晚,谁也不曾注意。干燥的沙土地面,人工所为,纯粹法兰西式的,走在上面,鞋底发出的沙沙声甚至使人产生某种兴奋。

异域生活——写下这几个字时仿佛正走过一个门洞,但因未看清门牌号又折回去重新审视——是可定义的吗?我向往过的西方大师早已不见踪影,我写过的东西喂养过我的青春,还来不及从晕眩中苏醒的青春,同机翼一道消失在云端了。没有路标,你得自己摸索着前行。我到体积庞大的巴黎市中央邮局去投递明信片,那暗而厚的墙内像一个失物招领处。明信片一闪,鱼一样滑进邮筒中，字迹几乎还没干呢，而我感觉自己仿佛是来认领丢失物品的。真所谓"茫然其若遗"。我不会区分写作和精神涂鸦，一些类似郭尔凯戈尔诗体日记的词语碎片可能算不上诗，对我自己却弥足珍贵。偶尔，在蒙德格伊街传来的小商贩的叫卖声与儿子的哭闹声的间歇，从一次引起震颤的正确的表达中觅得至少可持续大半天的快乐。诗是销魂。写过诗的人都知道那种高峰体验是不可多得的，但日常的消沉反对那种提升，日常总是板着面孔教训销魂。

工作？你指的是职业吗？让我们引述马拉美吧，看这位中学英语教师怎样说。听着，他说：诗人——"然而他来到人世间是必要的，他甚至还是这个世界上最富有操守的人。为了从这人世返归自身，应该成为博学者。无论在哪里，他好像一个无用的人被埋没，他没有任何职业，唯一珍贵的就是他自己的贡品"（《牧歌》）。

这话给过我多深的激励啊！唯一的诗。绝对的诗。真正的诗。马拉美的诗学法庭前，从来不是任何诗歌竞技者都可以获得通行的，除非你转而成为多数派，而那样也就放弃了为永恒操练的辛苦的乐趣。从积极的意义上说，异域生活可以成为"从这人世返归自身"的一次历险，朝向内部的精神运动存在着真正的危险，一切都沉寂下来，诗歌的乐器也沉寂下来，需要重新调弦。面临比失业对生存的威胁更大的失语的威胁——众所周知，恐惧和精神创伤曾使几代诗人失语——你能否在那种压力下幸存下来？空间隔绝可能达到的令人窒息的程度也是超出国内想象的，旅居的孤独，长期的孤独中养成的与幽灵对话的习惯，最终能否在内部的空旷中建立一个金字塔的基座，譬如，渐渐产生一种信仰的坚定？我需要先回答这些问题,没有现成的真理可以帮助我。

人们称为"孤独净化"的东西给身处异乡的诗人带来的必然是启示的力量,这种力量保护着心灵,为它抵御着外界的干扰,并使为了生存而从事的外部的盲目冒险减到最少。说到底,这样那样的损耗,由于不专注或冠冕堂皇的金钱的万有引力作用下的损耗,曾经毁掉了多少本可成为一流人物的才子。写诗需要时间,冥想甚至需要更多的时间。这是在国外的十几年里我逃避职业化道路的主要原因,我宁愿承受由此带来的别的精神负担。在给孩子们讲授一堂汉语课后回家的路上,我的脚步变得轻松,至少我不曾向基金会乞讨,也不曾到处去兜售必须经过翻译家之手才能获得流通的方块形的汉字。我写下的为数不多的汉字是寂寞的,那就让它寂寞好了。由于拿不出一两件像样的"贡品"而度过忧郁的白昼,并且在睡眠中继续工作,常人眼里的这种失常状态,恰好属于诗人的职业性。我偶尔与街头的流浪汉照面,他可能囊中羞涩,但他的目光傲视一切。罗马尼亚诗人鲁·布拉卡为诗人辩护的话——"别问诗人是什么职业,这是对他的侮辱"(《诗论》)。仔细想来,也可以是针对所有"天涯沦落人"说的。

问:您在国外有无自觉的身份意识?如果有,您认为原因何在,您如何平衡它?如果无,为什么?

答:身份意识的自觉需要一些外部环境,身份的自我认同往往与他者目光,或者如福柯称为异位性(Hétérotopie)的文化参照及相互指认关系密切。我不想谈身份问题的缘起在后殖民时代的文化观察中有何历史必然性,我对此并无研究。相对而言,我更关心身份焦虑作为现代性表征的一种,怎样作用于我这一代人,尤其是曾经或继续生活在国外的中国诗人的心灵。以我自己为例,所到之处,我从他者的目光中总是能读到这样的询问:"你是谁?","你的祖先是谁?","你来到这里寻找什么?"等。毫无疑问,这是文化差异在心理层面的折射所造成的。德里达的差异理论有其迷人之处,特别应该感谢人类学的贡献,想想看,这个世界要是没有差异该是多么单调乏味。差异只有在相遇中才得到比较,在对差异不宽容的时代或地区,异乡人常被当作野蛮人来对待,而本土的则一定是文明的。此类示播列(Schibboleth)现象当今依然存在。学者们并不陌生。在价值观不可通约的地方冲突尤为明显,以法莲人的被劫持在策兰个人的遭遇中再现了,所以他写《示播列》那首诗,为了揭露一种现代黑暗。示播列意为语音测试,我对它的象征性很感兴趣,因为身份认同的基本特征是以语音为标志把人从一种类别中辨识出来。但丁在地狱的旅行,也常以此方式被指认:

哦托斯卡纳人,你活着穿行于
这个燃烧的城市并且口才如此
流利!不要拒绝停留
那么一分钟……通过
你的讲话我认出你
是那个高贵地区的居民……

这里引用的是黄灿然的译文,摘自他所译曼德尔施塔姆《关于但丁的谈话》。我没有时间比照另外的译本。这段诗给我们一个形象——但丁在被罚的灵魂所在的万恶的地狱中行走的形象,行走是诗人的原型之一：流亡的基本形象。当一个诗人无论因什么原因离开故土，置身于陌生人中间，他的处境多多少少与但丁或屈原相似。渔父是怎样认出三闾大夫的呢？他有一个泽畔行吟、颜色憔悴的形象，我们从《渔父》中的二者对话可以感受到"道不同，不相为谋"的反讽。我不能扯太远了。说件轶事。1997年，在法国的一个国际诗歌节期间，我陪国内来的诗人朋友逛街，偶然对西川说："在国外，一个人就是一个种族。"他将这句无意识说出的话写进了一篇回忆巴黎之行的文章中（我此刻的回忆可能也是无意识的作用）。我基本不使用"种族"一词，更反对种族主义，而个人的际遇迫使我在孤立状态中反观自身：只有当一个人从他的族群中分离出来时，他才有机会重新审视自己的族性，因为他身上带着人们称为文化基因的那种隐性印记，如果他是诗人，现在他需要在文字中彰显情感和记忆的隐性存在。

如果说从屈原遭放逐开始的历代中国诗人的个人命运有待我们去追问，当代诗人是否已经幸运地赎回了自由身份，亦是一个悬而未决的问题。"流亡"这个词在当代语境中意义更加复杂，我认为它的语义有待从现象和理论两方面挖掘。它不应该被泛政治化，其要义也不能被身体和精神无可归依的漂泊之描述所穷尽。流亡与整体文化的对应性宜从普遍存在的乡愁这一根源上寻找解释，它在一定程度上是文化断裂的结果。中国诗人的另一个参照是苏俄与东欧诗人。别忘了，20世纪20年代到欧洲去的美国诗人，似乎并没有拒绝流亡身份。《流放者归来》这本书，国内普通文科大学生应该都读过。90年代以来的域外写作（包括国内诗人的写作）是否不存在一个流亡语境？这关系到一代人的心灵真实性,也关系到心灵史的叙事。

在西方传统中,诗歌成为异端的历史可上溯到古希腊。诗与哲学的诉讼正如柏拉图通过苏格拉底之口所言,由来已久。哲学为了保护"心灵城邦"之纯洁性,单方面宣布了对诗歌的放逐。诗人若想返回理想国,就必须为诗作出辩护。或许这是诗人流亡身份的开始。事实上,更早的时候,赫拉克利特就曾更严厉地扬言"该当荷马从赛会中逐出,并加以鞭笞",针对诗歌的这项律法是以理性的名义规定的,但它本身的合法性值得质疑。诗歌史远为古老,作为从事语言活动和承载神话、历史记忆的诗人,为何"心灵城邦"的守护者要剥夺其言说的权利呢?我悲观地感到,无论东西方,当代诗依旧在为这项古老的权利做着艰苦的辩护。

我个人宿命地身处复杂而混乱的、中西文化交汇的当代境遇中,所以既不能认同于民族主义者,也不属于文化上的国粹派;我向往民主,但从未行使过选举权;我赞同介入的诗学主张,又认为诗歌向来拥有精神自足的天性;关于政治上如何明辨是非,在对照两千年前的古罗马哲学家西塞罗在一封致阿蒂库斯的信中列举的数种疑问之后,我发现他面临的危机依然是我们所面临的。策兰所谓"词语的天平"与"家国的天平"在我身上无法获得平衡,事实上,正是通过不平衡的,常常是支吾的写作,我才得以在词语破碎处短暂地安身。

问:海外的生活对您的诗歌观念、主题和风格有无影响,这种影响给您的写作带来哪些变化?

答:"旅思倦遥遥"——域外的漂泊体验使得"在路上"不仅仅

是针对一段旅程的具体细节的描述,而且是心路历程的跋涉,"旅思"作为告别与怀念之思,亦将告别与怀念引向形而上之思。在旅途中思考旅途是我在域外写作的诗歌中经常处理的主题,因为无论在哪里,你都有"无处可以停留"那种感觉。途中的秘密是什么?它是发生在途中的日日夜夜,是既无可抵达又无可回返的放逐、飘零与消逝。没有期限,没有目的地。写作,从词语到词语,甚至只是不断地在诸如"你为何仍在途中?"的追问中迂回、彷徨,写作自身成为穿越无数"未知之地"的内心的旅行,它是内敛、自我指涉且无归宿的。《哀歌》中的忧愤情感就是从一次乘火车去德国旅行的双重越界中进入迟缓、滞重的诗行的:

> 车厢的尽头是另一节车厢,
> 夜的那边还是夜,无数的夜。
> 我怎样从磁铁的星群认出一位天使?
> 你图宾根,你斯图加特,
> 告诉我,浪子在你的土地上有过多少?
> 不堪收拾的精神荒原,
> 起初结伴而行,接着零落,沉沦,
> 迅疾而突然地又相会于冥府。

旅者的寂寞,不惟此刻没有伴侣,而且饱含曾经的伴侣都将被时间之流卷走的那种痛苦意识。一个东方旅者的寂寞还来源于他在西方寻找引导力量时却接触到精神荒原所触发的失落感和绝望感,所遇无非是到处都一样的"向死亡借贷"的人、没有爱的"假想恋人"。我写途中体验的诗经常出现死亡意象,死亡主题在我出国之前的诗歌中早已存在并且分量很重,所不同的是,生与死的对立现在似乎呈现为平行,换句话说,此一观念的变化体现在诗中的自我幽灵化。异乡、无何有之乡与死乡相互重叠在一起,形成一个灰色地带,写作从未像处于灰色地带那样呈现出意义不明,如荷尔德林诗中所唱——"沦为没有意义的符号",我想,这种内心失重的状态就属于所谓流亡状态了。

内心的流亡生活?——布罗茨基使用过"密封舱"这个绝妙比喻。失去地心引力的结果不仅是脚够不着地,而且意味着前路茫茫。流亡者没有当下的祖国,在精神的悬浮状态中,有的只是不断重临的对逝去的祖国往昔的碎片状的回忆。"现在"被抽空了,流亡者在非本乡的土地上的典型表征即:游魂。

域外写作作为广义的流亡写作是一种道义承担,并不一定要成为一个驱逐者或持不同政见者才能处理流亡题材,流亡体验开始于你的内心对强大的操纵力量说"不"时,无论在域外还是本乡,将人与他的本源分离的现实就造成了流亡语境,它在我们的时代倘若有什么奇异之处的话,那就是强化了"从未离家者的乡愁"。此一本乡的异域感属于另类的流亡,有什么比精神失去本源的依托更能将文化上的而不仅是空间上的异乡人置于悲惨境地呢?

流亡即分离。无论是国境、语言,还是物质的隔绝状态,都将世界分割成了两半。在复原完整性的努力与实际的疏离的矛盾中所产生的相反的力,都试图将诗人推向精神分裂的悬崖。每当我听到一个欢乐的曲调,享受度假时当地节庆的宜人风情,或被旅途中的美景所吸引,我会写下一些华彩片段,但更多文字的流沙以噩梦的方式向着深海流逝,不断制造着时间的废墟。失语不一定是发不出声,面对广阔无边的漠然,再微弱的发声都是对寂静的破坏,因此,作为抵抗遗忘与无聊的方式,我继续涂鸦,幸运时一首诗会自动地浮出深海,像蓝鲸那样喷起水柱。

我一般逃避过度索隐,但有时难免晦涩,我也并不向往通过自我重复实现风格化的倾向。可能我恪守的还是"寓言假物,譬喻拟象"的古旧律条,所以不合时宜地通过"聊借此中传"来作自我的招魂。我自己偏爱轻快的语速——"单词跳起舞蹈,腌菜和瓮变成苹果酒、餐刀、面颊上的吻"(《断片与骊歌》)。更多时候,我只是将目击中拾取的物象改造成一个瞬间的词语和意义的综合体,如果它们看起来是天然冥契的就更好:

> 老人们玩着掷铁球游戏,
> 沉甸甸的铁球闪烁着,
> 如意时就撞开另一个,
> 像词语在表达的途中
> 排除了莽撞的东西、妨碍
> 接近诗意目标的东西。

(《断片与骊歌》)

问:你如何看待"国际风格"与"本土风格"?

答:奥登说过:"由于有巴别塔诅咒,诗歌成了最褊狭的一种艺术,可是时至今日,当文化在全世界正在变得同样单调时,人们倒开始觉得这不是诅咒而是福音了,至少,在诗歌领域里,我们还找不出一种'国际风格'。"(《论写作》)自从歌德提出世界文学的概念，至少西方现代主义运动以来，文学的边界就不再受限于本国了，条件是你可以去你想去的地方，懂几门外语，在发达国家，诗人基本上具备这种条件。奥登本人就是一个国际主义者，两次世界大战期间到过西班牙、中国，以后又长期生活在美国并在那里终老。他的《西班牙》是一首著名的早期代表作，据说他自己后来并不喜欢，是因为它沾染了某种"国际风格"吗？那首《他用命在远离文化中心的场所》的十四行诗是在中国写的，写一个普通士兵之死，很感人。作为一个中国读者，欣赏这首诗时并不需要优先考虑到它的作者是一个英国人，或原作是用英文写的，只要翻译得到位。或许所谓"国际风格"仅是一个与文学翻译有关的问题，我们不能因为诗人处理了外国题材就指责他失去了母语本位吧？

前不久在国家图书馆，我聆听了意大利学者鲁索的一个演讲，他提出"新国际主义"，并将之同"共产国际"和"全球化"作了区别。我想，在日益全球化的今天，全球知识分子的联合这一思路是非常有新意的，在诗歌和文学领域里，它使得超越文化保守主义的异国情调分享成为可能。我注意到一些学者（如史书美）将西方现代主义文学中的异国情调表现与殖民心态联系起来，殖民史的确是血腥的、赤裸裸的，有目共睹，殖民心态的写作不会给未来的文学带来什么光荣，它属于过去，或者说它理应结束。不过异国情调总是存在，异国情调分享与单方面追求或占有异国情调是不同的。Exotisme 这个法语词通常翻译成"异国情调"（李金发有一本诗集就以此命名），它的拉丁语词根 Exoticus 意为外国的、陌生的，故又译为"异域感"（见列维纳斯哲学著作《从存在到存在者》，吴蕙仪译）。显然"异域感"比"异国情调"更适合于谈论诗学问题，它侧重主体这一方面,可以同诗歌的陌生化需要结合来谈,根据列维纳斯对此所做的反思,异域感"在一个内在中实现了一些互不相通、彼此陌生的世界的并存(coexistence)"。诗歌的内在世界不断将异质物纳入自身,从而使语言获得更大的张力,"并存"当然不是简单的拼贴,而是一种陌生化的取境。

我们容易接受巴别塔诅咒使同一性神话破灭了这个寓言,如果说"国际风格"是想象出来的——正如宇文所安对所谓"世界诗歌"所批评的那样,他的立论乃是依赖本土诗学的古典基础,对古典诗的喜爱多少使他忽略了中国新诗的当代语境——那么"本土风格"也不必通过封闭自身去实现,东西互文的存在或许不应该导致价值对立。宇文所安在修止自己的观点时表达的矛盾是真实的,他的焦虑曾经也是闻一多那一代诗人的焦虑。20世纪20年代在对《女神》的两次评论中,闻一多已用"时代精神"与"地方色彩"的概念触及了新诗处境的矛盾。本土化观念的成熟将给诗歌带来新质感。不同于20世纪90年代与西方分庭抗礼的民族主义情绪影响下的所谓"中国性"那样的伪问题对本土立场的再度虚构所起的作用,本世纪以来,写作中的区域性观念已然为更多的诗人所关注,相对于真正的地方气质而言,民族意识显得过于宽泛了。从体现地方气质的心理需要中产生了对本地生活更具心灵对应性和美学有效性的考察。地方气质的差异不仅是民俗学的,而且是诗歌语用学的,主要是感知和表达方式上的。

巴蜀之人多巫气,燕赵多慷慨悲风,江南多缠绵悱恻……诗歌中的地方气质无关于题材的分类,也不是以"近取譬"为现成方便的解说所能指示,它首先是一种原初身份的确认——诗人自觉地在返乡的冲动中规划新的诗学版图,架设起语言的测量仪,并划定感受力的界域。通过对地方风物的歌咏,呼唤长久以来被遮蔽的地方神祇,这种诗歌文化的自治使得权力中心主义或普通话中心主义受到削弱,似乎意味着在远离中心的地带,诗人呼吸得更加舒畅。

"地方风物之盛,可以佐诗之兴。"2008年4月,我参加了在乌江的"南方诗歌精神"和在同里的"古镇与新诗"两场讨论会,感觉到一种类似招魂仪式的气氛,山神湖仙若桃李不言,悉皆到场。王逸评说屈原(一说宋玉)的《招魂》诗"外陈四方之恶,内崇楚国之美",该诗的本土想象与域外想象造成的强烈对比恰与中国古人的生死观相对应。《左传·昭二十六年》曰:"死,恶物也。"死之恶即魂魄向四方的离散,相反,生则是魂魄的凝聚。那么招魂作为习俗,"升屋而号",所欲乃在于祈求游魂从不断远逝的迷复中归来——"魂兮归来,反故居些",且只有"反故居",灵魂——生命之本际才能有所依托,因为唯有故居才是灵魂得以休憩之所。我从隐喻的意义上将此江南习俗移接于诗说——诗歌艺术是一种招魂术,召唤游魂回到诗歌的原乡中安居。

风格的产生最终取决于个人的自创以及感受性的持续不断的更新。感受性的衰退是相当普遍的精神现象,本土气质与原创诗学的本质关联在当代写作中从断裂到修复,也取决于唤醒个人的原始感受性,"国际风格"与"本土风格"的对立可能是虚幻的。有能力超越,就有可能建立个人风格。"语言文字,各人有各人身份,惟其称而已。"(《石遗室诗话》卷三十二)此处身份亦即风格,而一首诗的真正签名即诗人的个人风格。

问：你如何看待传统？你如何处理你的诗歌与传统的关系？

答：经典已死或终有一死，而经典之魂犹在，这就是我所理解的"传统"。对传统的缅怀，不应被曲解为形式的复古，师心独造与"求古人真诗所在"并无乖谬，乖谬的是强将此二者分开。为物不二，理气不分，积理所以养气，文以气为主——古人心领神会的东西我们现在却多有隔阂，我们当中二元论的信奉者大概多于整体论和对应论的信奉者，这其中除了语言的变化，起决定作用的当然是文化心理的变化，以及与此相伴随的观念的变化。说当代诗是糊涂观念的产物是缺乏常识的，但指出当代诗过于迷恋观念（且主要是外来观念），并不会有失厚道或公允吧？我们这一代是在与五四反传统观念一脉相承的文革中后期成长的，儒家诗教典籍在童蒙阶段被严格排除在之外（不包括家学秘传的例外），大学阶段又恰逢80年代西学再度东渐，因而崇洋派多于尚古派就不难理解，我一度也属于崇洋派。

现今重提传统是与现代性的反思同步发生的，这本身就深有意味。如何看待传统？借魏晋名士之口——"情有独钟，正在吾辈"。古代诗学在道与艺、内质与体式、音韵与文法等诸多方面的理论积累，将庄老"虚静"、孔孟"体仁"与佛禅"空观"结合互补，为我们提供了一种中国诗特有的观照世界的模子，不认识中国诗学的原创，就无所谓比较，若连句读都不通，又谈何接引呢？以不学为绝学的拒斥态度可以休矣。

将新诗与旧诗的对峙转换成取法，不仅是文本的策略，而且是必要的补救。无论旧诗新诗，汉语诗性的本际从"诗"的字源学中逸出(请不要责怪我獭祭鱼):"诗也者,志也,持也。"诗在其本源上即有所持存的东西,什么是诗所持存?诗所持存的乃是文字构成的记忆——以个人记忆的方式传递下去的人类的集体记忆。

我们与传统到底是一种怎样的关系?归结于每个诗人自己的设问,分歧往往来自对何谓传统的认识。"尊德性"与"道问学"导致了宋明理学与心学的分野;李白和杜甫在后世诗人心中的地位,也使他们的价值取向折射出求仙与成圣的殊途;儒家现实主义传统的"进于道的诗"与隐逸传统的"止于技的诗"(借用朱英诞的一个说法)是否可以说在当代诗中就不存在相应的选择?现在有两种误解:第一,谁谈传统谁就是搞复古。孔子所谓"信而好古",韩愈所谓"不懈而及于古",都是始于对昔日文明的信赖、缅怀与追忆。好古和及于古是认可人与传统的归属关系,与刻意复古其实只是拟古的作伪不可同日而语,怀其旧俗是为了达于事变,不识古人之大体在庄子看来是一种"不幸",不识古今之互文关系难道不是另一种"不幸"吗?第二,将传统当作已死的东西,或等同于一两部典籍。我们为何不能将西方现代经典中的共时性原理运用于对待传统原型呢?《易经》的变化之道体现在"惟变所适,不可为典要"这样的阐释中,此一永远朝向未知开放的姿态,难道不可以同"苟日新,日日新,又日新"的观念相互发明吗?《毛诗序》云:"至于王道衰、礼义废、政教失、国异政、家殊俗,而变风、变雅作矣。""五四"以来的新诗传统的形成,正是源于同上述"世情"相类的时代的否定因素,这一反传统的传统走向极端之后,即新诗的变形记之后,现在是该上演还魂记的时候了。

若有人指责当代诗的弊端之一是缺乏精神性,我不会惊讶,因为当代诗的喜剧化倾向正在夸张的修辞游戏中耗尽自身。没有可公度的形式，没有哪一种共同信仰——原始宗教的、民间崇拜的或"五四"民主启蒙的可以皈依，西方以宗教为文化核心的价值观过去不曾，现在恐怕也不会被多数中国诗人所接受，诸如"澡雪精神"、"受命如响"这些掷地有声的词语，在失去与终极事物之关联的当代语境中，纵有微弱回声，我担心也只能湮没无闻了。

重审汉语诗性，倘若只从现代汉语的普通语文学特征入手，简单地将新诗与旧诗在体式上的差异当作两种诗学精神的对立，将诗艺的发展视为一个"去诗意化"的过程，那么，对汉语新诗的所谓合法性的辩护就依然缺乏公共认知的基础，至少，诗歌作为文化聚集的古老魔法，将有可能被类似"后主义"的理论方法逼上不归之途。我对此深有忧虑，所以偏爱"反复其道"的回归诗说。我自问，回到汉语的本位，即表意而非表音的文字思维，发现一条贯通古今的诗性逻辑之链，以彰显当代诗之幽微，必非断壁立雪而后有所为乎？

最近读到诗人西川的文章——《汉语作为有邻语言》，他认为"中国古代文献的现代汉语转换"是一个亟须开始的工作，我非常赞同。回顾自己的写作，我虽然吉光片羽地撷取了经典原型中的一些诗性元素入诗，像《博尔赫斯对中国的想象》《脉水歌》《有感于周易古歌的发现》等，无非类似采风的行动，但我预感到这方面存在着一个浩大的工程，它肯定不是一个人可为，好在已经有先行者为我们勘探过地表了。

问：在海外你有自觉的"母语意识"吗？它给你的写作带来了

俄尔甫斯回头

哪些变化?

答:母语是可携带的祖国,是远涉重洋者的护身符。这种古老巫术的神秘道具——龟背上的语言,也是我漂泊生涯的亲密伴侣。"我有辟邪咒,急急如律令。"据说进山的道士只要将这五言对句不停念诵,就可以逢凶化吉,它的节奏和符咒的魔力不是来自语言本身的律令吗?我唾弃那种通过母语获得荣誉,却在国际讲坛上只字不提养育之恩的人。母语不属于任何人,她是最慷慨的给予,因此任何人都可以拥有。但她也曾被用于充当暴力的工具,以谎言的甜蜜对人进行欺骗,像米沃什诗中所写的那样,她也曾是"告密者的一种语言""糊涂人的一种语言"。欧阳江河有一句令我激赏的诗——"汉语盛宴天下",然而,盛宴在礼崩乐坏的时代就可能变成口诛笔伐的饕餮。毫无疑问,这不是母语本身的"原罪",恰是冠冕堂皇的意识形态话语,大批判话语将语言的诗性用罄了。

没有哪一种语言像汉语那样,有着玉石的质朴、温润、缜密、含蓄。"言念君子,温其如玉。"诗人犹如玉工,琢之磨之,每个字都历经千古,又都历久弥新。什么时候诗不再发光,母语也就变得黯淡。在海外,远离母语环境,写诗成为陈衍所说的真正意义上的"寂者之事",母语不仅是你的身份,而且是最后的身份,再精通外语,改变国籍也不能改变它。我记得维特根斯坦说过:"一个人只有通过认识外语,才能真正认识母语。"实际上现代汉语的形成正是外语的刺激和影响的结果,不必讳言它相对的不纯与混血性质。据说沈约发现四声,乃佛教转经活动造成的机缘,说明一种语言向另一种语言开放,就会像隐花植物的授粉那样,结出意想不到的果实。

刘勰说:"言立而文明",中国古人的态度是:语言乃是对自然的模仿。"近取诸身,远取诸物",所以"类万物之情"。翻译带来很多新词汇、新概念,但是没有先在的对应基础,意义就无法传递;不对文化词根讨源,就容易混淆移借与原创。释契嵩《文说》有言:"天下治在乎人文之兴,人文资乎言文发挥,而言文藉人文为其根本。"我们常听到一种指责:当代中国诗歌与文学的人文背景过于倚重西方,殊不知对诸如"人文"这样重要的关键词的原初字性未睹其秘,以至一谈人文便联想到西方亦是主观的原因之一。

谈中西原创诗学的差异,莫非谈两种诗学基础的差异。要言之,表意文字与表音文字除了构型元素(笔画与字母)的不同,前者主要诉诸视觉经验,后者主要诉诸听觉经验。现代心理学支持了如下看法:视觉经验与世界的对应相对听觉经验更加直接和稳定。但愿我没有犯武断的错误。从汉字奇特的构造角度看,这种象形符号的确如"莫见乎隐,莫显乎微"之类矛盾修辞的骈俪句法一样,既大然又神秘。汉字不必与发音对位,一旦写下就将永不变异的笔划给人沉默的印象,数千年以降的各种铭文字体或书法风格的存在又使之强化。汉语诗性一开始就寓于这种我们的祖先创造的摇曳多姿的字形中。

汉语思维是一种字的思维,汉语诗人的"母语意识"首先应该是关于字的意识。字是对物的原初命名,因而对原初字性的问知,将打开早已为我们储备好的密藏。所谓"圣人作而万物睹"得之于仰观俯察,百姓日用而不知,诗人却不能不赞叹造字之奇。"夫诗有别材,非关书也;诗有别趣,非关理也。然非多读书,多穷理,则不能极其至。"对此我们心有冥契,但具体到关于训诂、辞章、音

韵之学,在古人是日课,今天却非专家不能道,譬如六书,我想金圣叹下面一段话中的连连追问依然可作耳提面命之棒喝:

> 象形者,未形何象?指事者,未事何指?会意者,廓然无意何会?谐声者,寂然无声何谐?假借,则无物不借也,而物物自足,何曾少借?转注,则转何者,注何者,转至何处,谁转之者?

至于汉语的声音之美,在没有共同体式可通约的以自由诗为主流的当代,也总是有待每个诗人去重塑。"韵府是一座旧花园",那种"声转于吻,玲玲如振玉;辞靡于耳,累累如贯珠"的古诗韵令人向往,终与当代写作的主导方面或整体语境相隔,曾经的七宝楼台如今看起来已成片段,而旧诗在声律上的讲究和对仗的完美不必刻意去摹拟,在口语化的总的趋势下——尽管有吴兴华那样的诗人的最坚决的抵制——在音节的顿数方面错综变化,通过瞬间浓缩,激活词语的原始意义,并在新的关联中将单向度的意义引入词语的复杂交响。诗,在不断的重淬中,"行于所当行,止于不可不止",秘响旁通,左右逢源,与严格挑选的具备知音资格的读者在陌生地带的相遇,不是不可期许的。卞之琳先生以"参差均衡律"超越"平仄粘对律"的建议,在当代诗的实践中毕竟有回应,我也看好此一路向;另外,着重出位之思而重建以破体为形式自由标志的新的泛诗文本是另一路向;不排除兼具两者,变化出之的第三路向。"文以代变",当有豪杰之士出,化腐朽为神奇,并独领风骚。

我没齿不敢说对现代汉语形态中母语的古老字性已有足够的

了解,在诗歌写作的实际进程中,词语常缺席。半日枯坐,忽然白日托梦,"冷香飞上诗句",也念念不忘孔子的话:"如得其情,则哀矜而勿喜。"然臻于此境界需要耗费多深多久的功夫呀!凉热自知,口不能言,始信斫轮与诗艺都是一生的事情。

问: 身处中西方诗歌的互文之中,这种张力给你的诗歌带来了什么?

答: 我在世界版图范围内离中国最远的国家生活过,仅考虑地理因素本身,张力也已经够大了,除非星际旅行,不可能走得更远。1983年,在海南岛的三亚,我见到苏轼提写的"天涯海角"刻石字样,难免小发"春日在人涯,人涯日又斜"的思古之幽情。我们每个人心中都有一个极地,"天涯"这个词恐怕是为了配合生之有涯与世界的浩瀚无涯的"天人之际"那种强烈感受而发明的。极地体验对诗人而言非常重要,而苏轼更是在流放中获得那种体验的。2004年圣诞节,我抵达接近南极圈的火地岛。那是名副其实的海角天涯,森林小火车站叫做"世界尽头站",我手里攥着火车票,看着大片大片潮湿的泥炭地上裸露的树桩,想起这个岛因麦哲伦登陆所见而得名的传说。铁路和岛上早期公共建筑设施多数是由服刑的囚徒建造的,同海南岛一样,这里曾经是著名的流放地。在中央控制监狱,我对人类惩罚制度在如此遥远的边地竟然实施得如此精致而惊讶不已。

法国犹太哲学家列维纳斯不喜欢尤利希斯的返乡,而盛赞亚伯拉罕连仆人都不带的走向不归途的远行,给我留下很深的印象。但丁《地狱篇》第二十六歌,还有英国诗人丁尼生,都虚构了尤利

俄尔甫斯回头

西斯返回伊撒加后,再度出发去寻找世界尽头的冒险航海旅行,他到达了南半球,见到北半球见不到的星星,经过了海格立斯石柱——希腊人以为的世界尽头。当我在帕塔哥尼亚的原始森林里迷路,穿着带齿的铁鞋登上安第斯山脉最南端的某条冰川,站在麦哲伦海峡与大西洋转角处的灯塔顶上,或头顶烈日走几个小时,去寻找露天博物馆里原样保存的恐龙遗骸,时常都会产生地狱入口就在附近某处的幻觉。这种幻觉后来出现在组诗《断片与骊歌》的一些片段里:

> 信天翁从海面惊起,贴水低飞,
> 金属的拍击声一下一下,
> 巨大的翅膀连缀成一道
> 变幻的、雾状的浮桥,
> 要一直铺过
> 但丁回到地面的缝隙。

博尔赫斯认为尤利西斯的旅行就是但丁的旅行。但丁想象之旅的结果是发明了地狱,而对地狱的不断发明是我所了解的西方现代主义的主要反抗形式,波兰诗人赫伯特在一首诗里说,在地狱的最底层,诗人受到冥王热情的款待。艾科叙述过一则逸事:有人指出地狱的数量众多(一共有十二个),理性主义者要求拿出证据,但证据恐怕就在人的集体无意识中。我写到信天翁,因为我的确在那"寒冷磨成闪光的盐柱"的海上看见了这种巨大的鸟类。熟悉现代诗的读者一定会联想起波德莱尔那首以这种异鸟为题的著名诗篇——"诗人啊就好像这位云中之君,/出没于暴风雨,敢把弓手笑看;/一旦落地,就被嘘声围得紧紧,/长羽大翼,反而使它步履艰难。"(郭宏安译)我最初读到的《信天翁》是钱春绮的译文,我记得他将"长羽大翼"译作"巨人般的翅膀",一时找不到文献无法比较,日后我想谈谈这首诗的翻译。显而易见的是,在翻译和写作中都存在互文。譬如郭译中的"云中之君"与屈原的《九歌》就有互文关系,它替代了"空中之王"以使之在语感上汉化,从效果上看,若不是为了音步的需要,直接用"云中君"可能更好。总之,从波德莱尔以降,诗人在世俗眼里的形象一直不太美妙,"微服私访的王子"失去王朝后暴露了自身,招来的是嘲弄。我并没有一首诗献给波德莱尔,但我写巴黎的诗中,有时阴郁色彩相当浓重,似乎总有一道来自他的目光,在《走下蒙马特》这首诗的结尾处,我再次从拾垃圾者身上接触到那种目光:

> 我又看见了你,波德莱尔诗中的人物?
> 你空洞的一瞥能把世界毁灭。

在城市中游荡的波西米亚式的生活方式,在我抵达巴黎之后才有更深的体验,在布宜诺斯艾利斯或其他城市,我也经常获益于街头闲逛。写诗需要搜集意象,需要建立个人的"意象博物馆",记忆的综合能力一部分来自关于诗歌的知识,一部分是由身临其境激发的。为了接续上面的话题,我再引一段因在公墓里散步而产生的内在综合对话的文本,它将精神历险的越界冲动与死亡的在场通过虚构的对话非虚构化了:

> 在拉雪兹神甫公墓,
> 你找过你自己的名字。

> 可怜的,向幽灵讨教
> 活着的理由。在那
> 静谧的永恒避难城,
> 一个老人坐在轮椅上
> 缅怀他的先祖;
> 一个拿着一枝风信子的女人
> 领你去聆听一场死亡讲座;
> 一个声音对你说:
> "年轻时我是一名水手,
> 到过直布罗陀,
> 看见海格利斯石柱
> 我惊慌恐惧,
> 如今在那个地界之后的
> 这个地界,我已没有恐惧,
> 却被寂寞与悔恨所纠缠。"

(《断片与骊歌》)

科里斯蒂娃发明了文本间性(intertextualité)这个对文学批评很有价值的"小玩意"(她自己是这么打趣的),我想经由她(以及之前的巴赫金)关于文本间存在内在对话的卓有成效的研究,中西诗歌的互文关系现在可以在理论上清晰化了。我不必举更多的例子,因为文本渗透是随处可见的,这既同个人阅读史有关,又不能不考虑影响和接受的因素。内在对话在我20世纪80年代中期的一些诗中就出现了,并不是出国以后才开始,在《致埃舍尔》中,我尝试将这位画家的拓扑空间改造成诗歌形式,诗中的"我"甚至直接说出了"渴望充满温情地与你对话"。发端于西方的现代性观念,作为现代汉语诗歌的他者,或许是史蒂文斯所谓"必要的天使",我们需要与这位他者对话,然而,诗歌与他者的相遇在终极意义上难道不是踏破铁鞋之后的不期而遇吗?

问:您如何与国内与国际诗坛交流?如何看待旅居海外写作的得与失?

答:由于我在洲际之间较频繁地迁徙,穿梭在法语、英语、西班牙语的不同地区,最低限度地掌握一种语言,至少需要花费一两年时间。一方面我享受着学习语言的乐趣,另一方面又不愿因投入过多的精力而影响写作,自然就形成了半吊子的局面,我做了一些翻译练习,目前为止发表的很少。翻译是最好的阅读——我因此得以在对应词的游戏中与少数几个外国大诗人神交。是的,我有一些私人交往,参加过诗歌节和写作计划,但更看重缘分和友情,不喜泛泛之交,对你讲的"国际诗坛"其实相当生疏。

认识俄罗斯诗人艾基是我的幸运,鹿特丹国际诗歌节之后,他来巴黎开会,给我打了电话,我们一起逛书店,去一位旅居巴黎二十多年的俄国画家家里,参加为他的六十寿辰准备的晚宴,来自世界各地的十几位翻译家用不同的语言背诵莎士比亚片段,那种洋溢着西方式教养的热烈气氛令人难忘。艾基的法语口语和我差不多蹩脚,楚瓦什口音浓重,但这并不妨碍我们相互理解,在诗人这种快要在地球上消失的物种之间,惺惺惜惺惺,懂得沉默也是一种交流。作为诗人,他同时是几本法语、波兰语和匈牙利语诗选的译者,听说他的诗在中国诗人间引起共鸣,他的反应就像是刚分到糖果的孩子。很遗憾,直到逝世,艾基都未能有机会来中国,他说过一句话——"中国如发生一场真正的革命,将会拯救整个世界。"这话有点令人摸不着头脑,不知是否表达了他个人的乌托邦幻想。从启蒙时代开始,西方知识分子对中国的反应就相当不同,一种是怀疑,一种是向往,但艾基对中国寄予如此高的期望还是出乎我的意料的。南非诗人卞廷博(布莱顿巴赫)在接受我的采访时也说过大意如此的话:汉语将是这个世界最后的未解之谜。他曾为《今天》的中国当代诗歌英文双年选写序,读过朦胧诗和第三代诗人的部分作品,这位曾因反对种族隔离制度而坐过牢的诗人,特别关注中国诗人的现状,在一次座谈会上,他就曾问在座的中国诗人:"当现实追上了隐喻"该怎么办?我觉得,西方内行读者对中国当代诗的阅读期待中包含政治期待,不应被理解成带有偏见的误读,起码,社会现实中泛政治化的程度越高,在诗歌中读出政治的期待也就越高。

我和法国诗人克劳德·穆夏尔是多年的朋友,他是巴黎第八大学的文学教授,也在著名诗人米歇尔·德基主编的《诗刊》担任编辑,我们在巴黎的一些咖啡馆中分享了许多愉快的时光,偶尔,他请我去奥尔良他的家中作客,在花园里闲聊,翻阅他从汗牛充栋的书房里搬出的一摞摞诗集。跟他在一起,你不会感到拘谨,因为他从不把你当作外人。我认为他是一个诗歌圣徒,他参与了很多东欧或亚洲诗歌的翻译介绍,也翻译美国诗人史蒂文斯的作品,他的工作方式相当独特,经常请外国诗人或作家长期住在家里,合作翻译有时是他并不懂的语言(如日语或韩语)的作品。他几乎不谈自己的诗,我知道他正在写长诗,但并不打算拿出来发表。说到外国诗人在法国流亡,给我印象极深的一件事是,他认为法国还未充分尽到地主之谊,尤其对茨维塔耶娃这样的诗人深深抱歉,因为他觉得她当年受到了不该有的冷遇。

汉学家尚德兰是许多中国诗人的知音,她最早向法国读者介绍了朦胧诗人,前些年又出版了厚厚的当代中国诗选《天空飘逝》,译过北岛、多多、杨炼、朱朱等诗人的诗集,她还是我的两本诗集的译者,为了让汉语的节奏体现在法语中,她尽量压缩法语诗行的长度,甚至考虑了排版的因素,避免因某个词音节较长而不得不换行的情况,以使诗行数与原作完全对称,这个想法真有点疯狂,难度极大,但她做到了。

在国外期间,我与国内诗人的联系并不多,有时因给《今天》约稿,我会写几封信,保持较长时间通信往来的却仅限于一两个朋友和我的家人,实际上,每封国内来信对我来说都像一个节日,三言两语也好,附言式的也好,有时还附上了抄写整齐的诗。我这样一个不勤于写信的人,一直以为书信是最见性情的写作,写给一个人读,给一个真实的读者,你和他(她)之间的对话不需要强迫性。诗,写给某个真实读者的诗——赠答诗或挽歌诗,常常读起来更亲切感人,大概是源于同书信相似的那种私人性,保证了秘密分享与情感反馈的真实。有了互联网之后,信札正在消亡,书写的手工过程被简化成敲打键盘或揿按钮,信息更快捷,但心理距离感反而更大了,我至今不习惯网上交谈,可能助长着我的孤僻——这也没有什么不好吧,如果真想见谁,我就会去找他。有人将诗传到我的电子邮箱里,那是对我的信任。只要诗人仍在写诗,即使平素不见面,也不能说自己是完全与世隔绝的。

艾略特区分诗的三种声音：诗人对自己说的、对听众说的和角色化的声音。域外写作的诗从主体与本土地理空间疏离的角度看，是否更接近于第一种声音，即自言自语呢？这个问题并不容易回答。域外诗人面临自我的重新建构，诗学言说中充满追问——具体生存的和形而上的追问，冥想的气质通常比较浓厚。综合前面已经谈到的，域外语境的相对孤立，使得写作不可能像在国内一样面对公众——固定的读者群，反馈的缺乏未必直接导致个人风格的奇崛，但孤独中衍生出更高的自我并与这个自我进行对话，就成为内在的需要。域外写作首先是克服失语症的努力，在非母语环境中，原有社会的压抑突然消失，代之以日常的损耗，注意力也随之从外视外听转向内视内听，由此就出现了晦涩。有人批评北岛在国外的诗越来越晦涩，可能没有设身处地去理解那种域外特有的精神现象，即漂泊与悬浮中与词语的确定意义的疏离，北岛诗的碎片化不可能与他不断的颠踬没有关系，途中与在家的心理区别是后者没有安全感，总是处于临时状态。北岛在很多国家生活过，地点反而在他诗中消失了，这可能是流亡诗学言说的一个特殊表现。

旅居海外的写作与旅行文学的差异是明显的，旅行者的临时身份不改变作者心境，所以普通的旅行诗不在我谈论之列。长期在外的诗人的心境却发生了巨大的变化。心境微妙难言，作客、流浪、逃亡、隐逸——多种感觉相互交织成具有精神主导性的心境。考察域外写作的得失（如果有所谓得失的话），心境的分析可能比题材的比较更切实际。心境之别即风格之别，看域外诗人的风格端看个人心境与国内诗人有何差异。元朝诗人方回在他的诗学论文《心境记》中说:"顾我之境与人同,而我之所以为境,则存乎方寸之间,与人有不同焉者耳。……心即境也。治其境而不于其心,则迹与人境远,而心未尝不近;治其心而不于其境,则迹与人境近,而心未尝不远。"依此理论,则心境本非人境,域外诗歌中的成功之作当存在迹与境、境与心的落差与张力,未必因距离的阻隔而与本土经验完全脱离,相反,挽歌气质的回忆、忧思中的前瞻、去留之间的犹豫、爱恨的交集——当这些找到了合适的词语,便使域外诗歌获得了一种新的相对复杂的抒情品质,与以往单向度的抒情非常不同,放在90年代以后诗歌写作以叙事为主流的整体背景上看,当抒情在国内被弱化,在海外诗人那里却普遍被强化,其中多多、张枣是较突出的例子。

问:你认为海外的诗人写作,从小处说,给你自己的诗歌带来了什么? 从大处说,给汉语诗歌带来了什么?

答:海外诗人虽然各自漂泊,但亦属同人于野,所以精神上互相支援。通过出示新作和互相阅读,经常给彼此的孤寂带来安慰。当我因长时间写不出诗而陷入苦闷,读到一首同行的诗,往往会振作起来,感到灵感重新光顾我了。一首你想写的诗,别人写出来了,说明契机是存在的,只是你没有把握好或方式不对头,通过调整自己,下次就可能做得好些。另一种情况正相反,那首诗在类型上与你努力的方向一致,但因表达不充分或形式有缺陷,无法满足你的期待,于是你写一首诗作为对话,某种程度上,在同代人中也存在这种"改写"。

诗人间的交往和友谊对写作的潜在影响在任何时候都能找到

实例,尤其是引为畏友的诗人,能从对方身上看到某种特殊才能,既相互仰慕又相互挑剔,由此产生的私下的竞争无形中造成了语言接力的局面。北岛、多多、杨炼等老《今天》的诗人,与习惯上被称作第三代的诗人,语言态度有差别,到海外以后依然存在差别,但共同的流亡语境模糊了代际,1990年复刊的《今天》和1994年创刊的《倾向》是海外诗人发表作品的主要平台,参与编《今天》,使我有更多机会成为众多诗歌的第一读者。有一个阶段,我和北岛的通信比较频繁,所谈多数是对新作的阅读印象及修改建议,北岛崇尚策兰与特兰斯特吕姆式句法的简洁,建议我大刀阔斧地"砍诗",我还是从中得到教益的。但我若追求北岛的冷峭肯定要失败,通常我侧重经营整体而不是个别意象。北岛有一类诗在结构上是靠意象来推动的,例如《完整》这首诗,共五节,而每节三行中首行都出现了"完整",意象的重复产生了节奏上复沓的效果,倘若没有深邃的风格做支撑,就有可能流于修辞游戏。我尽量避开这一类冒险。

我和张枣轮流编诗,我们的诗在《今天》发表是由对方处理的,诗发表前交由对方"把握一下"在我这方面并不是谦辞。从他的诗中可以看到关于诗的态度,如下面一段:

> 我并非含混不清,
> 只因生活是件真事情。
> "君子不器",我严格,
> 却一贯忘怀自己……

(《灯心绒幸福的舞蹈》)

这首诗我出国前就读过,张枣对诗艺的严格给我的印象一直保持至今,他的诗是现代汉语的语感,形式整饬,而精神多与古代传统接引,陈寅恪所谓"古典今事"在他的写作中并行不悖,但韩愈式的硬语盘空一般为他所不取,因他沉迷于在诗中发明一种语言的温柔本性,用他自己的话说,"诗歌也许能给我们这个时代元素的甜,本来的甜"。这种肯定性的诗学梦想,异乎"今天派"之撰,在第三代中也属于秀郁挺发。张枣的元诗写作至今无人能比,1994年他第一次到巴黎时,在卢浮宫向我出示了新写的《跟茨维塔耶娃的对话》,我当即感觉到,真正具反思性的流亡主题在域外诗人的写作中严肃地登场了。

　　我还应该提及胡冬和孟明的写作,他们多年来远离国内诗坛,一直湮没无闻。但在致力于使汉语字根复活方面,这两位诗人的工作都非常坚实。胡冬的《蛮荒时代的诗》将太初洪水遗民、再造人类——伏羲女娲兄妹之爱的传说,交给一对驱车幽会的情人来讲述,暗示出"石油成灾"的后工业景象是第二次大洪水泛滥,爱情的悲怆被结合进救世论之中。孟明根据一次返乡的经历写就的《大记忆书》是一首两百多行的长诗,古崖州地方的日常生活史,围绕清明时节的家祭,在被唤起的个人早期生活的记忆片断中"复原"为一个文本。从孔庙内的一口古井至今仍有人汲水这个事实的观察,孟明发现长时段历史的绵延状态值得以诗的方式去问知,而《周易》井卦的古歌残片为此问知提供了互文,于是作者的意图中,"归来者"记忆与现实、超验中的生死越界与不能真正回溯源头的痛苦出现了交响。也许是自传性材料的"现代注脚"式运用,增加了诗的现场感,整首诗的气氛甚至过于扑朔迷离了。

孟明诗观中关于"记忆的建基"和"恢复汉语魅力"的主张(见《文学的墓地》,部分看法与废名接近)基本上同旅欧域外诗人的整体精神氛围并无出入。另外,萧开愚、吕德安、欧阳江河、翟永明、孟浪、严力、李笠、杨小滨、雪迪等诗人的写作都值得研究。多多晚近的诗呈现更内在化的倾向,浓缩,词语的意义爆破更准确和有力,其短诗(如《弗米尔的光》)是对寂静之轻的有分寸的称量。

以上诗人的域外写作,风格差异甚大,各自对汉语诗性的见解以及个人诗学的总体目标很难笼统而论之,必须结合作品细读,并且只有在同本土诗人的比较中,才可能发现较长时间内为国内诗坛所忽略的参照。批评家的工作在我个人的理解中应当包括对当代现象的"考古",尤其应当关注域外诗人的写作与心灵真实性的关联,题材的拓展自不待言,由于置身西方现代性观念的发源之地,文化的可通约或不可通约之悖谬处境,为这些诗人制造了必须通过写作去实现精神突围的现实困境。当代诗的写作很少不是难度写作——就诗人的自觉而言,而域外写作一定程度上提高了这种难度。当代诗的域外写作与现代史上的域外写作相比,规模和时间跨度都大得多,两者间多方面的可比性或亦有待纳入批评视野。

问:在全球化的年代里,你如何看待汉语诗歌在世界上的位置?汉语诗歌的命运将会如何?

答:关于"巴别塔诅咒"的反思,也许能够引申出一些意义来,人类的协同行动在包括文化在内的许多领域正在进行,或许是不可逆转的。诗歌的未来,与国际空间站那样的现代通天塔形式有没有共同性？上帝的诅咒，是否遏制住了人无限膨胀的欲望？如果上帝的计划是不可知的，人能否像苏珊·桑塔格所要求的那样："每一个时代必须为自己重新启动一个'精神性'计划？"不同语种的诗歌要流通，诗歌本身却不需要"接轨"，诗歌的继续存在将在更大的范围内产生一种共识：人类语言的多样化必须受到保护。实际上我们现在的任务就是在巴别塔之后重返精神的原乡，不同语言和族类之间的沟通和交流应该获得平衡，因而需要一些中介，比如说翻译活动将扮演重要的角色。

现代性的问题还没有解决，无法抛开现代性来谈本土性，它虽然是外来的，翻译过来的，但现代性的观念已在汉语诗歌写作之中生根。翻译给汉语诗歌原有的古风注入了新的元素，从"五四"新诗到朦胧诗直到现在，渗透并影响了我们的感知方式，尤其是我这一代和朦胧诗一代。年轻诗人的情况应该有所变化，有前面几代人的经验积累，他们应该更自信，更了解自己在做什么。写作不可能没有影响的焦虑，但具备视野之后，更需要策兰式的"自沉"——从内在记忆中发现动力之源，不能仅依靠阅读产生的灵感，应该有勇气去改写传统。

当我们谈到西方影响时，可能过度强调了这一面。一个诗人之所以成长为诗人，肯定有一个原因，就是他的天赋——诗性在这个生命中之所以会发生，是肯定要发生的。我们处在一个转型期，接触到西方的翻译作品，尤其是大师的作品，于是个人写作的成长过程受到影响纯属自然。经过这些年的练习，汉语诗歌怎样确立文化身份的意识应该转化成本能了，焦虑已经不必要，翻译语体所产生的单向度的刺激反馈不会一直持续，毛语体的假人民性恐怕只能赢得对集权时代存有怀旧的读者,惠特曼的民主诗篇与我们自身更悠久的传统的综合,也许会出现真正开阔而又深邃的新境界。但愿这不是一句空谈。

汉语的字性天赋是运用这门语言的诗人的共同遗产。对"五四"新传统的反思,从积极的一面看,将使更多的人在质疑进步论的同时转向更大的传统。现代诗人,比如卞之琳、废名等先生对新诗形式问题的考虑已相当周到了,对晚唐诗的喜好,使现代诗中的优秀作品克服了新诗发轫期对口语的幼稚的依赖,打破用典的禁忌之后,神话的或历史的想象力重新活跃于现代与经典的互文关系中,形式也达到相当精致的程度。当代诗的个人写作如何重建汉语性,只有从疏理新旧诗两种传统的源流关系起步。自从全球化语境问题引申出中西诗学的原创之比较的话题,实际上在海德格尔跟一位日本学者的对话中,就曾经提出"我当作语言的本质加以思考的东西,是否也适合于东方语言的本质"的疑问,他并且设想:"欧西的言说和东方人的言说将进入对话,某种从同一源头涌出的东西在此对话中咏唱。"(《通往语言之路》)那么我们能否进一步地设想:"同一源头"指的是什么?是否维科所发现的各民族皆具有的原始"诗性逻辑"即此同源现象?无疑,诗性只能在我们自己的母语中才能落实,一般语言学的比较,可能在逐步接近原型的途中止步不前。诗性,汉语的字性天赋,就是我们使用的母语自身对写作的呼唤,将通过我们的写作产生深刻的回响。我想西方大师和他们自己母语的关系,以及我们的古代大师和汉语的关系,都将在全球化语境的检验中进入一种转换,古汉语及严格的格律诗形成之前的一种泛诗传统,有一些东西是可以回溯的,在诗句层面上怎么样用顿的问题,不是一个简单的技术性的问题,现代汉诗的音乐性怎样重建?其可能性未被穷尽的地方,则古语所谓"诗,有为为之也"(郭店楚简《性自命出》)或许不应止于形式方面的理解。

汉语诗歌在世界上的传播并产生诗学影响,至今依然属于古代诗人的光荣。自从庞德这位"中国诗歌之发明者"(艾略特语)读了汉学家费纳罗沙的文章《论作为诗歌艺术的汉字》后,英语世界与中国诗的文学姻缘便开启了一个时代,将古典诗歌的隐喻思维原理及意象方法嫁接到英语中,这种另类的中国想象给英美诗歌的文本注入了异质性的活跃元素,几乎可以说发生了一次颠覆,谐律之小汉诗语言道路的对应、悬殊,在另一个表音语言系统内循环,而其直接性和精神的贞洁为接受者提供了感知世界的新维度。而从胡适迄今,新诗的世界影响已然达到多高的程度,能否重获国际同行关注的地位?我以为收拾好自己的田地才最重要。至于说到"汉诗的命运",我无从猜测,也许还可以用诗歌去占卜。

2009 年 2 月写于北京

后　记

本书在定稿的过程中删去了一些次要的篇目,拜时间所赐又增加了新近写的,也许是敝帚自珍的缘故,最终还是保留了若干并非谈论诗歌的文章。即便如此,我希望它到读者手中仍应是薄薄的一小册。

集中的文章和访谈,多为近十年所作,虽大部分内容于中外现当代诗歌的诗学问题有所涉猎,但并非系统的理论思考,它们或属于本人的创作谈,或为研究生诗学课程的讲稿,或为书评、通信、答问,因此体例不一。重读时我发现,一些观点已发生了变化,关于诗,我并未形成定见,变化或意味着自我修正。

诗人介入批评既是不得已的,亦是职业性使然,就人对诗的原始依赖而言,当代诗人的批评可视为对古代诗话传统的回复。我愿将所思置于这一传统的检视之下。

感谢洪子诚先生将本书收入"汉园新诗批评文丛";感谢任慧、张雅秋女士的耐心与热情;感谢我的亲朋好友,他(她)们的爱使我意识到:写作既是个人的事又不是个人的事。

2013 年岁末于大理古城